·广西新锐作家作品系列·

东西 主编

肖肖 小说集

钓鱼比赛

广西民族出版社
Gvangjsih Minzcuz Cuzbanjse

作者简介

肖肖，本名肖品林，1985 年生，广西资源人。中国作家协会会员。作品散见于《山花》《青年文学》《文学界》《飞天》《广西文学》等。现居桂林。

目录

钓鱼比赛

“马德是什么时候迷上钓鱼的?”

李梅问我。我没理她，因为我也说不上来。马德是我的好朋友，我刚认识他那阵，他就喜欢钓鱼了。每当无事可干的时候，他就会拿起鱼竿说：“走吧，我们钓鱼去。”但是，他从未像现在这样痴迷于钓鱼。现在的他就像一根鱼竿，完全是为钓鱼而存在的，以至于他可以将生活中的一切撇开，只管去钓他的鱼。

“你为什么不说话?”

“也许他天生就喜欢钓鱼，就像狗天生爱吃屎，就像你天生丽质。”我盯着李梅的脸蛋看，她脸上贴着一张黑乎乎的面膜，像涂了一层新鲜牛粪。

李梅是个漂亮女人，走在街头总能招惹来路人的目光。她说，在她念小学三年级的时候，就有男生不断给她递纸条了，还有男同学往她的课桌里塞半新不旧的香水、口红和发卡。上了大学，这种状况就变得一发不可收拾。她说，她感觉全班的男同学的眼里都充满了爱，每个人都想跟她谈恋爱。

此刻，李梅盘腿坐在沙发上，腰身挺得笔直，双手合十，闭目养神。她在练瑜伽。

正值酷暑，闷热的天气已经持续了好几天，所有人都在盼着一场雨的到来。李梅身上只挂着一件真丝吊带睡裙，饱满的胸部若隐若现，雪白的大腿从裙摆下闪出来，白花花一片，刺眼。

练瑜伽和做面膜是李梅每天晚上睡前的必修课。

我坐在李梅身边，能嗅到她身上那种好闻的味道——就像春天里湿漉漉的味道，让人沉醉。

李梅时不时跟我说上一句话，大多数时间我们都沉默不语。

每天晚饭后，我都无所事事。我这个人懒散堕落，没一点业余爱好，连游戏都不爱打。我只好打开手机刷微信、微博，朋友圈里朋友们都在晒孩子房子车子，晒海角天涯的风景，有几个大学女同学甚至生了二胎了，看上去家庭幸福美满，一副相夫教子贤妻良母的样子。我把朋友圈翻来覆去刷了几遍，给几个朋友点了赞，没找到一个可以聊上几句的人。

我瞄了李梅几眼，她仍在那闭目养神，好像一尊神圣不可侵犯的女菩萨。

我又打开手机，看了一阵足球新闻和本地二手汽车资讯。我上个月刚拿了驾照，两手痒痒的，很想弄辆车来开开。这个事我跟李梅说过好几次了，她也不断怂恿我买。她说:“你是新手，买二手车最划算，既能练手，还方便出行。”她还说，周末的时候，可以带上她和马德出去玩，不必像现在这样整天闷在屋子里，跟坐月子似的，一点意思也没有。兴许出去走走，还能让马德忘掉钓鱼的事呢。但我一直没有下定决心，其实我是想再攒点钱，攒够了首付款，在城里弄套小两房。

我在一个本地二手车交易网站上刷到一辆尼桑车，小型SUV，七成新，白色的，叫价6万。车主说如果诚心要买，还可以议价。我翻来覆去看了车主发布的照片，觉得还挺满意，于是把手机凑过去，让李梅帮忙参考。

“我不懂车，不过看着还挺好的，至少是台越野车，能去很多地方呢。”李梅说。

“颜色也不错。”

“车主为什么要卖这台车?”

“车主说这是他人生第一台车，开着去过很多地方，现在他添了两个孩子，要换一台更大的车了，只得忍痛割爱。”

“还是个挺讲感情的男人嘛。”李梅说。

“这不关男人女人的事，不管是人也好，车也好，相处久了，都会有感情吧。就比如我，每次房子租久了，搬家的时候心里也会依依不舍呢。”

“那你也是个重感情的男人，马德就是那种没心没肺的男人。”

一说到马德，我们的谈话又戛然而止了。

天已经黑下来了，闷热并未散去，看来很快就要下雨了，不知道此刻马德在什么地方钓鱼。

我们住在桂林榕湖边上，下了楼走几步便是著名的两江四湖景区。景区的夜景很美，这个时间有大型音乐喷泉，还有本地的彩调班子唱戏，男男女女咿咿呀呀地对唱，大多是些男女打情骂俏的剧情。每年有成千上万的游客纷至沓来，他们坐在船上走马观花，或者像本地人一样沿着湖边步道散步，好不热闹。我跟李梅对此熟视无睹，如果没有什么要紧事，我们都懒得出门。每天晚饭后，我们总是这样枯坐在客厅的沙发里，像两只吃饱的仓鼠，一动不动。

不久，我们听到楼下传来救护车的声音，过了一阵又滴嘟滴嘟开走了，肯定是有老人病了。这是一个老旧小区，楼房破败，垃圾遍地，治安环境堪忧。一些原本在此居住的年轻人纷纷搬到繁华地带去了。久而久之，小区里只剩下一堆老人，以及我们这类外地租客。平时走在小区里，总能看到老人们三五成群围坐在树下打牌。他们打那种在桂林很常见的字牌。每隔十天半个月，小区的某栋楼下就会冒出临时搭建的灵棚，谁谁谁又死了。

我们的房东老王也是一个老头，70多岁，瘦得像一根甘蔗。听说他去年查出了胃癌，现在每天都靠喝稀粥度日。每月1号上午9点，老王准时上门来收房租，风雨无阻。他每次爬上4楼都快要断气。我觉得他每次亲自来收租太辛苦，建议通过微信转账或是银行汇款交租，他都拒绝了。他说：

"反正也没什么事，走走路，爬爬楼梯，就当是锻炼身体。某个月你没等到我来收房租，那说明我已经死了。"

有天，老王发现他的房子里住进了3个人，而且是两男一女，他很不放心。他大约是最近在本地报纸上看到了这个城市传销猖狂的新闻，自然就起了疑心。他颤颤悠悠地将我拉到狭窄的卫生间，关上门，小声地问我另外一对男女是谁，跟我是什么关系，是不是在搞传销。

实际上，马德搬进来完全是为了方便钓鱼。可是我这样跟老王解释，他怎么可能相信呢？我就跟老王撒了个谎，我说："他们是我的妹妹、妹夫，刚从外地来桂林工作，还没找到房子，暂时在此借住几天。"老王本来还要查户口本，但被我拒绝了。我说："既然你不相信我，下个月我就搬出去了，你把押金退给我吧。"老王尴尬一笑，也就不再追究。临走之前再次告诫我，珍爱生命，远离传销！

原本马德跟李梅住在城西的一个高档小区里。那是李梅的房子，160平方米的大三房，有个宽大的观景阳台，能看见远处的西山跟侯山。他们在那住得好好的，还时常邀请我去吃饭喝酒。可那地方没有河也没有湖，连条像样的小溪都没有，马德每次都要跑大老远去找鱼钓。后来他发现我住的地方能钓鱼，而且非常方便，几乎是唾手可得，他干脆就抛弃了妻子，带着他的钓具搬了过来。再后来，李梅也从城西追随而来。就这样，我们3个人住到了一起。

"钓鱼真的那么有意思吗？"李梅睁开了眼睛，她已经练完瑜伽了。墙上的时钟指向了8点，接下来她要看电视了，我很自觉地把遥控器递给她。我没有回话，我也忍不住在心里问自己，钓鱼到底有什么意思？想来想去，没有找到答案。

晚八点黄金时间，电视里正在播新版《武媚娘传奇》。最近这个电视剧特别火，就连小区里那些打牌的老人们也在议论纷纷，什么“山西出了个武媚娘，从此朝廷变了天”，什么“一代女皇武则天，纵横天下数十年”。据说因为演员着装过于暴露，现在整个剧集都被重新剪辑过了，满屏都是大脑袋。

看着武媚娘的大头，我打了个哈欠。这一天在公司跑上跑下，累得跟条狗似的，要不是为了跟李梅聊聊天，我早就回房间睡觉了。

“你喜欢钓鱼吗？”李梅又问我。

“也许再过30年，退休了会喜欢吧。”

“可是，为什么马德那么喜欢钓鱼？”

是啊，马德为什么那么喜欢钓鱼呢？不说李梅，连我都想不明白。马德今年35岁，有个如花似玉的老婆，他却乐意跟那些老头儿混在一起，整天不回家。我跟马德去钓过几次鱼，在湖边一坐就是半天，一动不动，每次我的屁股都坐不住。后来，我就再也不跟马德去钓鱼了，那简直比和尚念经还考验一个人的耐力。

最近一段时间，马德钓鱼已经到了走火入魔的地步。他每天下班回家，胡乱吃几口饭，丢下碗筷，就带着他的鱼竿去湖边钓鱼了。刚开始，他还会跟我们打声招呼，他说：“你们慢慢吃，我钓鱼去了。”后来，也许他觉得天天都这样说，有些多此一举，于是连招呼也不打了，抓着鱼竿就出门去了。他出门的时间越来越早，回来的时间越来越晚，如果碰上周末，甚至整夜都不回来。

李梅不止一次跟我抱怨说，马德身上从头到脚全是鱼腥味，就连那地方都不例外，简直像一个在菜市场杀鱼卖虾的鱼贩子。

但是，这么多年来，马德从来没往家里提过一条鱼。

当然，马德有时候也会跟我们讲钓鱼的故事。他告诉我们，有人从湖里钓起一条80斤的大青鱼，在湖上溜了大半天，人和鱼都筋疲力尽了，才把鱼捞上来。有人连续三天在漓江桥下钓到了红鲤鱼，那人去买了一注彩票，结果中了50万元大奖。有个老头晚上去钓鱼，大鱼咬钩，鱼没拖上来，人掉了下去，尸体都没找到。从马德的嘴里，我们总能听到一些稀奇古怪的事情。现在，他很少说起钓鱼的事了。有时候我们主动问他，最近湖面上有什么怪事？有没有大鱼出没？他总用一句“没有”来敷衍我们。不知道是真没什么值得一提的事，还是他觉得没必要跟我们这种不爱钓鱼的人浪费口舌，那简直是对牛弹琴，鸡同鸭讲。

“你不觉得马德越来越奇怪了吗？”李梅说。

“他好像在跟我们赌气。”我说。

“他变了一个人。”

以前的马德是什么样子的？那时我们还年轻，还有很多疯狂的想法。尤其是马德，他那时还不是光头，还蓄着飘逸的长发，心中总有按捺不住的激情和理想。大学毕业后，我们都打算留在桂林。他的运气比我好，当我还在四处抛撒简历的时候，他已经在一家广告公司做上了文案。他文笔好，在大学里写过诗，搞过诗社，还自费印过一本诗集，搞过签名售书。起初他野心勃勃，跟我说公司那些同事写的都是狗屎，他要弄几个牛逼的文案。然而，半年不到，他就辞了职。他不断跳槽，换的工作一个比一个差劲，最穷的时候差点被房东扫地出门。他还开过公司，搞什么业务我记不太清了，反正是搞砸了，欠了一屁股债。有一阵，他跟朋友们凑了3000块钱，打着背包去了北京，他说要在首都混出个人样来。两个月后，他胡子拉碴地回来了。他的理由是：北京的空气太差了，出门都得戴口罩，他在北京两个月就咳嗽了两个月，生不如死。他就此沉沦了好一阵。后来索性回老家，在乡下租了一块地，养土鸡种水果，想搞生态农业振兴乡村。他还邀请我去参观过两回，说两年之内他的产品要进军东南亚。然而，次年春天，一场鸡瘟将他的梦想击碎了。马德再次回到城里的时候，已经30岁了，像一个相亲无数次但屡战屡败的大龄剩女。他不再挑剔，跑了趟人才市场就找到了现在这份工作。他在一家小型物流公司当送货工，每天开一辆电动三轮车，走街串巷送快递，这一干就四五年了。

这些事情，也许李梅并不知道，也许早就知道。总之，我们从没有说起过。

电视有些无聊，叫人哈欠连天。看着看着，李梅顺势半躺下了。整张沙发被她霸占了，我只好退到对面的椅子上。她躺在沙发上，白花花的大腿更加肆无忌惮地从睡裙里显露出来，像剥得干干净净的两根葱，我忍不住多看了几眼。如果她不是马德的女人，我肯定会喜欢上她。

“你应该说说他，一个年轻人不能老是这个样子。除了钓鱼，人的一生还有很多好玩的事。”我对李梅说。

“我早跟他摊过牌了，可他就是狗改不了吃屎。”李梅叹了一口气。

李梅把脸上的黑面膜撕了下来，一张粉嫩的脸浮现出来，像开得刚刚好的桃花。她把用过的面膜递给我，示意我丢进垃圾桶。

“真不知道他心里是怎么想的。”

“他是不是精神有问题？看来我得带他去矮山塘看看。”李梅说。

“也许过一阵就好了。你也不要担心，人总是这样的，不顺心的时候，就特别奇怪，就喜欢重复做同一件傻事。比如我刚离婚那阵，就特别喜欢爬山，动不动就去爬山，有时候半夜睡不着都想去爬山。短短两个月，我就把周边所有能爬的山都爬完了，什么叠彩山、伏波山、侯山、老人山、鹦鹉山、普陀山、独秀峰，数都数不过来。直到有一天，我看见山就想吐，我就再也不想爬山了。我这辈子估计再也不会去爬山了。你看，我现在不是很正常吗？”我说。

“你爬山是为了什么？是不是想跳崖？”

“我也说不上，好像总有一股魔力在驱使我，让我老想爬到高处去，老想把一座山踩在脚下。到了山顶，我就像疯子一样大喊大叫，冲着远处喊‘喂，你好吗？’如果在平地上这样喊，人家肯定会当我是疯子。可是在山顶就不会，因为我身边的人都在喊，反而那些沉默的登山者才像怪物。”

“那不一样，你是受了打击，马德是无缘无故迷上钓鱼的。”李梅说。

“也许他遇到了难事，心情不好，只是没想告诉我们。

等有一天他钓鱼钓烦了，自然就正常了。”

“他这样有一年多了吧，反而是越来越严重了。”

“再等等吧，也许他很快就烦了。”

“你知道吗？他最近跟我说他不想去上班了。他说最好什么事也不干，找个地方安安静静钓鱼。”

“他怎么能这样想？你们的生活才刚刚开始。”

“如果真是那样，我宁愿他去西山寺出家当和尚。他倒是想得美，天天悠哉游哉钓鱼，年纪轻轻就像个老头儿似的。可这个家谁来养？以后如果有了孩子，谁来养？他的父母还在农村呢，谁来养？要是他真那样，我就跟他离婚。离婚！”李梅说到这突然激动起来，似乎把我当成了马德。

说到这，我想起一年多以前马德跟我说起离婚的事。那是在夜宵摊上，半夜三更的，他把我叫了出来。几瓶啤酒下肚之后，他才说他想跟李梅离婚。我问他为什么，他一副欲言又止的样子，只顾埋头喝酒，最终什么也没说。第二天一早，他跟我说他也还没完全想好，叫我千万不要告诉任何人，尤其是李梅。

我本来想把这事告诉李梅，但想了想还是没说。

然后，李梅换了一种口气接着说：“他怎么舍得跟我离婚呢？他当初追我可没少花力气。如果是你，你舍得吗？”

“当然舍不得。”我看着李梅，笑呵呵对她说。

“没准马德真是脑子有问题，哪有一个正常人那么喜欢钓鱼的？”

“你也不能那样说他，他是我朋友。”我说。

“我这么说一点也不过分。对了，你知道马德怎么说你吗？”

这时候电视进入了漫长的广告时间，李梅扭过头来，乜了我一眼。

我没理她。

“有天夜里我问马德：‘你一天到晚在外边钓鱼，晚上也不回来，就不怕我跟王飞好上？’你猜他怎么说？”

“你真这样问了？”

“他说：‘王飞不是那样的人，他是我朋友。再说了，他也没那个胆，他不敢。’”说完，李梅冲我笑了笑，我感觉她的笑里别有意味。

“他真这样说我？”我有些愤怒。

我一愤怒就喜欢挠头。我不停地挠头。

“不信拉倒。”

终于下起了雨。雨点打在阳台的金属雨篷上，嘭嘭作响。我突然感觉这是马德的巴掌啪啪啪扇在我脸上。马德怎么能那样说我呢？他这是狗眼看人低，岂有此理！他真是太小看我了，简直是赤裸裸地挑衅。我心里这样想着，眼睛却禁不住往李梅身上看，她手里抓着遥控器，依然斜躺在沙发上。我这一看就看到了不该看的东西。我感觉自己的心脏咯噔了一下，浑身热血沸腾起来。

“外面下雨了，要不要给马德送伞去？”李梅下意识地望了望那扇窗。窗外被帘子严严实实遮住了，她什么也看不到。

“这黑灯瞎火的去哪里找他？你打个电话叫他回来吧。”我没好气地说。

李梅像是看出了我在生气，她嘻嘻哈哈地说："哎哟，没想到你还会吃醋呢。"

我说："你严肃点，不要乱开玩笑。"

说着我站起来，从冰箱里拿出一瓶啤酒，一包花生米。我必须喝点酒。以往总是我跟马德一起喝的。我们之所以能成为朋友，也许就因为喝酒的习惯。我们喜欢用瓶子喝酒，喜欢先往嘴里塞一把花生米，嚼得稀烂，嚼得满嘴是香，然后再用一大口啤酒送下去。没有什么比这更美味的了。

李梅给马德打了个电话，手机铃声从隔壁房间飘了过来。李梅有点生气，她说："这个狗日的，去钓鱼总是不带手机，难道带个手机会死吗?"

雨越下越大了，嘭嘭嘭敲打着金属雨篷，敲得人心烦。李梅再也坐不住了，她在屋子里走来走去，不时跑到窗前撩开厚厚的窗帘，看看外面的世界。

"马德又不是傻子，说不定很快就回来了。"我说。

但是，马德一直没有回来。

后来，李梅跟我喝起了酒，我们俩人手一瓶酒，对着瓶子喝，喝一口就碰一下瓶子，把酒瓶碰得哐哐响。我们很快就把桌上的花生米吃光了，接着又玩起了石头剪刀布的游戏，谁输了就罚一大口。她总是输。

直到喝光了冰箱里所有的酒，李梅还没喝够，她翻箱倒柜到处找酒，差点把冰箱给掀翻了。

雨一直下，闷热的空气一扫而空，夜晚变得凉爽起来。我们已经喝醉了，李梅还意犹未尽，她甩出两张百元大钞，吵着要我出去买酒。她说："这狗日的雨篷吵死人了。王飞，今晚你要么把雨篷拆下来，要么就去买酒。”

显然，李梅已经喝多了。平日里，我从未见她喝过酒。有时候，马德让她帮着喝两口，她也不愿。

“去吧，今夜我们一醉方休，不醉不归。”

“别喝了，再喝就醉了。”我说。

“人生能有几回醉?”

“醉了难受。”

“醉了心里才舒服。”

“我不能再喝了。”

“王飞，你是不是男人？你不去，我自己去。”说着，李梅啪的一声往地上砸碎一个酒瓶。然后，她伏在茶几上呜呜哭起来。她一哭，我就更加不知所措。我最怕女人哭了，女人一哭，我就乱了阵脚。

我只好逃跑，顶着大雨出去买酒。还好，小区门口就有一家24小时便利店。等我抱着一箱湿漉漉的啤酒回到屋里，李梅还在哭。我说别哭了，酒买回来了。

我们继续喝酒。

“今天是我的生日，我以为马德会记得，他会留在家里给我过生日，谁知道他更在乎钓鱼……”李梅哭着说。

“对不起，我也没记住，现在还来得及，祝你生日快乐。”我说。

“自从认识马德之后，每年他都会变着花样给我过生日。有一年他包了电影院的开场广告，搞得整个影院的情侣都羡慕得要死。但是，那个马德再也回不来了，那个马德已经死了。”

我们很快就喝得烂醉。我感觉自己的身体慢慢变得轻盈，慢慢飘了起来，像一个气球被慢慢充满了气。

“马德那狗日的，我真是受够了。他再这样下去，我就跟他离婚。我可不是说着玩的。”我飘在半空中，听见李梅在说话，我多希望她也飘起来，像气球一样随风飘荡。然后，我又隐隐约约听到她说：“女人不醉，男人没机会。王飞，来吧，快来吧。”

我感到自己的脑子嗡地响了一下，好像爆炸了。

“来啊，你也飘上来啊。”我冲着她大喊。

不知道外面的雨是不是已经停了，我已经听不到雨声，只听见李梅撕心裂肺的哭声。我已经飘得越来越高了，李梅的身影越来越小，奇怪的是她的哭声却越来越清晰。我听见她哭着说：“你别丢下我一个人啊，你带我一起飞走啊。”

那一刻，我突然有了某种神奇的力量，我手脚并用拼命返回地面，终于我一把将李梅拥入怀里，紧紧地抱着她，这一次我们两个人都飞起来了。我们飞过一片狼藉的茶几、电视柜、冰箱，掠过昏黄的吊灯……

就在这时，门猛然被撞开了。与此同时，我们从云端急速坠落人间。

我艰难地抬起头来，看见马德面无表情地站在门框里，我第一次发现马德是那么高大。他手里竟然还拎着一条大鱼，血淋淋的，还在滴着血。

马德浑身湿透了，衣服紧紧贴在身上。经过雨水的洗刷，他那颗光头显得特别耀眼，如同一只硕大的灯泡。

我僵在那里，感觉飞转的地球猛然踩了个急刹车，一切都停止了。

马德把那条滴着血的大鱼挂在鞋柜旁的衣帽架上，慢慢走过来，用力将我跟李梅分开，狠狠地推翻在地，我们如同出轨的列车，歪死在地上。

马德啪啪啪给了李梅几个耳光。她毫无反应，过了好一阵才“哇”的一声大哭起来。

“臭不要脸的东西，我早知道你会这样对我，看来我的预感是对的，就像我对鱼的判断一样准确无误。”马德咆哮着，发疯似的把李梅的睡裙扒了下来。李梅哭着喊着挣扎着，一切都无济于事。

我双手抱头缩在角落里不敢动，我担心马德会用鱼钩钩住我的舌头，像钓鱼一样把我甩到空中。

马德并没有那样做，也许他觉得对付我，还用不着用钓鱼的办法。他手里抓着一把锋利的水果刀，向我逼过来。我意识到自己的小命已经到了读秒阶段，白刀子进红刀子出后，这条消息将出现在第二天城市晚报的头版头条，成为街头巷尾谈论的焦点。

我惊恐地闭上了眼睛，绝望地等着马德手起刀落，悲剧就此诞生。

“脱。”他高声命令道。

“脱什么?”

“衣服。”

我没想到马德会提出这样的要求，我愣在那。

马德用他那沾满泥水的鞋子用力踹了我一脚。他说:“快点!”

我慢吞吞地把衣服脱下来，如同在扒自己的皮。

然后，马德让我跟李梅并排抱头蹲在他面前。这让我想起法制节目里警察突击扫黄的镜头，感觉有人在我脸上以及敏感部位打上了马赛克。我把头埋得很低，低到只能看见马德的鞋子。那双鞋子沾满了泥，湿漉漉的，但它们无比威严。

马德像个铁面无私的法官，他开始审讯我们了。

“第几次了?”马德的声音硬邦邦的，掷地有声。

“就，就，就这一次。”李梅说。她的声音很微弱，像一只蚊子，随时都可能被拍死在墙上。我知道她肯定在发抖，但我自身难保，没敢抬头去看她。

“你说。”马德又踢了我一下。如果他手上有一挺机枪，我肯定会变成一个筛子。

“就一次。”

“抬起头来，看着我，说实话。”马德挥舞着那把水果刀，好像随时要在我们身上来那么一刀。

“我们什么也没干。”我说。

“对对，什么也没干。”李梅补充。

“姑且不论是第几次，一次跟几次也没什么区别。那么，你们知罪吗?”

这回，我跟李梅都答不上来了。我们不约而同望了对方一眼，我们看到了彼此陌生的身体，那么丑陋，我们没有从彼此的脸上看到答案。

我摇了摇头。

“快说。”水果刀猛地刺进布艺沙发，又猛地拔出来，刀尖带出一小撮劣质棉花。李梅尖叫一声，我也打了个寒战。

“通奸未遂罪。”我说。

“强奸未遂罪。”李梅哭着说。

“继续。”马德又朝沙发扎了一刀，地板上散落着劣质棉花絮。

“偷人未遂罪。”我说。

“非法聚众酗酒罪。”李梅哭着说。

“背叛朋友罪。”

“破坏他人家庭罪。”

后来，我们像在玩组词比赛，一个个罪名从我们嘴里吐出来，好像只有这样才能抵挡住马德的刀。

“够了！”马德大吼一声，打断了我们。

“随便定一个罪，你们就得千刀万剐。要是今晚不下雨，要是我再晚回来半个小时，你们是不是还想生米煮成熟饭后合伙谋杀，再将我碎尸万段，抛尸荒野？”

马德越说越激动，水果刀在他手里胡乱挥舞着。

“没，没有。”李梅大哭起来。

“你给我闭嘴，我在问王飞。”

“我们只是喝多了酒，我们什么也没干。对了，今天是李梅的生日，让我们一起给她过生日吧，我们还有酒，我们给她唱生日歌。”我说。

“对对，今天是我的生日，马德你忘了吗？”

“够了，别说了，你再说话，今天就是你的末日。”

“马德，你真的误会我们了，我们整个晚上都在为你操心，我们担心你被雨淋湿。”我说。

“为我操心？笑话！”

“我们弄不明白你为什么那么喜欢钓鱼，我们都很关心你，我们想帮你戒掉钓鱼的瘾，过上正常人的生活。”我抬眼看了看马德，希望能从他脸上看到一些友情的内容，看到他往日的温和与善良。但是，我看到的却是一张铁青的脸。

“世界上喜欢钓鱼的人多了去了，我好得很，什么问题也没有。”

马德握着刀，再次向我逼近。

“是，都怪我们多管闲事。求求你，马德，饶了我吧。”说着，我扑通一下跪在马德面前，还磕了几个响头。

“这就对了，坦白从宽。贱货，你呢？”

李梅一把抱住了马德的大腿，她苦苦哀求说：“马德，看在我们夫妻一场的份上，放过我吧，我再也不敢了。”

马德似乎对我们的态度很满意，又重新坐回沙发上去了。他好像没那么生气了，跟我们说话时，嘴边竟然还掠过那么一丝笑容，满脸的怒气也一扫而光。我想，如果这个时候我站起来，把衣服穿上，然后小心翼翼地开门走出去，他肯定不会阻拦。

“难得你们那么配合，我也知道你们谁都不想死，不如我们来玩个游戏，谁输了谁就去死。”

还没等我们点头，马德就径直走进了卫生间。这时候，我和李梅想趁机跑掉，可我们一眼就望见大门上挂着一把大锁。

很快，马德提着一个大水桶过来了，桶里盛着半桶水。他把桶摆在我和李梅面前，开始向我们讲解比赛规则。

马德小心翼翼地将那条鱼放进水桶里。那是一条草鱼，也许是鲢鱼，或者鲤鱼，反正我分不清。这鱼大约有两斤重，虽然不算大，但长得很肥。它已经死了，像一条倾覆的船，浮在水上失去了平衡，只露出肥美的白肚皮。

“这是我今晚钓到的鱼。我每天都能钓到好几条鱼，有大的也有小的，这条算是中等偏上。你们一定纳闷，为什么从来没见我带鱼回来。是的，我钓到鱼从来不带回来，要么放回湖里，要么喂那些流浪猫。你们也许不相信，每天我钓鱼的时候，总会有好多流浪猫陪着我，不管我钓没钓到鱼，它们都默默守在我身边。它们像我的知心朋友，它们也许在等我钓鱼上来，然后喂饱它们。但是，更多的时候，我觉得它们不是为了吃鱼，而是真心喜欢陪我钓鱼。那么你们又要问，为什么我从不带鱼回来，烧个下酒菜，跟你们一起喝酒？我告诉你们，我这辈子最讨厌吃鱼了。我小时候就不爱吃，又腥又臭，我妈非要做给我吃，说什么吃鱼补脑，吃鱼聪明，爱吃鱼的小孩都考上了名牌大学。有一次我故意吞下一根鱼刺，卡在喉咙里了。第二天肿得连脖子都没了，我才告诉我妈。后来的事情可想而知，又是手术又是打针吃药，在医院折腾了一个星期才算好。从此，我妈就怕了，再也没给我做过鱼。直到现在，我看到盘子里的鱼，就感觉有人用鱼钩把我的脖子钩住了，就想吐。你们问得好，钓鱼有什么意思呢？说实话，我也还没想明白，就像人家问我活着有什么意思呢？赚钱有什么意思呢？结婚有什么意思呢？这没几个人能说得上，说得上也不见得说得好说得对，每个人都有自己的说法，也许都对。今晚，我就让你们尝尝钓鱼的滋味，看看钓鱼究竟有没有意思，有什么意思。机会只有一次，祝你们好运。”马德口若悬河滔滔不绝，像一个演说家。

“各就各位，预备。”马德开始发号施令，我们不禁紧张起来。我跟李梅光着身子，面对面站在水桶两侧，我们的脚下有两条刚刚画上的白线，我们必须站在白线之外。

一声哨响，比赛正式开始。我们手握鱼竿，像两个正在一决高下的剑客。我们的任务是把水桶里的那条死鱼钓上来。这情形跟儿童游乐园里那些小孩子玩的钓鱼游戏多么相似。

外面的雨越下越大。密密麻麻的雨点敲打着金属雨篷，像在为我们的比赛擂鼓助威。马德站在我们中间，他抬头挺胸，嘴含口哨，手握一把水果刀，像一个严肃公正的裁判。此刻，他跟我们一样，屏住了呼吸。

魔术师

从河南来的那个马戏团，安扎在盐街晒谷场差不多有半个月了。他们整天锣鼓喧天，搞得整个盐街都在震动。起初，盐街的人们还兴致勃勃，每家每户都花钱去看了，连三岁小孩也没落下。有些人甚至去看了好几回，每次都看得笑掉大牙。我们盐街这种穷乡僻壤，以往从没来过这样的大马戏团，所以大伙儿都觉得稀奇。马戏团一来，整个盐街就像提前把年过了。人们见了面，也不再问吃了没，吃了什么，统统改口成去看了没，还去看不去。

但是，再美味的山珍海味天天吃，也会腻。马戏团每天演两场，下午一场，晚上一场，看来看去全是那套把戏。现在盐街的人也看厌了，连那些好管闲事的狗都觉得没什么稀奇可看的，再不愿去晒谷场上溜达。人们都在盼着马戏团赶紧收拾摊子走人，虽说晒谷场闲着也是闲着，可眼看就要收玉米了，收了玉米就得在那晒啊。晒完玉米，稻谷又开始要割了，照例要在那脱粒啊晒啊。可马戏团大老远来，怎么能讲明了赶人家走呢？那样多不礼貌，那不是盐街人的行事风格。所以，人们虽然嘴上不说，心里却跟约好了似的不再去看马戏，平常走路也尽量绕开那地方，说不定过几天马戏团就走了呢。这世界大着呢，他们还有太多的地方要去，太多的人等着看他们的马戏。

只有王飞一个人天天跑去晒谷场。

晒谷场地处盐街中心地带，挨着乡政府和卫生院，那几栋5层的楼房算是盐街上最气派的房子了。以前乡里开大会啊，表彰计生先进户啊，搞森林防火宣传啊，全在那儿。每次大会开完之后，都会放一场电影。大白幕帘往晒谷场上一挂，人们就从四面八方涌过来了，水泄不通。那是好多年前的事了，那热闹王飞没看过。等他来到这个世上的时候，盐街完全变了样，就连街上都没几个人了。

人们都去哪儿了呢？

跑到世界上其他地方去了。远点的去北京上海，近的广州深圳，再不济的也得去桂林找个活路，大家都忙着挣大钱去了。只有过年那几天，盐街才像个样子。人们拖着行李箱从破旧的班车上跳下来，穿着打扮明显比留守盐街的人高一个档次，就连讲话的口气都带着城市的味道。他们似乎不把盐街放在眼里了，走在路上只关心自己的皮鞋上是否沾了泥蒙了灰。到了正月初五、初六，他们又拖着箱子，走了，就像是趁着长假来这地方度假散心的观光客。

马戏团的灰顶大帐篷就搭在晒谷场上，圆鼓鼓的，四周彩旗飘飘，像《水浒传》里那些古代军大营。帐篷顶上支着两口大喇叭，一个朝东，一个向西。现在马戏团不再演出，喇叭也哑了。

王飞隔得远远的，在那东瞧瞧，西看看。然后他一屁股坐在晒谷场的台阶上，嘴里嚼一根草茎，眼睛却往帐篷里张望。他跟那些人也说不上一句话。他还是个7岁小孩，人家根本不把他当人看。

暑假刚刚开始，王飞整天无所事事。那几个要好的小伙伴都进城投奔他们的爸妈去了。他们的爸妈在城里打工，忙着挣大钱呢。没有人跟他玩，他只能自己找乐子，他总能找到乐子。摸鱼打麻雀熏老鼠，他甚至去后山偷过一回西瓜。当然，他也进大帐篷看过几次马戏，都是偷偷混进去的，他没钱买那10块钱一张的门票。

马戏团似乎喜欢上盐街这地方了，马戏停演好几天了，他们也不着急走。每天到了大中午，马戏团的人才从大帐篷里钻出来，懒洋洋的。他们在晒谷场上架起一口大铁锅，生火煮饭。吃过午饭，他们就在晒谷场的树荫下打牌，有说有笑的，他们比盐街的人快活多了。马戏团大约20人，也许更多，王飞没有认真算过。有几个姑娘还挺漂亮的，总是穿着紫色的紧身演出服，像水灵灵的茄子。

这天中午天气很好，阳光铺满草地，显得有些浪费，人们恨不得将阳光扫进麻袋里，留到秋天晒稻谷。

马戏团的人正在吃饭，他们端着大碗，蹲在地上吃面。他们不像盐街的人，碗里总是大米饭，他们总吃面。

王飞怀抱一个破皮球，独自在晒谷场上踢。实际上，他并没有认真踢球，他的目光不断扫向马戏团那边，他在那堆人里扫到一个人。他们碗里的面条在阳光下闪着白光，王飞突然有点饿。中午奶奶煮了鸡蛋挂面，他只吃了几口，再不愿动筷，他不喜欢吃面。他想不明白马戏团的人为什么那么爱吃面。难道他们的面比盐街的面好吃?

嘭地一脚，王飞把皮球踢了出去。皮球太破了，露出了黑乎乎的内胆，有点泄气，在地上滚了一圈，不动了。那是王飞在学校围墙外捡到的，也许是上体育课时被学生踢出围墙外的，或者干脆是被当作垃圾丢弃的。反正王飞捡着的时候，还挺高兴的，像捡了一件宝贝。他把皮球的气压掉一些，小心塞在衣服里，像个贼一样溜回了家。他找来刷子和洗衣粉，刷了又刷，可无论怎么刷，它都还是一个灰溜溜的皮球。

太阳很毒，人站在阳光里，连自己的影子都找不着。

王飞一脚一脚将球踢向围墙，发出嘭嘭的闷响，他想引起马戏团的注意。但是，没有一个人往这边望。他在犹豫着，要不要把皮球踢到马戏团那边去。

“小鬼，过来。”

就在这个时候，王飞听见一个声音从马戏团那边飘过来。

“过来，小鬼。”这时那边又喊了一声。

王飞抱着皮球，满心欢喜地向马戏团那边走去了。

“小鬼，吃完饭，我们一起踢球。”

说话的，正是王飞想认识的那个人。

他是马戏团里演大变活人的魔术师。他应该是马戏团里最年轻的人了，十七八岁的样子，留着长头发，小八字须。他变魔术的时候，总穿一件黑色皮衣，皮衣上镶满铁质骷髅头和铆钉，一闪一闪的，很好看。他把手里的金属棒往空气中一扬，魔法就施展出来了，那动作真是太帅了。说白了，王飞去看马戏，多半是冲着他去的。他是一个神奇的魔术师，能把马戏团的那些姑娘变成老太婆，将胖子变成瘦子，男人变成女人，女人变成猴子。

魔术师简直无所不能。

王飞抬起头，冲着魔术师笑了笑，以示同意。王飞有些腼腆，脸突然就红了。他傻乎乎地站在那儿，看着马戏团的人吃面。他们的碗大得像盆，白花花的，在阳光下亮得晃眼。他们吃得呼呼生风。

后来，马戏团的人又玩起了桥牌。满脸横肉的马戏团团长跟三个姑娘一桌。他们不赌钱，谁输了就往谁脸上贴一张纸条儿，有些人被贴得满脸都是，花花绿绿，挺可笑的。王飞看见马戏团团长嬉笑着，时不时往其中一个姑娘的大腿上捏一把，眯着眼睛说："今天谁输了就陪老子睡觉。"那几个姑娘听了，相互嬉闹着，笑成一团。

魔术师从来不跟他们玩牌，他好像总一个人独来独往，闷闷不乐，就连吃饭都是一个人蹲在角落里吃。

王飞跟魔术师在晒谷场上踢球。他们在地上摆上两块石头，那就是球门了。他们追着皮球跑啊抢啊，晒谷场上仿佛滚着三只皮球。直到太阳下山，王飞才依依不舍地往家里走。

王飞很快就跟魔术师混熟了。他没想到魔术师如此随和，比他那些去了深圳打工的堂哥表哥们还随和，简直就像一个亲哥哥。

第二天，王飞又去找魔术师玩，他往魔术师手里塞了一颗茶叶蛋。那是中午奶奶煮给他的，他没舍得吃，偷偷藏在裤袋里。

魔术师捏着那颗茶叶蛋，不知道是该吃还是该还给王飞。

“你吃吧，我吃腻了。”王飞担心魔术师不吃他的茶叶蛋，催促道。

“那我给你变一个魔术。”

说着，魔术师眼睛一眨，双手在空中一扬，茶叶蛋不见了。王飞咯咯笑起来。魔术师张开嘴，茶叶蛋竟藏在嘴里。王飞哈哈大笑。紧接着，他看见魔术师的喉结一上一下，好像把整颗茶叶蛋都吞掉了。王飞心里一紧，担心魔术师被噎住。去年，盐街上有个小孩就被一颗茶叶蛋噎死了。然而他的担忧是多余的，最后魔术师从自己的裤裆里摸出了一颗茶叶蛋。

在王飞惊讶的表情中，魔术师把茶叶蛋真的吃了。

他们很快就厌恶了踢球。他们躺在树荫下乘凉，实际上一丝风也没有，热气腾腾。

“看过我变魔术吗?”

“当然。你变的那些魔术是真的吗?”

魔术师笑了笑，没有说话。

“是不是真的?”王飞打破砂锅问到底。

“当然了。你想要什么，我就能变什么。”魔术师站起来，拍拍裤子上的灰，又甩了甩那一头长发。他的头发太长了，动不动就盖住眼睛，所以他时不时要甩一甩，或者用手去捋一捋，那动作和电视里的刘德华一样。

“那你给我变个新皮球吧。”

“我不能随便变，每个魔术师的魔力都是有限的，变一个就少一个。”魔术师神秘兮兮地说。

王飞有些失望，但这种失望很快就被随之而来的惊喜冲淡了。魔术师要带他去看马戏团的动物。他跟着魔术师穿过铁门，正要往大帐篷里走，被马戏团团长喝住了。

“杨波，这是谁呢？”马戏团团长质问道。

“你管得着吗？”魔术师没好气地说。

“你狗日的翅膀硬了是不是？敢跟老子横？”团长很生气，王飞看见他那张油光满面的脸突然变了形。这时，一起打牌的那几位姑娘有些不耐烦了，催促他出牌。

“我们走，别理他。”魔术师拉过王飞的手，继续往里走。

“狗日的，你还真把自己当魔术师了？你看老子不打死你。”团长把手里的牌一撒，操起一张板凳就冲了过来。王飞感到空气里突然起了一阵风，掉头就跑。等他回过头来，看见魔术师还稳稳站在那儿，而团长已经冲到他面前。

“快跑。”王飞冲着魔术师大喊。

魔术师并没有跑。团长来势汹汹，他操起板凳，想打，又放下了。也许他觉得用板凳打人不过瘾，于是换成了巴掌，巴掌落在魔术师脸上，左一个右一个，啪啪响。

魔术师没有躲闪，任凭巴掌扬起又落下，他站得笔直。打牌的人纷纷放下牌，看起热闹来。

王飞突然冲了过去，朝着团长的大屁股狠狠踢了一脚。团长像一头被激怒的公牛，掉头扑向王飞。还好王飞躲得快，否则他恐怕会被扔进笼子里喂老虎。

魔术师还是带着王飞，从后门溜进了大帐篷。里边黑乎乎的，堆满各种杂物，有一股难闻的潮味。再往里边走，是一个小隔间，横七竖八摆了几张铁架床，另外几个姑娘躺在床上嗑瓜子，叽叽喳喳说着什么。

“这小鬼是谁呀，是你弟弟还是私生子？”姑娘们嬉皮笑脸的。

“去你妈的，吃着东西还堵不住臭嘴。”魔术师走过去，在一个姑娘的胸部抓了一把。那姑娘“哎呀”叫一声，将手里的一把葵花子砸向魔术师的脸。

“你小子敢吃老娘豆腐，看老娘不告诉你爹。”

“去你妈的，那秃子才不是我爹。”

“你说谁是秃子？”

他们将姑娘们的骂声甩在了身后，走过黑暗的转角，就看见了几个大大小小的铁笼，腥臭味扑鼻而来。笼子里有猴子、蟒蛇、狮子和老虎，角落里还拴着两匹马。

看见有人进来，猴子们兴奋起来，龇牙咧嘴，嗷嗷叫着。狮子和老虎并不把他们当回事，像见过大世面的人物，不惊不乍。

“这是我们的宝贝。”魔术师说。不知道他从哪里变出了两颗桃子。笼子里有4只猴子，两大两小，像是一家四口。它们负责表演跳火圈、骑单车和翻筋斗，有时候魔术师也让它们表演大变活人。

魔术师将桃子捏在手里，猴子们叫得更欢了。

“想吃？给爷爷磕个头。”魔术师说。猴子们挤眉弄眼，像在讨价还价。

“就两颗桃，谁听话给谁。”说着，魔术师咬了一口桃，嚼得津津有味。猴子们终于乖乖磕了两个响头。

王飞咯咯笑了。

“把你的皮球给它们玩玩，这些小鬼好几天没活动了，皮痒着呢。”

王飞有些不情愿，犹豫了一下，还是答应了。猴子们争抢着皮球，又喊又叫，如同一群调皮的孩子。然而，皮球很快就被猴子们撕开了一道口子，像放了一个悠长的屁，彻底瘪了。

魔术师急了。他说：“别难过，回头我给你变一个新的。”

“没事，反正也是捡来的。”

他们朝着那只老虎走过去。老虎看上去很老了，斑纹暗淡，像套着一件破旧的衣服。它在闭目养神，即便有人走到笼子跟前，它都没睁眼看一眼。

“它生病了。”魔术师说。

“等它病好了，你们就得走了？”

“嗯。”

“你们应该带它去看医生，对面就是卫生院。”

“那是人看病的地方，它要看兽医。我们团里那兽医去年跟一个姑娘跑了。”

后来，他们来到了盐街上。街上安静得可怕，一个人影也没有，阳光打在水泥路面上，晃得人眼睛疼。

“你们这儿的人挺有钱的。”魔术师说。

魔术师显然是看见了路边那些新修的楼房。这几年，盐街上的人越来越少了，人们总想着往外跑。但是，盐街上的楼房却与日俱增，房子空荡荡的，没人住，家家大门上挂着大锈锁。

“我堂哥说盐街就像一坨屎，狗都不愿吃。”

“你堂哥在哪？”

“深圳。他说等他挣了大钱，绝不会像别人那样回来造房子，造好房子又去深圳住工棚。他要在深圳买房子，在那娶一个老婆，过城里人的生活。”

“他在深圳干啥？”

“造房子。我们这有很多人在深圳造房子，深圳有很多房子要造，他们根本忙不过来。”

“难怪去看马戏的全是老人小孩呢。”

魔术师在路边买了两罐冰镇可乐，请王飞喝可乐。这玩意儿王飞喝过，过年的时候堂哥请他喝的。堂哥说，在深圳，人们都爱喝可乐。每天造完房子，他都要喝一罐。

喝完可乐，他们感觉自己凉爽下来了。然后，他们踢着可乐罐往前走，你一脚我一脚，很快把凉爽踢没了，踢出了一身臭汗。

他们就这样踢着易拉罐穿过冷清的盐街，来到了街口王驼背的小卖部前。吸引他们的是摆在铺子前的那张台球桌。那是一张破烂不堪的台球桌，缺了两条腿，下边垒了几块砖，勉强支撑着。这里曾经是盐街年轻人最喜欢的地方，他们在这打上一圈台球，喝上一瓶啤酒，偶尔也打架。王飞记得堂哥在这里跟外村的一个青年干过一架，据说是为了抢隔壁班的一个女同学。也就是因为那一回架，上初中的堂哥被学校开除了，不久他就去了深圳。

现在，只有王驼背坐在小卖部前。他像条焯熟的虾公，驼背使他的脸差点贴到地板。王飞喊了一声“驼背爷爷”。

王驼背答应着，慢吞吞挪起来，从货架上取下两颗棒棒糖，塞给王飞。他说：“王飞啊，收完谷子，爷爷就进城了，以后恐怕就难见面了，可要记得爷爷哦。”

“您也要去深圳造房子？”王飞问道。

“爷爷哪里还造得动房子哦，爷爷老了，就怕哪天死了也没人知道，只好去城里跟你六叔。”

王驼背努力把目光抬起来，这才看到了站在王飞身边的魔术师。

“王飞，这是谁呢？是你堂哥？还是表哥？”

“表哥。”王飞说。

“哦，很多年轻人爷爷都认不得了，他们长得太快了。就算你堂哥回来，我恐怕也认不出他了。”

他们本来想停下来打一圈台球，可太阳太毒了，晒得整个世界像要融化似的。

他们来到了小河边。

魔术师掏出一盒烟，点了一支，叼在嘴里。

“你会吐烟圈吗？”王飞说。

魔术师深吸一口烟，仰面朝天，嘴巴噘成一个O型，很快吐出了一串烟圈。那些大大小小的烟圈，排着队迎着烈日飘上了天。

“你们这有没有发廊?”

王飞摇了摇头。

“我想去弄个新发型，染成金色的，再来个爆炸头，多酷啊。”说着，魔术师用手比画了一下，在头顶做了个爆炸状。

“我堂哥也搞了个爆炸头，在深圳做的。我奶奶说他那爆炸头难看得要死，像顶着一个大鸡窝。”

他们一边说话，一边打水漂，石头一个连着一个飞向对岸。

“接下来，你们要去哪?”王飞说。

“贵州。”

“离深圳远吗?”

“南辕北辙，你说远不远？不过总有一天，我们会到深圳的。我做梦都想去深圳。”魔术师说。

“我也想去深圳。我们这的人都想去深圳。”

“我们马戏团有好几个人也跑到深圳去了。”

“我奶奶说，我妈就在深圳。她去深圳好多年了，待在那一直没回来。如果你们去深圳就好了，可以带上我。”末了，王飞又问:“你爸妈是不是也在深圳?”

魔术师好像突然不高兴了。

“我早就没有爸妈了，我很小就跟着马戏团。”

王飞心里一阵难过，没想到魔术师如此可怜。他也不敢再问什么了，他不想惹得魔术师不高兴。

“你真的什么都能变?”

“你不信?”魔术师瞪了王飞一眼，又甩了甩头发。

“那你把深圳变到这里来吧。我做梦都想去看妈妈。”

“没问题，但今天不行，你换一个。”

“那你把我变成一个大人吧。”

“你为什么想变成大人，当小孩不好吗？”

“我奶奶说等我长大了，就让我去深圳，现在我还小，她不让。”王飞委屈地说。

“可是一旦把你变成大人，就没办法变回来了。你还这么小，难道就想永远做一个大人了？”

王飞有些犹豫。

“我看你还是做小孩好了。实话告诉你，连我都想做一个小孩，小孩多好啊，什么事都不用想，就想着怎么好玩。是不是？”魔术师说。

“那你为什么不把自己变成一个小孩？”

“如果我把自己变成一个小孩，谁来变魔术啊？”

王飞想了想，魔术师的话真是有道理。

“其实，有时候我也不想变魔术了，我想跟你堂哥一样，去深圳赚大钱。可我们团长说了，变魔术也能赚大钱，不能半途而废，总有一天我们能把魔术变到北京去，变到国外去。”

“那你要加油，你今后一定是个大魔术师。”

“你叫什么来着？”

“王飞。国王的王，飞机的飞。”

“哦，王飞，我记住了。等我出名了给你签名。”

河滩上满是光溜溜的鹅卵石，他们开始砌城堡。王飞想：深圳是不是也有很多这样的城堡？他的妈妈和堂哥都在那儿，在那儿砌真正的城堡。王飞好像突然拿定了主意，他要变成一个大人。

“我想好了，你把我变成大人吧，我想去深圳找妈妈。她很久没回来看我了，我再不去，她就会忘掉我了。”

“你要想好，天下没有后悔药。”

“我想好了。你变吧。”

王飞把牙齿咬得紧紧的，似乎已经咬死了这个决定。

“万一你奶奶不同意呢。”

“她巴不得我赶紧长大。”

“那好。但是你也要帮我一个忙。”

“好。”

魔术师又甩了甩头发，四下看了一眼。他凑近王飞的耳朵，悄悄说：“明天中午你到我们马戏团来。等我们大伙儿蹲在大帐篷外吃饭的时候，你就冲上来，把我们团长的假发摘掉。”

王飞没想到魔术师让他干这样一件坏事。他有些害怕，那团长凶得很，一脸横肉，看着就像要吃人的样子。

“万一被他抓住，肯定会被拿去喂老虎。”王飞说。

“你傻啊，你抓着假发撒腿就跑，我保证他追不上你，他的右腿有点瘸。还有，你一边跑还要一边喊‘杨秃头杨秃头，头上顶了个球’。”

王飞犹豫了一阵，最后点了点头。

他们最终约定第二天中午在马戏团会合，然后实施他们的计划。到时，在马戏团的舞台上，魔术师将施展小孩变大人的魔术，把王飞变成一个大人。

太阳一点一点下沉，河面上起了一丝风，那些晒蔫了的杨柳慢慢活了过来，在风中摇摆。知了在树上叫个不停。

魔术师要下河游泳。他说这河水太清澈了，不下去泡一泡，实在是浪费。

王飞本来想问魔术师是否会游泳，这水看似清浅，好些地方可深着呢，去年夏天还淹死过一个小男孩。但他转念一想，觉得问这话有些多余，魔术师还不会游泳？即便不会，他随便施展一点魔法，就能将自己变成一条鱼。

魔术师拍打着水花，走向河中央，河水没过他的腰，又没过他的胸口。他兴奋得像个孩子，好像从来没见过河流似的。王飞坐在河滩上，继续砌他的城堡。他想，等魔术师回到岸上，他就躲在城堡里，让他找不着。

等王飞从石头城堡中抬起头来，魔术师不见了。

这时候，夕阳正像渔网一样撒向河面。黑蝙蝠叽咕叽咕怪叫着，魔鬼一样从岸边树丛里飞出来，低低掠过水面，冲向黄昏里。天就要黑下来了。

王飞着急了，他冲着水面喊魔术师，但除了潺潺的水声，没有任何回声。他又往水里扔了几块石头，水花溅起又落下，一切很快归于平静。

王飞站在黄昏里，突然想起去年夏天被淹死的那个男孩，跟他一样的年纪，被捞上来的时候身体鼓得像一块大馒头，就摆在他脚下的位置。眼前这个城堡，多像一座小小的坟啊。他突然害怕起来，慌忙从城堡里跳出来。他决定不再等魔术师了。魔术师肯定已经把自己变回马戏团去了。说不定这个时候他正抱着饭碗，啃着羊肉呢。王飞有些生气，心想这人也太不够意思了，走了也不打声招呼呢。

奶奶的呼喊声正在盐街上空回响。王飞踏着逐渐暗沉的霞光，一路小跑回家。他决定回家吃完饭就帮奶奶刷碗，写一会儿作业，然后乖乖上床睡觉，好好睡他一个囫囵觉。这些事再也不能让奶奶操心了。因为从明天开始，他就要做一个大人了。

未接来电

凌晨3点28分，苏玫突然从梦中惊醒过来。她做了一个梦，梦见女儿毛毛高烧40度。最近毛毛在长牙，很容易发烧。她反复提醒自己千万要特别留意，悉心照料。没想到，让一个梦给吓醒了，之后就再也睡不着。

这个夜晚异常闷热，仿佛满世界都在铺沥青，空气又热又黏，让人窒息。榕城的人都在盼着一场雨。闷热持续半月有余，上午日头毒辣，热浪滔天，到了下午，乌云压境，将暑热挤向地面，更加闷热难耐。世界像是死了一样，连一丝风也没有。好几次有了下雨的迹象，气象台也预报了降雨的喜讯，但雨水迟迟不来。

上半夜，女儿毛毛闹腾得厉害，苏玫没怎么合眼。这个时候，小家伙睡得正香，嘴边挂着甜甜的笑，甚至还打起了呼噜。毛毛的呼吸有力，小小的身子微微起伏，像一个正在发酵的面团。真是一个让人怜爱的小家伙，苏玫恨不得使出浑身的力气去爱她，去呵护她，去养育她。这时候，苏玫又为自己对她的暴躁脾气而内疚自责。是啊，毛毛还那么弱小，怎么能随便对她发脾气呢。

毛毛现在8个月了，已经长出了4颗牙齿，还有一颗新的正在冒头。可能是长牙的缘故，夜里老是睡不安稳，一会儿就惊醒过来，闭着眼睛大哭，怎么哄都没用。以往毛毛一哭，苏玫一把将她搂进怀里，把乳头塞过去，她就会贪婪地吮吸着，慢慢平息下来，很快又睡过去了。但这一招突然不灵了。苏玫给她喂奶，她毫不领情，小手反复推搡，哭叫着用舌头顶出来，好像往她嘴里灌的是毒药。

苏玫反复尝试了几次，毛毛哭得更凶了，她赶紧抱起来哄。母女两人似乎在深夜里较着劲，谁也不服谁。现在毛毛才8个月，苏玫就感觉到她们之间的较量已经开始了。也许母女一场，这种较量将伴随她们的一生。

在这个闷热的夜晚，一切负能量都被放大了。苏玫感觉自己像吞了火药，要是毛毛继续哭闹，她就要爆炸了。好在小家伙终于泪眼汪汪睡过去了，也许是真的累坏了，连哭闹的力气都没有了。

此刻，苏玫迎来了难得的安宁时光。有了毛毛之后，苏玫的睡眠就彻底支离破碎了。她的睡眠薄得像一层纸，一戳就破。毛毛的一个翻身，一声呓语，一个哈欠，一个响屁，还有突如其来的哭泣，都牵动着她的心。毛毛的哭泣声就像埋在生活里的一颗地雷，随时会爆炸，所以她总是提心吊胆。

苏玫已经没了睡意。她索性去厨房倒了一杯水，坐在床头刷手机。她往购物车里添了两件小花裙。苏玫早就想给毛毛买裙子了。夏天来了，可以穿裙子了，穿裙子就更像女孩子了，应该很好看吧。

最后，苏玫刷起了朋友圈。朋友圈也没什么好刷的，自从有了孩子，朋友越来越少，发朋友圈的朋友更少，朋友圈逐渐被各种微商占领了，寡淡无味。

那条朋友圈动态，打破了夜晚的宁静。苏玫感觉自己的心吱吱响了两下，像是身体的电路突然被接通了。

那是他发的朋友圈。“故地重游，物是人非，今夜无眠。”这12个字下面是一张日月双塔夜景图。那是榕城的地标之一，最著名的夜景地，网红打卡点。发布时间是4小时前，推算起来是头天夜里11点多，那是人最容易怀旧的时间。这条朋友圈还显示了定位。定位上那家酒店离她家不远，步行不过10分钟。站在她家阳台，甚至能看到酒店的霓虹灯广告牌。

苏玫感觉到他那条朋友圈完全是为她而发的，说不定还特意设置了仅苏玫可见呢。他这是什么意思？是故意挑衅，让她陷入痛苦的回忆，还是旧情难忘，要跟她重温旧梦？抑或只是睹物思人，随意抒怀感慨？那么，他是出差路过此地呢，还是有目的有计划地故地重游？他是孤身一人，还是带着女友或娇妻？或者像她一样已经有了孩子，一家人旅游度假来了？

苏玫再也无法平静下来，整个人深陷在暗夜里兵荒马乱。苏玫又把微信、QQ，甚至是手机短信翻了个遍，并没有他发来的任何信息。通讯录的几条未读信息，全部来自那几个卖奶粉、尿不湿的母婴亲子交流群。

一种难以言说的情愫涌上心头，是失望、幽怨，还是喜悦、期待？也许什么都没有，也许兼而有之。总之，闷热的天气进一步助长了这种复杂的情愫，好像变异的病毒，在苏玫心里滋生扩散。

实际上，自从分开之后，他们就再没联系过。这样也挺好，互不打扰，各自安好。起初，她还会时常想起他。有了毛毛之后，他便完完全全退出了她的生活。孩子一天天长大，慢慢将她的心填满，再也塞不下任何别的东西了。何况是那样一段并不愉快的感情呢。

她又忍不住去翻通话记录，最顶端闪出一个未接来电。那一串红色数字特别醒目，像是在提醒她错过了什么。那个电话是头天夜里9点30分打来的。那时候她正忙着给毛毛洗澡、换尿不湿，接着是喂奶、哄毛毛入睡。就是再十万火急的电话，她都没空去接。再者，自从有了毛毛，她的手机总是处于静音状态，接不到电话是常有的事。以往，出差在外的杨铁给她打电话，总是没人接。后来他就不再打电话，换成微信留言。

这一夜显得特别漫长。好不容易等到天亮，楼下的鸟鸣热闹起来，密密匝匝的。苏玫弄不明白这座城市为什么会有那么多鸟，这些鸟儿天亮之后又去了哪里。以往在清晨听到鸟鸣，苏玫总想起丈夫杨铁。杨铁一年之中大部分时间都在出差，他忙着自己的生意，总是天南地北飞来飞去，像鸟一样自由。那时还没有毛毛，偌大的房子里常常只有她一人，天亮时听到鸟叫，她总是想杨铁飞到哪里了，什么时候飞回来。后来呢，似乎同样是因为有了毛毛，苏玫也就很少去想杨铁。

乌云笼罩着榕城，闷热持续加码，气温蹿到了39度。

早间的天气预报说，气温再次刷新纪录，高温将持续发威，榕城要遭遇近30年来最热的夏天。预报员再三提醒市民减少外出，注意防暑降温。

苏玫却推着婴儿车出了门。毛毛总是起得很早，天亮过不久，她就醒了，再怎么哄都没用，哭闹着要起床。

苏玫每天都会去太阳广场遛娃。早上8点，广场上已经人来人往，大多是附近商场、写字楼里的上班族。他们脚步匆匆，手里拎着从附近打包的早餐，很快消失在广场上。苏玫有时候也会在附近点上一杯咖啡，慢慢地喝，一口一口把上午的时光消磨掉。当然，那是毛毛两三个月大的事了。现在毛毛长大了，坐不住了，老是要苏玫抱着到处游走。

今天苏玫有些心神不定。她还在想着昨晚那个未接电话。

苏玫坐在太阳广场外的花池边上。池里的花儿无精打采，似乎只剩下最后一口气。广场对面就是那家商务酒店，只隔着一条马路。苏玫看见酒店的旋转门不停地转动，不断有人进进出出。她的心也随着那扇门转啊转，怎么也停不下来。她想着此刻他会不会突然出现，或者他会不会正从酒店某个房间的窗户往太阳广场这边看，会不会在人群中发现她。这样胡思乱想一阵，她突然觉得自己有点无聊。30多岁的人了，孩子都有了，还这样无聊。也许那只是一个普通的未接来电，卖婴儿奶粉、纸尿裤的推销电话，她却如此大费周折去猜想，简直是傻瓜。她在心里这样嘲笑自己。

8个月的毛毛很乖，她安静地坐在婴儿车里，嘴里含着安抚奶嘴，手上摆弄着一个小狗玩偶。她还不会喊妈妈，却会发“狗狗”的音了。每次在路上遇到有人遛狗，她总是兴奋地大喊“狗狗”“狗狗”。看得出来，她是一个喜欢小狗的孩子。她手里摆弄的那个小狗玩偶，是杨铁从深圳带回来的。别的玩具她摆弄两下就厌倦了，这个小狗玩偶她却百玩不厌，天天要带在身边。

毛毛时不时抬起头来看看苏玫，嘴里呜呜哇哇嚷着什么。苏玫赶紧把吸管杯塞过去，给毛毛喂水。

广场上见缝插针地搭建了一个小型儿童游乐场。麻雀虽小，五脏俱全。有儿童蹦床、充气堡、旋转木马、滑梯和碰碰车。到了周末，人山人海，热闹非凡。

九点，太阳广场地下一层的超市开门营业了。一些等候已久的大妈蜂拥而入，向着蔬菜水果肉类水产区狂奔。为了吸引客流，每天早上超市会推出特价菜。比如鸡蛋13块一板，大米只要一块九毛九一斤，买牙膏送牙刷，先到先得，售完为止。附近小区的大妈们都喜欢前来抢购，这是她们每天的乐趣所在。

有时候苏玫也会买一些特价菜，当然是碰上了就买一些。就她一个人吃饭，要不了什么菜。如果是往常，苏玫会推着婴儿车去超市逛一圈，买些生活用品，然后去逛商场二层的母婴用品。

这一天苏玫没有心思逛超市。天气热起来了，她转移到了一个餐厅里。苏玫忍不住又去翻看朋友圈，全是铺天盖地的广告，百无聊赖。其实，她只是想看看有没有他的信息。没有。他的朋友圈没有更新，还是昨晚那条。

苏玫决定回拨那个陌生电话，就像沉闷的天气需要一场暴雨，否则这一天她都将被它劫持、牵引，不可自拔。

当然不能用自己的手机打过去，得找一台座机。倒不是因为怕他，或许也是怕，只是她不愿意承认罢了。当初他们在一起的时候，她是强势的一方，什么事都得听她的。就连分手的时候，也是她甩了他。那年他们从榕城大学毕业，也是炎热的七月，他们像两条缺水的鱼，迫切需要一份工作来提供生活的氧气。他们在榕城东奔西走，四处投递简历、跑招聘会。很快，她在一家房地产公司落了脚。她的想法很简单，先找个落脚点再做打算。他就不一样，一心想进大单位，机关事业单位最好，最次也得是国企。他说人生的起点很重要，他要从巨人的肩膀上起飞。到了第二年春天，他仍然没能找到巨人的肩膀。后来他似乎放弃了，每天躲在出租屋睡觉、打游戏。后来，他们就分了手。

商场里没有座机，只有酒店前台有。苏玫推着婴儿车往马路对面那家商务酒店走去。毛毛安安静静地坐在婴儿车里，她似乎感应到了妈妈今天的焦虑不安，所以她表现得比往日更加乖巧，不哭也不闹，真是个贴心的小天使啊。

红灯亮起，如同横在生活里的一个巨大的暂停键。

苏玫记得那天他们大吵一架之后，一切都结束了。她记得他说："你有什么资格来教育我？你在那家破公司端茶倒水，甚至还要忍受老板的咸猪手，你有什么优越感？"他甚至动手打了她。这是第一次，也是最后一次。她委屈得说不出话，拖着行李箱，一路哭着跑出了那间位于城中村深处的出租屋。那天雨下得很大，她湿漉漉地跑出城中村，不知道要去哪里。她以为他会追上来，哭着向她道歉，求她回去。但那天这一切偏偏没有发生……

苏玫站在那家商务酒店的大堂前台，从手机通话记录里翻出了那个未接来电。她有点儿紧张，为什么会紧张呢？她在心里问自己。她就在这种紧张的裹挟下拨通了那个电话。电话那头的嘟嘟嘟声仿佛来自她的心跳，近在咫尺，又好像来自遥远时空，连接起了过往的某个时间点，漫长而沉重，一声声击穿她的耳膜，敲打着她的心。

电话接通了。果然是他啊。声音和腔调熟悉又陌生，但她知道就是他。她想起每年寒暑假，他每天都会给她打电话。那时候哪里有那么多话说呢？真是不可思议啊。现在她跟丈夫杨铁通电话，总是三言两语就挂掉了。有时候只有一声"嗯""好的"，再无多言。

"喂，你好！你是谁？"电话那头，他不断重复着这句话。苏玫都没出声。说什么好呢？感觉没什么好说的。5年了，故事早就结束了，现在她有了家庭，有了自己的生活，最重要的是有了毛毛，再也没有什么能改变她的生活了。她今天打这个电话，只是为了验证自己的猜想，或者纯粹就是出于一个无聊的恶作剧。她这样想着，就决定挂电话了。这时候，她才发现手心里沁出了细汗，密密匝匝，像爬满了蚂蚁。

“我知道你是谁。”电话那边突然说。

苏玫紧紧抓着电话，低头看了看婴儿车里的毛毛。毛毛已经坐了很久了，此刻仍然安静地摆弄着手里的小狗玩偶。育儿专家说了，8个月的孩子不能久坐，不然会影响脊椎发育，坐久了要抱一抱。

苏玫想弯腰去把毛毛抱起来，但她又担心毛毛会突然哭起来，打破眼下这种难得的平静。

毛毛是苏玫的第一个孩子，也有可能是最后一个。当然，她也不知道别人家的宝宝在8个月大的时候是什么脾气，是不是也这么乖巧。总之，她觉得毛毛是世界上最乖的好宝宝。

“5年了，你还好吗?”电话那边接着说。

苏玫静静地听着，眼睛盯着毛毛看，随时准备挂掉电话，把毛毛从婴儿车里捞出来。

“你为什么不说话?”电话那头说。

“昨晚的雨下得好大，让我想起你离开的那个雨天。”

昨晚下了雨吗？苏玫在心里问自己，也像是在问对方。如此一来，她感觉自己像在做梦。

“你走之后，我心里一直在下雨。或者说，每当下雨，我就会想起你。”

苏玫感觉到他还是有变化的。他不再是那个沉默寡言的少年了，语气里充满了中年男人的油腻轻佻，说得好听点是有了幽默有趣的成分。这样的话语，如果是说给一个天真的小姑娘听，应该是甜言蜜语，让人心动着迷的吧。

“你是在附近给我打电话吧？我闻到你的气味了，你就在我身边。对不对?”

苏玫下意识扭头看了看大堂里侧的电梯间。电梯门时开时关，不断有人进出，没有看到熟悉的面孔。此刻，他应该就在酒店的某个房间里打电话。她甚至能想到他打电话的样子——光着身子，趿着酒店的一次性拖鞋，在房间里走来走去。

“我们来玩个游戏吧，让我去找你，你就站在打电话的地方不要走。记住！你就站在原地别动，也不要挂电话，我肯定很快就能找到你。你信不信？”他在电话那头说。通过长长的电话线，还能听出他内心的激动和兴奋。

这时候，毛毛终于不耐烦了，哇哇哇哭起来了。毛毛大概是在抗议了，孩子的忍耐也是有限度的。这个小家伙虽然才8个月，却是一副懂得很多人事的样子。有时候毛毛的一个眼神，一个表情，似乎都在表达着对她这个母亲的某种看法。就像现在，她鬼使神差地站在酒店大堂里给一个男人打电话，也许毛毛早就看穿了她的心思，只是不会说话罢了。

“是谁在哭?”这时候，那边大概也听到了哭声。他可能意识到了这哭声随时会导致他们的通话中断，马上又说：“你千万别动，我现在就下楼找你。”

苏玫挂掉电话，赶紧去安抚毛毛。毛毛饿了，噘起小嘴撒娇。苏玫小心翼翼地将毛毛从婴儿车里捞出来，抱在怀里，四下张望，她要寻找一个可以喂奶的地方。

小家伙迫不及待地往她怀里钻，像拱白菜的小猪一样。苏玫也顾不上那么多，坐在酒店大堂的长沙发上给毛毛喂奶。她撩起上衣，熟练地解开哺乳文胸，把乳头精准地塞进毛毛嘴里。毛毛贪婪地吃着奶，安静下来了。

毛毛只吃母乳，不喝牛奶。起初，杨铁担心苏玫的乳汁不够，怕毛毛吃不饱，影响发育，还专门托人从国外购买奶粉。但是毛毛并不领情，奶瓶塞到她嘴里，她一口也不吸，心情好的时候还咬着奶嘴玩。要是不高兴了，她便推开奶瓶哇哇大哭。那些漂洋过海辗转万里的奶粉总是变质坏掉，最终被丢进垃圾桶。后来，牛奶换成了羊奶，依然是无功而返。杨铁也就死了心，不再固执地买奶粉了。他又叮嘱苏玫多喝汤，花生猪蹄汤、鲫鱼豆腐汤、排骨墨鱼汤，每天都要变着花样做。当然是苏玫自己做，每天一大锅喝下去，这才保证了奶水供应。有时候，苏玫感觉自己是一头奶牛，心里难免一阵灰暗。但一看到毛毛像馋猫一样窝在怀里，用尽全身的力气吮吸，奶水从自己身体里涌出，源源不断地流进毛毛的肠胃，她真切地感觉到自己的爱正通过乳汁源源不断地流进毛毛的身体，母女间的感情一次次得到稳固升华，再也没有什么力量能将她们分开。

毛毛在安静地吃奶，苏玫掏出手机，想看看时间。就在这个时候，那个电话又来了。这回竟然打到手机上来了。苏玫慌乱起来，手机是静音状态，她没掐掉，一把丢进婴儿车里。她想起了他说的那个游戏，又慌乱地环顾四周，还好，他并没有出现。

此地不宜久留。苏玫决定换个地方喂奶。万一他突然出现，看到她这副模样怎么办？她都不知道该如何去应付那样的场面。当然，她并不是在意他对她的看法，她在意的是自己的形象。毕竟5年过去了，没有一点变化是不可能的。况且，她有了丈夫，有了孩子，有了自己的生活，实在没有心思去玩那样的游戏了。

苏玫把毛毛重新塞回婴儿车，整理好上衣，准备离开。毛毛显然还没吃饱，突然断了奶，她很生气，呜哇哇大哭起来。苏玫已经顾不上这些。酒店旁边就是一个小公园，此刻应该是安静的所在，她决定去那里继续喂奶。

正准备起身离开，酒店大堂的工作人员说："喂，请问这里有一位叫苏玫的女士吗？有人找！"

苏玫怔了一下，没有出声。他还真是疯狂，竟然把电话打到酒店前台来了。这样说来，他肯定很快就会出现，说不定已经在电梯里了。苏玫推起婴儿车，一路小跑着逃离了酒店。

小公园里绿树成荫，鸟语花香，毛毛吃着奶，很快就睡着了。抱了一会儿，苏玫把小家伙放进婴儿车，帮她调整到最舒服的睡姿，又盖上一张薄毯，最后把婴儿车的篷布放了下来。毛毛的脸上还挂着泪痕，苏玫小心翼翼地帮她擦拭干净，心里又生出一阵自责和心疼来。

天气的闷热没有丝毫缓解。整个下午，苏玫都躲在家里，不敢出门。

手机倒是安静得出奇，就连那些没完没了的推销电话也没有一个。毛毛也睡得很好，从太阳广场回来之后，吃了些水果泥，又乖乖睡去了，到黄昏时分都没有醒来。也许头天夜里的牙疼把她折磨得够呛，她太累了。好几次，苏玫都担心毛毛的反常。是不是生病了？她给毛毛测了几次体温，没什么问题。她仍放心不下，趁毛毛熟睡之际，扒开她的小嘴，用手电筒照射查看是不是长了疱疹。没有疱疹，一切正常，也许不正常的是她。是的，这一天下来她的确不正常，整个人都被一种难以言说的焦虑包裹着，她也弄不明白自己在担心什么，又在期盼什么。这种焦虑并没有随着时间慢慢消退，反而犹如雪球一般越滚越大。

黄昏的时候，手机终于响了。苏玫也不知道手机是何时被她调成响铃模式的。

电话是丈夫杨铁打来的。

“太阳从西边出了，今天你居然接电话了。”杨铁说。

苏玫心里涌起一阵莫名的紧张，难道杨铁察觉到了她这一天的反常，特意打电话查岗来了？她问杨铁：“你在哪里？”

“海南。”那边淡淡地回答。

苏玫松了一口气，他没有回来。

“毛毛呢？”

“睡着了。”

“挺乖的吧？”

“还好。”

“是不是该给她断奶了。”

“过一阵子吧。”

杨铁已经多次向苏玫提出给毛毛断奶了。他总是说，孩子到了半岁就该断奶了，一来母乳的营养跟不上孩子的发育需求，二来可以培养孩子的独立能力，三来早断奶的孩子更聪明。也不知道他是从哪里听来的理论，每回都讲得头头是道，容不得半点质疑。每次苏玫都想发飙，想跟他理论一番，最终都是不欢而散。后来，她也懒得再去争辩，只说过一段时间再说吧。

“不能再拖了。一切为了孩子。”

“等你回来再说吧。现在一天到晚都是我一个人带，怎么断得了。”

“这样吧，你把她送到我妈那，叫老人带几天，自然就断掉了。”杨铁说。

“那可不行。”

“有什么不行呢？那是我亲妈，毛毛是她的亲孙女，难道你还担心她虐待孩子？”杨铁在那边又要发火了。

“我会想她的。”

“就几天时间，再说你也辛苦了，可以趁机放松一下。”

“再说吧。”

“你好好想想吧，如果没意见，我明天就叫我妈来接毛毛。”

“再等几天吧，孩子这几天长牙，脾气大得很。”

“那好吧。要不要我回来一趟？”

“不必了，你忙你的吧。”

“有什么打电话。对了，拍个照片发给我。”

“她正睡得香呢。”

“那就等她醒了再说吧。”

电话就这样挂掉了，屋子里又安静下来。

苏玫极少主动给杨铁打电话。刚结婚的时候，她还时常打电话过去。他总是很忙，忙着开会，忙着陪客户吃饭，忙着考察市场，或者忙着飞往下一站更忙的地方。直到某一天深夜，大约是毛毛两个月的时候，突然高烧40度。按照宝妈群的指点，她给毛毛喂了布洛芬，但毛毛依然高烧不退。宝妈群的群友说，那就没办法了，赶紧送医院，发展成肺炎或是烧坏脑子就严重了。

苏玫吓得要死，深更半夜，孤儿寡母，她又不会开车，怎么去医院？于是苏玫在慌乱无助中给杨铁打了个电话。已是深夜12点，没想到接电话的是一个女人。苏玫上来就挨了那女人的一通抱怨："都几点了还打电话，杨总喝醉了要休息了，有事明天再说吧。"苏玫说："他就是死了，你也让他接个电话。"那女人恶狠狠地说："你谁啊，敢这样跟杨总说话！"苏玫本来想把那女人臭骂一通，但看着毛毛烧得通红的脸，瞬间就没了发火的力气。

其实，苏玫早就有预感，杨铁在外面有女人。这是女人的直觉，只是她不想去证实罢了。实际上，自从有了毛毛，她也不太在乎丈夫的爱。或许他们之间本来就没有爱，只是阴差阳错走到一起，做了一对普普通通的夫妻。这世上的大多数夫妻不都是这样的吗？睁一只眼闭一只眼过日子，哪里有那么多相亲相爱的感人故事？

毛毛仍在沉睡。毛毛那粉嘟嘟的小脸红扑扑的，她忍不住亲了两口。没过多久，她也在毛毛身边迷迷糊糊睡着了。

苏玫被敲门声惊醒了。她的睡眠总是很浅。夜里她担心毛毛踢被子，怕她着凉感冒。所以，她在潜意识里时刻提醒自己，不要睡得太沉。如此一来，每天夜里她都要醒来无数次，或者说她的睡眠就是在不断醒来和迷糊睡去之间反复切换中完成的。

嘭嘭嘭！有人敲门。苏玫翻身下床，迷迷糊糊往客厅走去。现在是什么时间了，早晨还是黄昏，她完全没了概念。走出卧室，苏玫才发现天已经黑下来了。这个时候谁会来呢？送快递的？送外卖的？丈夫回来了？苏玫突然想起了他。是不是他找上门来了？不应该，他不知道她的家庭住址。何况这是高档小区，陌生人进不来。她透过猫眼往外看了看，是一个陌生男人。开了门，那人说："这是您的包裹，业主要求今天务必送达，所以这么晚还来打扰您。"

苏玫道了谢。进屋拆开了一看，又是杨铁寄回来的奶粉。他倒是挺有心，还在包裹里附了一张纸条：给毛毛断奶，就用这个奶粉。建议尽快断奶，以免影响孩子发育。

苏玫听见自己在黑暗中叹了一口气。

苏玫深陷在沙发里，她没有开灯，房子里黑成一团。苏玫翻出手机，看到一条陌生号码发来的短信。不消说，是他发来的。短信上说：看来你很幸福，明天我就走了，希望你一直幸福！

苏玫看着那条短信，愣了很久，最终还是删掉了。

毛毛的哭声从卧室里传来，苏玫从沙发上弹起，冲了进去。

一切都来得太突然，毛毛又发烧了。她那胖嘟嘟的小脸烧得通红，小小的身体烫得像一块烙铁。简单量了体温，39.8度，高烧。

苏玫赶紧找来退烧药，用喂药器给毛毛服药。毛毛哭得厉害，拒绝吃药。她越哭，药就越难喂。哭也没办法，再怎么样都要把药喂下去。最终，苏玫把毛毛按在小小的婴儿车里，几乎是撬开了她的嘴，强行灌下去。毛毛哭喊着，手脚并用，整个身子都在挣扎反抗。谢天谢地，终于喂进去一口。喂到第三口的时候，毛毛已经哭不出声来。紧接着，毛毛一阵干呕，药水连同这一天吃下去的东西都吐了出来。

苏玫抱着毛毛在屋子里来回游荡，嘴里哼着“毛毛乖啊毛毛乖”，轻拍着毛毛。然而，一点用也没有。毛毛紧闭双眼，哭得喘不过气，就好像有人在掐她的脖子。苏玫说：“宝贝你别哭了，再哭妈妈也要哭了。”

如此煎熬了一个小时，苏玫又给毛毛测了一次体温，已经烧到40度了。这说明退烧药没有效果，体温不降反升，这是危险的信号。苏玫打算送毛毛去医院，她一个人在家里实在没有办法了。去了医院，有医生在，总是让人放心。

苏玫破例给丈夫打了个电话。倒不是求援，远水救不了近火，求援也没用。她只是跟他报备一声，让他知道孩子的安危。没想到，电话那头，杨铁劈头盖脸就是一顿数落。他说：“你不知道我忙了一天很累啊？你不知道明天一早我还要去谈一个大项目？你就那么闲吗？”

苏玫绝望而愤怒地抓着手机，硬着头皮听他把话说完。她没把毛毛发烧的事告诉他，她自始至终没说一句话。在那一刻，她觉得再也没必要把她们母女俩的事告诉他。

放下电话，苏玫的心突然就镇定了下来。她简单收拾好婴儿用品，把毛毛紧紧抱在怀里，大步向黑夜深处走去……

致亲爱的玛莉娅

这天中午，我死活睡不着，对着空荡荡的街道发呆，眼看着阳光一点一点漫进昏暗的伤心酒馆。

午饭过后，伙计们照例趴在酒桌上酣睡。呼噜声此起彼伏，越发衬托出冬日的萧条寂静。除了我和老狗阿丹，整个越城仿佛都睡着了。冬天的午后太适合睡觉了，我真想像那两个伙计一样倒头就睡，像死了一样大睡一场。可我睡不着，总感觉有一种不祥的预感正悄然降临。

酒馆里漂浮着米酒发酵的甜香，不安的情绪也随之弥漫开来，让人坐立难安。阳光好得无可挑剔，大街上一个人也没有，真是浪费了这么好的阳光。我想起小时候帮大人晒稻谷的情景。我真想把阳光扫成一堆，用麻袋封存起来。

墙上的挂钟指向午后两点五十分，秒针嘀嗒嘀嗒转动，我发现在两点五十分三十秒的时候，三根指针恰好把圆形表盘均分为三份，构成一个“Y”字形。很快，秒针又打破了这种平衡，继续嘀嗒嘀嗒转圈。

我再也坐不住了，忐忑不安地站起来。老狗阿丹抬眼看了我一眼，我也看了它一眼，它又看了我一眼。我俩就这样眉来眼去，百无聊赖。阿丹蜷缩在酒桌下，一副生无可恋的模样。我扔一根骨头过去，它看也不看，不知道是厌倦了眼下这乏味的酒肉生活，还是彻底堕落成了一条毫无斗志的废狗。谁知道它心里在想什么呢？

“阿丹，睡一觉吧，睡着了就不无聊了。”

阿丹没理我，懒洋洋地闭上了眼睛，好像是真的想睡觉了。

冬天已经临近，越城地处高寒山区，即便是艳阳高照的午后，空气中也有了丝丝寒意。越城人见面也改了口，他们总是说，天要凉了，记得添衣。

这时候，阳光里走来了一个人。那人的步子很沉，鞋子摩擦着地面，发出很大的响声。那人在伤心酒馆门口停下，也许是被招牌吸引住了，也可能是按图索骥专程找上门来的。他的身影被阳光投进了酒馆里，显得异常高大。

那人进来了，是个中年男人，三四十岁，脸色不好看，像是很久没洗脸了，堆积着一层很厚的忧伤。他背着一个黑色双肩包，松松垮垮的，看上去没装什么东西，这又平添了几分漂泊感。这样的人，跟伤心酒馆有缘，他来伤心酒馆来对了。

那人扫了一眼酒桌上那两个呼呼大睡的彪形大汉，脸上写满了茫然。我知道他进退两难。这时候，我从高高的柜台后面站起来，干咳一声，跟他打了招呼。我说："先生，下午好！欢迎光临伤心酒馆。"

他这才发现酒馆里还有一个活人。他瞟了我一眼，有些拘谨地说了声"好的"。声音很细小，像是刚挤出喉咙又让他咽下去了。

我冲他微微一笑，招呼他随便坐。

那人显然不知道该坐哪里，实际上也无处可坐。伤心酒馆巴掌大，两张长条形酒桌、几把椅子就塞得满满当当了，除了柜台前面这点空地，再无下脚之处。

"哦，你们还在午休，我等会再来吧。"他说着准备往外走。

"无妨，本店二十四小时营业，不存在午休一说，"我急忙告诉他，"如果您觉得店里不舒服，可以到走廊里坐坐，晒晒太阳喝喝茶，哪怕发发呆也好。"

他顺着我手指的方向看了看，点点头，嘴里又说了声"谢谢"。

"不用客气。"我说。

于是，我把角落里的一张小圆桌搬出去，摆在走廊的阳光里。他就在那坐了下来。这次他主动问我："有没有酒？"

这显然是明知故问，但我告诉他："按照本店规矩，白天不供应酒水，您可以喝点茶，或者晚上再来。"

他又点头，"哦"了一声，有些失望的样子。

我见他没有离开的意思，于是默认为他要喝茶。

我返回酒馆烧了越城岭山泉水，为他泡了一壶越城岭野生云雾茶，并交代他慢慢喝，喝完了还可以续。之后我回到柜台后面坐下，望着门外的街道继续发呆。

茶是我跟伙计们上山采的。越城岭上盛产野生茶，谷雨前后新茶萌出，整个山谷里云雾缭绕，茶香醉人。我们跟着当地人上山采茶，又按本地手工制法如法炮制，一个春天下来能得三五斤谷雨茶。除了偶尔招待客人，基本都是自己喝。

隔着落地玻璃窗，我可以看见整个走廊。那人背对我坐着，背影在阳光下显得温暖而孤独。我看见他不时提壶倒茶，举杯喝茶，就料定他喜欢我们的云雾茶。他肯定喝出了云雾的味道。越城岭野生茶有一股淡雅奇香，懂茶的人都会惊叹："这是云雾的味道。"

走廊里的两株三角梅开得正好，红艳艳的，像烧着一团火，大有燎原之势。原本我们想把走廊打造成小花园，便用原木和竹条围了栅栏，这样多少有点花园的样子。春天的时候种了不少花，有月季、蔷薇、大丽菊、格桑、鸢尾、绣球花之类的，可能是不适应越城的寒冷，种下不久就全败掉了。唯独那两株三角梅存活了下来，而且长势喜人，到了秋天竟然开出花来了。

过了一阵，我料到那人的茶壶已经喝干，于是拎起一壶开水走了出去。

"喝出这茶的香味了吗?"

"嗯，好像有云雾的味道。"

“看来您挺会喝茶。”

说话间，我为他换了另一种茶叶，是越城岭山脉的野生竹林茶。我慢慢往茶壶里添水，看着干枯的茶叶在山泉水中舒展开来，慢慢复活成春天长在茶树上的模样。

“您别忙了，坐下来一块喝吧。”我刚准备离开，那人竟然主动发出邀请。

我正有此意，于是从酒馆里搬来一把椅子，在他对面坐下。

“茶叶是我自己做的，喝得习惯吗?”

“早就听说这山里的茶叶好，果然名不虚传，一壶茶喝下去整个人都舒畅了。”

“喜欢就好，您再喝喝这个茶。”说着，我为他斟了一杯刚泡好的新茶。他小心翼翼端起茶杯，放到唇边，并不急着喝，双目微闭，深吸一口气，认真地闻香。

“这应该是竹林茶，有竹叶的清香。”

我心里一阵惊喜，想不到今天遇到知音了。越城岭上多毛竹，漫山遍野，茂密竹林中，唯独这种野茶树散落其间，兀自生长。竹林茶跟云雾茶口感差别不大，多的是茶中似有似无的竹叶清香，一般人很难喝得出来。

整个下午，我们有一句没一句地闲聊，不停地喝茶，不停地跑厕所。阳光一层层覆盖在我们身上，晒得人懒洋洋的，不愿走动。我看见他那张紧绷的脸渐渐舒展开来，变得充盈丰富起来，一下子年轻了许多。

天一擦黑，那人又来了。

他像一个熟客，一进来就在角落里落座。我注意到他身上仍然背着黑色双肩包，也许是还没找到住处，也许包里有贵重物品。

“现在有酒喝了吧？”他坐下来就让我上酒。经过下午的闲聊，我们已经变得熟悉了。

我告诉他：“伤心酒馆主打一种叫‘天锅烧’的本地糯米酒。这种酒味道甘甜，酒精度低，口感好；缺点是后劲足，不知不觉就能把人放倒，酒劲来得慢去得更慢，喝多了会醉到第二天。当然，我们也有啤酒和白酒，任君选择。”

他要了一壶“天锅烧”、一碟花生米、一份卤鸡爪，坐在角落里独饮。

这个夜晚，伤心酒馆只有一个客人，气氛恰到好处。大多数时候，酒馆门可罗雀，只有我跟两个伙计、一条老狗面面相觑，无所事事。对此，我们早就习以为常。我们也不指望伤心酒馆像城里那些大酒吧一样生意兴隆，门庭若市。我们喜欢这种清净的氛围，伤心酒馆就该是这个样子。

山里的夜沁凉，喝酒是最好的驱寒方式。我也打了一壶“天锅烧”，坐在柜台后面慢慢喝起来。

看来那人的酒量不错，第一壶“天锅烧”很快见了底，又添了一壶。上酒的时候，我再三提醒他悠着点，这酒喝起来痛快，一旦喝醉可就不好玩了。

“人生得意须尽欢，莫使金樽空对月。今夜我要痛痛快快醉一场。”一壶酒下肚，他身上竟有了几分豪气。

当他要第三壶“天锅烧”的时候，我拒绝了他。我指着墙上的告示跟他说：“对不起，每人每天最多供应两壶酒，这是伤心酒馆的规矩。要是还想喝，欢迎明晚再来。”

他偏不信。大概是喝了酒的缘故，他的嗓门大了许多。他说:“城里的酒吧还有专人陪酒劝酒，甚至还有酒托呢，巴不得你喝得两手空空。你们倒好，居然限制客人消费，哪有这样做生意的?”

“那不行，我不能为了赚钱坏了酒馆的规矩。”

“我不管，今夜我一定要喝个痛快。我今天很伤心，要借酒消愁，醉酒疗伤。你们连酒都不管够，那还叫什么‘伤心酒吧’？我看你们叫‘霸道酒吧’或者‘没酒酒吧’算了。”他越说越激动，摆出一副今夜不喝够绝不罢休的架势来。

“我们叫‘伤心酒馆’，不是酒吧。”我忍不住纠正他。

“都一样，都是卖酒的。让客人喝酒是你们的义务，而不是权力。”

“我们的规定是有科学依据的，是根据正常人的酒量测算出来的，一般人喝两壶就醉了，再喝很可能会出事。”我耐着性子跟他讲道理，他却丝毫听不进去，嘴里嚷着“快点上酒”。

我实在拗不过他，只好把我喝的那壶“天锅烧”拿出来，陪着他喝。他确实醉了，满脸通红，两只眼珠火烧着一样，看着挺吓人。这时候，他喝酒的速度慢了下去，话倒是多了起来。从这一点，我就觉得他特别亲切，认定他和我是一路人。我们这样的人，平时话不多，喝了酒就变得特别健谈。平时我讨厌抽烟，喝多了却喜欢抽上几支。

我从柜台上找来一包烟，抖出一支递给他。他接过烟叼在嘴里，一把夺过火机非要为我点火。

“你为什么在这里?”他问我。见我有点懵，他又说:“我是说大家都跑了，你为什么还在越城？”

我不知道怎么回答他，于是随口说：“我是本地人，我一直在这里。”

“不像。”他马上否决了我的回答。

“哪里不像？”

“我也说不上，反正不像。本地人不会在这穷乡僻壤开酒吧，况且生意如此惨淡。”

我无言以对，只好反问他：“那你呢？”

“我是来疗伤的，他们都说越城能让人忘掉仇恨和忧伤。”

我心里一惊，感觉眼前这人跟自己还真是有几分相似，同是天涯沦落人。说实话，我也是来越城疗伤的。

“对了，那广告词是怎么说的来着？”

“越城之上忘忧泉，洗却红尘恨与伤。”我们几乎异口同声念出了那句著名的广告词。我们感慨了一番，哈哈大笑起来。我看见我们的影子在白墙上摇曳，像是从过往的时光里投射而来的旧影。

我第一次听说越城，自然是因为温泉。那时越城温泉风头正劲，广告打到了六百公里以外的省城，电视上、报纸上、公交车上的广告铺天盖地。尤其抢眼的是纵向贯穿本省的南北高速公路上的那些巨幅广告牌。我至今还记得广告牌的画面：一池热气腾腾的温泉中，一个少女的曼妙身姿若隐若现，宛如出水芙蓉，天仙沐浴，令人神往。旁边跳出一行大字：越城之上忘忧泉，洗却红尘恨与伤——朋友，如果累了就到越城来！

正说着，醉意已经涌上来，那人招架不住，一头趴在酒桌上沉沉睡去了。昏黄的孤灯下就剩下我一个人醒着，一些不堪回首的往事慢慢爬上心头。

我是一年前来到越城的。那时，我创业失败，血本无归。屋漏偏逢连夜雨，不久妻子有了外遇，我们的婚姻彻底走到了尽头。我心灰意冷，差点就从省城四十二层的高楼上一跃而下。我站在楼顶上，俯视熟悉的城市，感觉人间像一座巨大的冷库。城市的璀璨灯火，像是暗夜里发出的阵阵嘲笑，清晰刺耳，从四面八方向我袭来。我猛地打了个寒战，如遭雷击。我感觉自己肩上扛着的不是头颅，而是一台出了故障的电视机，吱吱闪个没完，不断闪现出妻子出轨的画面。我紧闭双眼，那些刺目的画面反而更加清晰。

我在楼顶不知道站了多久，眼见人生的日历正被一页一页撕扯掉，而我的肉身即将随之坠入死亡的深渊。我闭上了双眼，等待最终那一刻的到来。

已经是冬天了，北风呼呼灌进耳朵，仿佛有人在远处摇旗呐喊，我的脑袋里一片空白。就在这时，我隐约听见一个声音在呼唤:“来吧，来吧，来吧!”

我循声望去，竟一眼看到了城市边缘那一排巨型广告牌。它们高耸地立在南北高速公路两侧，灯火通明，整齐划一，在黑暗中映照出一条光明大道，一条通天大道。刹那间，我猛然想起曾经矗立在那的越城温泉广告牌：朋友，如果累了就到越城来!

北风越吹越猛。我最终失去了纵身一跃的勇气，或者说心底生出了一股接受现实、面向未来的勇气。我一步一步从四十二层高楼上走下楼，接近地面的那一刻，再也忍不住大哭起来。当我把眼泪擦干，站在楼底抬头仰望时，仿佛看见另一个自己正从空中坠落，我伸出双手稳稳将他接住了。

我连夜离开了省城，驾车在南北高速公路上狂奔，汽车撕破无边黑夜，一路向北。六个小时后，我鬼使神差来到了越城。

我身上只带了一个简易背包，胡乱塞了几件衣服，像一个亡命天涯的逃犯。我心灰意冷地来到越城，越城给我的第一印象也是心灰意冷，破败不堪。多年前的那一大片饭店、旅馆早已关张，只有靠近乡政府的一家小旅馆还在苟延残喘。我就在那家小旅馆落了脚。

越城不大。说是一座城，不过是一个小镇。一横一竖两条小街十字相交，就构成了越城。横街是老街，由一座风雨桥连接，短得可怜。由于是乡政府所在地，卫生院、幼儿园、小学、派出所、林业站、税务所、兽医站、邮电所、供销社全扎堆挤在那一块。竖街沿河谷一字摊开，一面是山，一面临河，逼仄得很。伤心酒馆就落在竖街的末梢，再往下走就是充满粪水臭味的菜地和农田了。竖街是越城温泉红火那些年才发展起来的。街上一夜之间冒出许多饭店、小旅馆、土特产商店、茶楼、按摩店。尽管经营范围不同，每家门店外无一例外挂满了泳衣，花花绿绿，迎风招展，颇为壮观。

越城的风光时代已经一去不复返，只有满街的各式招牌在展示着曾经的繁荣。然而，越是这样就越发显出今日的颓败。这倒是我喜欢的，越城本该是安静的，不容外界打扰。

半个月之内我就把越城的大小景点走了个遍。那些景点早已人去楼空，荒废多时，如同一座座遗址等着我去凭吊。我每日在山间行走，看流水穿石，听鸟语虫唱，心中积郁的怨恨竟一点点化解开来，整个人慢慢活过来了。

一个天气晴朗的下午，我决定去寻访越城温泉。那是一座建在越城岭半山腰的度假山庄，三栋楼房左中右对称排列，居中的主楼高十六层，两侧辅楼各十层，显出左拥右护的气势来。山里云雾缭绕，远远看去，温泉山庄像是飘在空中的一座城堡。

等我气喘吁吁爬上半山腰时，时间已近黄昏。正值初冬，山上草木凋敝，处处显出颓意。我踩着如血的夕阳，走向道路已被杂草淹没的温泉山庄。走近了才发现大门紧闭，一把狮面大锁显出几分威严。两扇大铁门锈迹斑斑，缠满了残藤枯蔓。铁门的两侧各高悬一块字迹模糊的牌子，一块写着“酒店重地，闲人免进”，另一块则是“内有狼狗，后果自负”。

我绕着山庄的围墙走了半圈，终于从一处坍塌口翻了进去。围墙内的景象更加破败，昔日的绿地、花池、停车场、露营地全被杂草吞噬了。疯长的芒草比人还高，白芒在残阳里随风飘摇，如同一挂挂指向苍天的引魂幡，叫人心慌。

我拨开芒草，在草丛中艰难前行，手、脖子和脸部被划出一道道伤口，鲜血直流。几乎费尽了力气，我总算靠近了度假山庄的酒店大楼。楼前有一座高大的假山，奇怪的是，假山并未被野蛮的草木侵蚀，算是整个山庄里保存最完好的景观了。假山旁长着两棵高大的柿子树，火红的柿子缀满枝头，树叶已落光，如此一来更彰显了满树的硕果累累。柿子显然已经熟透，好些落到了地上，让鸟或是其他什么野物吃去了肉心，只剩下一层殷红的干皮。酒店大楼已经破败不堪，墙皮剥落，整体呈现出黑褐色。好些窗台上长出了小叶榕，它的根须像利爪一样嵌入砖墙，看起来生机勃勃。

好不容易进入酒店大堂，地板像遭了强震一样爆裂开来，高低不平，踩上去发出嘭嘭的脆响，瓷砖随之粉碎。地上散落着好些杂物，蒙着厚厚的尘土，已经辨不出是何物。大堂正中央的吊灯早让鸟或是蚂蚁占了去，筑成一个黑乎乎的球状巢穴，硕大无比，摇摇欲坠。走进大堂深处，突然起了一阵旋风，很多大小不一的黑鸟呜哇呜哇飞出来，黑压压的，怪叫声震耳欲聋。我赶紧蹲下去躲闪，约莫过了五分钟，黑鸟们才飞尽，整个大堂变成了寂静的溶洞。

我顺着楼梯爬上酒店二楼。房间的门都开着，到处散发出一股令人作呕的霉味。据说当年每间客房都设有大浴池，温泉通过水管送达，在房间就能泡上温泉。我走进二楼其中一个房间，只见满地狼藉，堆满了床垫沙发之类的酒店用品，霉味极重，似乎还夹杂着死老鼠的臭味，我赶紧退了出来。

温泉就建在酒店后面的小山上，通过酒店二楼的廊桥可直达温泉区。十来个大小不一的浴池自上而下巧妙分布，有圆形的，有椭圆形的，还有更多不规则的形状，层层叠叠，错落有致。各个浴池间由一条弯曲小路串联，可见当年的建设者没少花心思。池中的蓝色马赛克瓷片大多已经脱落，墙面发黑，或是被泥沙填满，长满了杂草灌木，有些树有碗口粗，长势良好。温泉区最顶端有一个蓝色铁皮搭的棚子，里面安装着几口硕大的锅炉，已经锈得不成样子。想必当年温泉的水就是从这里烧热，然后经由埋在地下的水管输送到各个浴池，供游客们享用。

我站在锅炉房外俯瞰，脚下的温泉区像一座梯田，颇有几分气势。我又想起广告里那个在瑶池中沐浴的天仙，仿佛此刻她就在眼前的某个温泉池子里，一会儿又到了另一个池子里，一眨眼又没了影。在光影迷蒙的暮色中，我茫然四顾，一度产生了错觉，一时竟分不清眼前是梦境，还是回忆里的真实场景。

自那以后，我就再也没去过温泉山庄。后来，我盘下了眼下这家伤心酒馆。每日在酒馆里发呆，偶尔招待客人，想着今后的生活如何继续，自然也就很少出去走动，更别说去那个半山腰上的温泉山庄了。

原本我只打算在越城暂住几日，没想到眼看就一年了。

那人醒过来的时候，已是后半夜。他看看我，有点不好意思。他说："看我喝成这样，耽误你打烊休息了吧。"

"没事，喝碗茶醒醒酒吧。"

我给他倒了一碗滚烫的姜茶。他又连连道谢。他小心喝下一口，把茶碗捧在手里，任由热腾腾的水汽在脸上弥漫。

我们围炉而坐，炭火烧得旺，炉子上热着姜茶，吱吱响着。

"我睡了多久?"他又问我。

我告诉他现在已经三点了。他"啊"了一声，抱怨自己不该喝那么多酒。说着，他站了起来，活动了一下身体，想必是腿脚麻木了。

"要是你喝下第三壶，现在肯定还醒不过来。"我笑着说。

这时，我注意到他身上仍然背着黑色背包，那个包像是他身体的一部分。我知道这个夜晚他注定无处可去，越城唯一的小旅馆早已关门拒客。我建议他把背包放下来，今晚就在伤心酒馆凑合一夜，天亮再做打算。

这时候他像是彻底清醒了，慌忙去寻背上的背包。

我说："你放心好了，越城民风淳朴，你就是睡在大街上，包也丢不了。"

他有点尴尬，想说什么，但最终没有说出口。

窗外北风呼啸，飞沙走石。伤心酒馆内炭火烧得很旺，不时爆出火星，噼里啪啦，像是缩小了的袖珍焰火。

"这个时候能泡上温泉就舒服了。"

"温泉早就没了，当时的温泉也不过是锅炉水。"我说。

我们的话题又回到了越城温泉。我跟他说起了自己曾去温泉山庄探险的事。这激起了他的兴趣，非要听我讲鬼故事。

"你知道温泉山庄是怎么黄的吗？"他神秘兮兮地问我。

我说不知道。

"你没发现什么异样？"

我仍然摇头。

"当年温泉酒店出过一桩命案，山庄很快就黄了，从那以后整个越城就没人来了。"他神秘兮兮地说。

"还有这样的事？我倒是头一回听说。"我有点惊讶。

"当年闹得沸沸扬扬，还上过新闻呢，整个桂城几乎人人皆知。"

我倒吸了一口凉气，赶紧喝下两口热姜茶。

"温泉酒店成了一座凶宅，直到现在都没人敢靠近，那么好的一座山庄，白白荒废了。"

"究竟是一起什么样的命案，能把一座山庄搅黄？"

"大概是一个女人出轨，她的丈夫跟踪捉奸，在温泉酒店把那对男女杀了，还塞进温泉酒店的烧水锅炉里煮了。我也是听说的，当年的新闻写得没那么详细，只说发生了杀人惨案。不信你上网搜，兴许还能搜到呢。"

我来越城之后就跟外界断了联系，手上只有一个老人机。于是，那人掏出智能手机搜索起来。不一会儿，他把手机递了过来。

那是一则登在《桂城早报》的新闻，新闻很短，标题特别醒目——《男子因爱生恨酿惨剧，三人殒命温泉山庄》。新闻还配了一张温泉山庄的照片。当时的温泉山庄可真豪华啊，像一座花园城堡。在照片的一角，我看到了那两棵柿子树，枝头挂满了红柿子，尤其显眼。

"那两棵柿子树还在那呢，满树柿子，漂亮得像假的一样。"我说。

他说："那男人最终吊死在柿子树上，第二天一早才被人发现。"

我心头又是一怔，感觉后背的汗毛一根根竖了起来。我想起那天我被满树的红柿子迷住了，在柿子树下，我停留了很久，因为我从没见过如此漂亮的柿子，要不是天色渐晚，我还不想离开。

屋外风声一阵紧过一阵，像是有人在追逐打闹。

"我倒是想去温泉山庄看看呢，要不改天你带我去吧？"

我没答应他。

我还没从恐慌中走出来。回想起那天独闯温泉山庄的种种遭遇，我心有余悸。他见我有点恍惚，便不再说话，任由沉默填满伤心酒馆。

过了很久，我似乎听见他跟我说："我也杀过人！你信吗？"

我惊恐地看着他，心已经蹦到了嗓子眼。

"我说我杀过人，你信吗？"他又重复了一遍，语气平静。

我赶紧把目光挪开，四处搜寻老狗阿丹。阿丹已不见踪影。

说到这里，他把那个黑色双肩包从背上取了下来，哧的一声，拉开了拉链。我想象着他会从包里掏出什么。一把刀？一件带血的衣服？抑或是一颗血淋淋的……我实在不敢往下想。

他伸手在包里摸索了半天，最终掏出一个牛皮纸信封来。他说："我想求你替我办一件事。"

还没等我答应，他已经把牛皮纸信封塞到了我手上。

"帮我把这个交给她。"

"交给谁？"

"上面有名字。"

信封有点沉，不知道装了什么。借助微弱的灯光，我看见上面工工整整地写着"致亲爱的玛莉娅"几个字。

"她是外国人？"

"不是，这是我为她取的名字，她原名叫马力。"

"你不是说你把她杀了吗？"

“没错，我在心里把她杀了。”

“什么意思?”

“我差点就下了手，但最终我犹豫了，心软了。”

我终于松了一口气，感觉伤心酒馆里原本凝固的空气突然解冻，自由自在流动起来。我想安慰他两句，但没找到合适的话语。他说:“没事，现在想起来，我放过了他们，其实也是放过了我自己，我觉得我做对了。”

他拿起火炉边的火钳，熟练地拨了拨炉子里的炭火，暗下去的炉火很快又红旺起来，火星在寒夜里炸裂，噼里啪啦，噼里啪啦，闪出点点微光，像燃起一束束欢快的袖珍焰火。

瓦罐里的姜茶烧得滚烫，咕嘟咕嘟响着，我们继续喝茶。

“我上哪里去找她?”

“你不用找，如果有一天她到伤心酒馆来，交给她就好了。”他说。

“世界那么大，你怎么知道她会到伤心酒馆来?”

“我相信她会来的，一定会来的。”

“如果她不来呢?再说即使她来了，我也不认识她，我怎么知道她是你要找的玛莉娅?”

那人喝掉最后一口姜茶，把碗扣在了酒桌上。然后他猛地站了起来，把背包甩到了背上，对着落地玻璃窗整理好衣服。

“再见了，我的朋友，谢谢你!”说完，他用力推开门走出了伤心酒馆，迈着沉重的步子向黑夜深处走去。

等我抓过那人留下的牛皮纸信封追出去，他已经走远了。他的背影越来越小，脚步声很快听不见了，最后人影也完全隐没在黑夜中。这时候，风已经停了，天快亮了。我在门外呆立良久，天地一片混沌，万籁俱寂，我又有些恍惚，不知身在何处，分不清眼前是梦境还是现实。正在这时，一个声音突然从黑暗里传来:“玛莉娅会来的，相信我!”

愤怒的西瓜

1995年水镇的夏天显得尤其漫长。一想到那年夏天，时间好像停滞了，如同一盘卡带的旧录像带，久久卡在那阳光猛烈、空气闷热的画面里，再也转不出来。每当我试图努力回避那些难过的记忆，画面却变得异常清晰，耳边还不断传来嘭嘭嘭的闷响——只有我知道，那是西瓜爆炸的声音。

那年我刚好九岁，哥哥十一岁。水镇街头四处飘荡着电视剧《霍元甲》的主题曲，我们这些小屁孩跟着哼唱几句，瞬间就感觉自己脚下生风，成了行侠仗义的大英雄。而我最大的爱好，则是在放学后躲在双凤桥下的河滩上苦练迷踪拳，幻想着自己某一天突然灵魂开窍，练成盖世武功。然后去教训段明亮领衔的“水都五霸王”，再从水镇出发，行走江湖，替天行道，为民除害。但事与愿违，我的勤学苦练并没有修成正果。

拜父亲所赐，我们一家早就成了水镇的名人。每当我们出门上街，人们就会指着我们说，快看，王酒鬼的老婆带着他的酒鬼儿子来了，看来又有戏看了。水镇的人在等着看我们家的笑话。因为小小的闭塞的水镇实在没什么可乐的事，而我的父亲随时可能闹出笑话来。

我们家本来就穷，再摊上这样一个酒鬼父亲，更是雪上加霜。就连我和哥哥的学杂费都要东挪西借，一拖再拖，最终靠母亲养猪养鸡才能勉强缴清。如此一来，我们这一家子在水镇就彻底抬不起头来，恨不得把脸缩到裤裆里去。若非万不得已，我们轻易不敢上街。只要我们一家三口倾巢而出，那就说明父亲又闹笑话了。他必定又喝醉了，只是不知道睡倒在何处，可能在谁家屋檐下的阴沟里，或是猪圈狗窝边，再或者是镇上臭烘烘的公共厕所里。总之，睡在哪里都有可能。我们必须出门去寻他，否则这个笑话会越闹越大，甚至闹出更多的洋相来。

那时候，父亲还是个铁匠，在水镇街上开了家打铁铺。1995年的水镇镇街比现在还小，小得可怜，两排低矮破旧的砖瓦房往资龙公路两边一蹲，便是街道了，格局类似于当年时兴的那种公共旱厕蹲位。街上杂乱无章地开着代销店、碾米厂、酒厂、成衣店、裁缝铺、猪肉摊、农药化肥店、水果摊、兽医站、饮食店、打铁铺。整条街长度不到一里路，恨不得上街的人跟下街的人不需走动，站在各自的铺子门口就能聊天说上话。平日里街上没几个人，只有到了圩日，四面山上的山民才聚集到水镇，贩卖各种土特产，换回山外运来的生活生产用品。

父亲的打铁铺在上街，算是镇街的边缘了。那时候，父亲还是学徒，师傅使小锤，父亲抡大锤，每日叮当叮当敲敲打打，打制一些耙子、锄头、镰刀、柴刀、斧头、铲子之类的农具，一律挂在门口的泥墙上售卖。师傅是个老酒鬼，父亲自小跟他学打铁，本事还没学到手，倒先成了酒鬼。如此一来，两个酒鬼经营一家打铁铺，想不倒闭都难。师徒二人上午打铁，中午去水镇市场的段屠夫那割来猪下水，架一口铁锅在打铁炉上煮，边吃边喝，直到醉得不省人事，下午就关门睡大觉了。打铁得来的几个钱，还不够两个酒鬼打酒喝。

有一天中午，喝醉的老师傅在铺子门前的马路上睡着了，让一辆过路班车碾得血肉模糊，当场断了气。打铁铺也就彻底关了门。师傅的非正常死亡，在某种程度上刺激了我的父亲。从那天起，他下定决心戒酒，重新做人。他砸掉了家里所有的酒瓶酒桶，立下毒誓：我王大宽今起戒酒，若是再喝，出门让车撞死。但母亲已经不再相信他，因为这样的发誓重复上演多次，每次就跟放屁一样。

冬去春来，万物复苏，一切都是新的。那年春天，父亲破天荒戒起了酒。我和哥哥每日都提心吊胆，害怕某一天父亲嘴里又喷出难闻的酒味。哥哥在作业本上偷偷做了标记，父亲一天没喝酒，他就用圆珠笔打个钩。一天两天三天二十天过去了，哥哥笔记本上的钩画得密密麻麻。于是，我们家里闪现出以往从未有过的希望之光。这种光芒让母亲、哥哥和我沉浸在欣喜和担忧之中，就像吹气球，既希望气球越吹越大，又担心气球爆炸，一切成为泡影，一切归零。

谷雨过后，水镇才真正进入农忙。家家户户都在浸泡谷种，催芽育秧，整个水镇都漂浮着一股消毒水和谷种萌芽混淆的怪味。父亲却不动声色，别家男人耕田犁地，他像乡干部一样往县城跑。母亲忍无可忍，问他何时耕田，何时泡谷种。他大手一挥，向我们宣布：今年不种谷子。母亲问：“不种谷子，我们吃什么？”父亲说，改种西瓜，水镇的人都爱吃西瓜，种西瓜肯定比种谷子赚钱。

起初，母亲还有些担心，她倒不是担心种不好西瓜，也不是担心西瓜卖不出价钱。她实在没法保证如今豪言壮语的父亲不会在某天又变回那个疯疯癫癫的酒鬼。比起种西瓜，种谷子要省事得多。秧苗插下去，施几次肥，打几次药水，看护好田水，收成不会太差。也就是说，即便是没有父亲，我们也能把全家人一年的口粮种下来。但是，种西瓜就不一样了，那是技术活，需要好生伺候，精心打理。最关键的是要有人上街去卖西瓜，卖了钱才能换回一家子的吃食。如果父亲的酒瘾再次发作，那到了秋天一家人连饭都吃不上，不可能天天吃西瓜吧。

父亲一眼看穿了母亲的心思，他再次把胸脯拍得震天响。他说：“要是我喝酒，到时你就用西瓜砸死我，用西瓜埋了我。”母亲就在这种忐忑之中，扛起锄头跟随父亲走上了我们家的田埂。

一切都很顺利。水镇的人们忙着插秧时，我们家的西瓜苗也培育成功，全部移栽到瓜田里去了。父亲和母亲整日在瓜田里忙碌，放学后我不再偷练迷踪拳，而是跟着哥哥下田干活。我们一家四口把希望播撒在瓜田里，我们家的瓜田比水镇任何一块田野都生机勃勃，充满希望。

没有见过世面的水镇人觉得不可思议，酒鬼王大宽竟然戒酒成功了，居然还种上了西瓜，真是公鸡下蛋母猪上树了。有些好事者还专程跑到我们的瓜田里一探究竟。春风柔软，我们的瓜田已经泛着喜人的新绿，成千上万的西瓜苗茁壮成长，像星星之火逐渐蔓延开来，很快就会形成燎原之势。我的父亲光着膀子，挽起裤脚，埋头在瓜田里干活。老半天也不见他起身来歇口气，哪怕是抽一支烟，捶捶后背扭扭腰。如果不注意看，还以为他是竖在田间的一个稻草人。

水镇的人们站在田埂上，看着我的父亲打理西瓜苗。他们一边看，一边高声跟父亲说话。瓜田里像在开一场盛大的记者见面会，水镇的人们向我的父亲抛出各种各样的问题。有人问："王师傅，早上喝了几杯？没喝酒是不是没力气干活？"有人问："老王，你真的不喝酒了吗？请问你是怎么做到的？你到底能坚持多久？"开始父亲还礼节性地回答一两句，到后来只管埋头苦干，不再理会那些无聊的问题了。

看完了热闹的人们仍不死心，又费尽口舌邀请我的父亲去喝酒。有人说："嘿，王师傅，我儿子从桂林象鼻山打回来五斤洞藏三花酒，那香气铁盖子都封不住，一直没舍得喝，去我家尝尝吧。"有人说："老王，我去割两斤猪下水，中午喝两杯吧。"他们表现出从未有过的热情好客，仿佛我的父亲是镇长那样的大官，请他喝酒吃饭是天大的荣耀。

父亲蹲在瓜田里，把头埋得更低了。那些人只好拍拍屁股，悻悻离去。

父亲真的变了一个人了。母亲因此备受鼓舞，满脸的忧愁慢慢烟消云散，渐渐有了难得一见的笑容。

我们家的西瓜秧也相当争气，风调雨顺，日夜疯长。静谧的夜里，仿佛能听见西瓜秧开枝散叶的声音。单兵作战的瓜苗成功会师，连成一片，翠绿的藤蔓枝叶彻底淹没了黑土地。一夜之间，无数毛茸茸的小西瓜从粗壮的藤蔓间冒出来，屁股上缀着黄色的小花，像一张张新鲜的笑脸。

眼看要进入收获的季节了。父亲除了起早贪黑打理瓜田外，还开始为采收西瓜做准备。趁着雨天不能下地干活，他用旧门板精心打制了一架木板推车，又从山上砍回毛竹，编织出七八个装西瓜用的箩筐。他对我和哥哥说："西瓜成熟时，学校也该放暑假了，到时候你们兄弟俩上街卖瓜去。"

这天，我家来了两个远房亲戚，我叫他们作舅舅。我们家的西瓜进入坐果高峰期，花开遍地，硕果累累。这是最忙碌的季节，我们需要及时掐掉多余的幼果，保证瓜苗营养充足，结出又大又圆的西瓜。父亲和母亲整日起早贪黑干活，恨不得睡在瓜田里，但是即便他们是机器人，终究四手难敌西瓜疯长的速度，不得不从外家搬来两个救兵。

傍晚时分，父亲唤我去水镇街上的河边酒厂打酒。我低头蹲在瓜田里掐小西瓜，假装没听见他的召唤。说实话，那时候，我觉得上街打酒是天底下最苦的差事，我宁愿挨父亲一顿打，也不愿去打酒。除了不愿上街见人，我害怕遇到段屠夫的儿子段明亮。

段明亮继承了段屠夫的长相和性格。上小学六年级的段明亮，就像吃了大比大猪饲料，个子蹿到了一米六，比他们班的女老师还高。他不仅高大，还肥，走路时身上的肥肉一晃一荡的，晃得人头晕。他的老子段屠夫一脸大胡子，现在段明亮的络腮胡子也开始冒头，看上去哪像一个小学生，活脱脱一个二三十岁的壮汉。

对于水镇的孩子来说，段明亮是一个噩梦。在学校里他不敢明目张胆欺负人，放学铃声一响，出了校门口，他就成了无恶不作的魔鬼。他偷老师养的下蛋母鸡，向低年级学生收保护费，溜进录像室看毛片，跟社会青年打架，甚至掀女同学的裙子。总之，段明亮坏事干尽，弄得水镇不得安宁，水镇的孩子都怕他。我们每次在街头遇到段明亮，都免不了要被他欺负。我那时之所以苦练迷踪拳，多半是为了对付段明亮。

在经过一番磨蹭之后，我无可奈何地接过了父亲的圣旨。我回家换了衣服，手提酒瓶上路了。每次出门打酒，我都感觉自己像一个被游街示众的犯人。街上人们的眼光全落在我身上，像狗皮膏药一样紧紧贴在我身上，撕扯不掉。这个时候，街上的人们正在吃晚饭。他们习惯端个海碗，舀上一碗饭，面上盖满了菜，蹲在街道两边慢慢吃，一边吃饭一边聊天，好像那样吃饭特别香。我这个时候出现在街头，肯定会在水镇掀起一场地震。我能想象到人们惊奇的目光以及幸灾乐祸的腔调，他们会将我团团围住，问我王酒鬼是不是又喝酒了，王酒鬼是不是戒酒失败了。

当然，如前文所述，我最怕遇到的还是段明亮。

于是，我选择了河边小路。那条路沿着五排河一路往下，道路的尽头就是我要去的河边酒厂。说是路，其实不过是一段河堤，河堤的一边是五排河，另一侧是水渠，水渠边上则是田野。河堤窄而高，勉强够两个人并排通过，如同一道围墙立在河流与田野之间，走在上面稍不留神就会摔下河堤落入水中。

走河堤小路去河边酒厂，可以避开街上的人群，但是必须经过水镇卫生院。卫生院的后门开在河堤这一侧，一座低矮的水泥砖房趴在河边，里头黑咕隆咚的，据说是卫生院的太平间。那时候水镇卫生院的医疗条件相当落后，据说许多堕胎、流产或是难产而死的婴儿，直接用卫生纸编织袋包了，像扔垃圾一样被丢弃在那间矮房子里。由于矮房子地势低，一涨洪水就挨淹，那些死婴就被洪水带走了，倒也免去了人为清理的麻烦。这都是我们从大人那里听来的，不知道是真是假，但听得多了心里就积下了浓厚的阴影。仿佛那不是一座房子，而是一座专门埋死婴的坟。

天光正慢慢暗下来，河堤水泥路面闪出最后的白光。河边高大的柳树在夜风中窸窣作响，似乎有什么人眼看不见的怪物在蹿来跳去。我匆匆走在狭窄的河堤上，一步一步靠近卫生院那座矮房子。我的双脚像是被外力控制了，左脚想疾步快走，右脚却拖拖拉拉踟蹰不前，差点被自己绊倒。

我终于靠近了那座矮房子，风声和水声瞬间退去了，孩子的哭喊声在我耳边此起彼伏，连绵不断。“救命啊，救命啊。”哭声里带着更为凄惨的呼救声。我感觉到后背一阵透凉，身上每个毛孔都打开了，双脚不由自主地打抖。我实在是害怕极了，心都要跳出来了。为了壮胆，我一边高唱电视剧《霍元甲》的主题曲，一边努力回忆迷踪拳的招式。但是，我根本没法集中精力，唱着唱着，我的歌声变成了哭腔。经过矮房子那一瞬间，仿佛有一双巨大的无形之手，从那扇破败的门里伸出来，像钳子一样将我牢牢抓住，我眼看就要被拖进那间幽暗潮湿的矮房子……我拼命跑了起来，边跑边哭，差点就一头栽下高高的河堤，被湍急的河水冲到太平洋去了。

等我跑进河边酒厂的时候，终于忍不住吐了起来，我把那一天吃下的东西全吐了出来。河边酒厂的杨老板是个好心人，他看见我呕吐不止，赶紧放下手中的饭碗，给我打来一碗热水。他说，小娃子不要哭，喝碗热水就好了。我接过他递过来的碗，一口气喝下去，老半天才缓过劲来。我说："老板，给我打两斤烧酒。"

"你这是一斤装的酒瓶，叫我怎么装两斤啊？"杨老板接过我的酒瓶，转身往酒缸边走。酒厂里排着三个巨大的酒缸，空气里尽是米酒发酵的香气。他拔开瓶塞，往瓶口上套上漏斗，又跟我说："怎么，你爹又喝酒了？我就给你打一斤酒，你那酒鬼老爹，就是打十斤回去他一餐也会喝光。"

我说："今天不是给他打酒，我家里来了客，打给客人喝的，一斤不够。"

杨老板回头看我一眼，笑了。他说："那就好，我用塑料袋装两斤给你吧。"

我提着烧酒走出酒香四溢的河边酒厂，天已经完全黑下来了，街上的路灯发出尿黄色的光。我决定硬着头皮走大街回家，这个时候我可不敢走河堤小路了。街上的人大多已经吃饱喝足，三三两两坐在街边的树下乘凉、打牌，他们打着饱嗝，谈论国家大事分析世界局势。

我像一个昼伏夜出的盗贼，在昏暗的路灯下快步疾行，一路上似乎没人发现我。

只要过了废弃的打铁铺，走过双凤桥，我就重获自由了。

不幸的事情还是发生了。

我一路小跑上了双凤桥，顿时整个人都轻松了下来。当我站在桥上准备对着五排河撒一泡尿的时候，没想到会跟段明亮他们狭路相逢。

段明亮跟几个街头小混混躲在河边抽烟。都是水镇上最调皮的孩子，他们自成一派，号称“水都五霸王”。看见他们，我撒腿就跑。但是已经来不及了，他们发现了我。他们很快追上来，拦住了我的去路。

“小酒鬼崽子，你看见什么了？”段明亮嘴里叼着一个烟屁股，烟火在暮色中忽明忽暗。我怀疑那些烟屁股是他们从街头捡来的，因为有一次段明亮唆使我捡烟屁股，没捡够二十个就挨打。

“我什么也没看见。”我说。

“这么晚了，你一个人鬼鬼祟祟在这干什么坏事？”

“啥事也没有，我只是路过。”

“哦，又去给你老爹打马尿？”

我点点头，又摇摇头。

“水都五霸王”哈哈大笑起来，笑声在黑夜里特别响亮，震得我耳朵疼。

“听说你在桥下偷练迷踪拳，练成功了没有？我们来比试比试。”段明亮冲我吐了一口烟，呛得我不停咳嗽。

段明亮他们又是一阵狂笑。笑够了，段明亮扫了一眼我手里的塑料袋和空酒瓶。他说：“怎么还有个空瓶子，打酒钱没带够？”

我刚想解释，段明亮又一脸坏笑跟我说：“说来也巧，我这里有上好的啤酒，刚刚新鲜出炉，带回去给你老爹尝尝。”

说着，段明亮就要上来抢我的瓶子。那是水镇卫生院装葡萄糖注射液的玻璃瓶，灌满了是一斤二两。瓶身异常厚实，打上酒，塞上橡胶瓶塞，滴酒不漏。冬天灌上热水，还能当热水袋用。每次父亲因为醉酒去卫生院输液，母亲都要挑选三两个带回家，用开水煮过之后供父亲打酒用。

那时候我虽然已经九岁，个头却极其矮小。在高大壮实的段明亮面前，就像拳击比赛中的儿童组选手对阵成年组的重量级选手，实力悬殊。况且，段明亮还有四个帮手，全是水镇打架最狠的家伙。但是，我毕竟是练过迷踪拳的人，士可杀不可辱，我绝不能让他们碰我的酒瓶。

我挣扎一番，挨了几拳，终究无处可逃，于是顺势一倒趴在地上，把酒瓶死死压在胸口下。“水都五霸王”像捉一头待宰的猪一样将我抬起，扔到了路边。寡不敌众，我没能保住酒瓶，倒是额头被锋利的石头磕出一个口子，我顿时头晕眼花，鲜血直流。

我捂住额头上的伤口，又抓了一把土灰敷在上面，试图止血。血水顺着我的脸颊流到了眼睛里，又流到了嘴里，咸咸的。不知道是血的味道，还是眼泪的味道。

就在这个时候，我看见段明亮解开裤带，掏出了他那撒尿的家伙。真是恶心，他那家伙长得竟跟成人的一般大小了，周围还簇拥着一团黑乎乎的毛。然后，他开始往瓶子里撒尿。我喊叫着想要扑上去，却被另外两个帮手按得死死的，动弹不得。我挣扎着，嘴里一遍又一遍叫骂着："段明亮，你个畜生。"

段明亮撒了半瓶子尿，没有了，又叫另一个帮手接着尿，直到瓶子装满了尿，才塞上瓶塞，丢到我面前。段明亮说："带回去孝敬王酒鬼。要是觉得好喝，下回继续找我段明亮，千万不要客气。"

说完，以段明亮为首的"水都五霸王"嬉笑着扬长而去，消失在黑夜之中。

我瘫坐在地上，看着那瓶金黄的尿，感觉段明亮的尿正从我脸上撒下来。欺人太甚，此仇不报非君子。那时候，电视剧《霍元甲》正在水镇热播，我的脑海里闪现出大英雄霍元甲的光辉形象。一股誓死复仇的豪气从身体深处奔涌而出，激励我发愤图强报仇雪恨。

我抓起那瓶还带着余温的黄尿，悄悄跟了上去。段明亮他们一路上还在嘻嘻哈哈，议论着往酒瓶里撒尿的事。我一路尾随，直到另外四人逐个散去，只剩下段明亮一人。时机已到，我一个箭步冲上去，操起那瓶尿使出大力砸向他那硕大的后脑勺。

哐当一声闷响，玻璃瓶破碎，腥臭的尿液四溅。我听见段明亮嗷嗷一阵惨叫，慢慢抱头蹲了下去。借着尿黄的路灯，只见血水如蚯蚓一样从他的头发里爬出来，很快爬满了他的脸。

我冲破暗夜，向着家的方向狂奔。我跑出了老远，还听见段明亮在叫喊：“臭小子别跑，再让我碰到非打死你不可。你就是跑到国外我也会把你揪出来。”我跑得飞快，过了双凤桥就算出了镇街，就是大片大片的田野了，田野的边缘是山林。山林无边无际，我就是跑到天荒地老，也跑不出茂密的林海。

我还没跑进山林，就再也跑不动了。我全身都散架了，在田野里潜伏了很长一段时间，才敢慢慢站起来，朝四下张望。黑夜掩盖了一切，世界风平浪静，仿佛刚刚发生的打斗只是一场梦。

我鬼鬼祟祟潜回家中。我没敢把跟段明亮打架的事告诉家人，要是被父亲知道，肯定要打烂我的屁股。厨房里烟雾缭绕，母亲正围着锅台做饭，她发现了我额头上的伤口。我已经把血水洗掉，受伤的地方隆起了一个包。她说：“你额头怎么肿了？”我说，不小心摔倒磕在石头上了，没事的，睡一觉就消了。母亲也就不再多问，家里的事情太多了，里里外外都离不开她，她实在是管不过来。

我的心神不宁没有躲过哥哥的眼睛。吃过晚饭，父亲和两个舅舅在院子里乘凉，哥哥悄悄把我拉到房间。他说：“你是不是让段明亮欺负了?”

我就把傍晚勇斗段明亮的事情跟哥哥讲了。哥哥叹了一口气，抚摸着我额头上的包，像大人一样对我说：“你呀，真是胆大包天，段明亮他们那样的人你惹得起吗?”

“我把他揍了，这次算是出了一口恶气。”

“这次算你命大，再说这次让你占了便宜，下次他们会放过你吗？”

“人善被人欺，马善被人骑。我们越是怕他，他就越觉得我们好欺负，下次他肯定不敢欺负我们了。”

“你想得倒是挺美，你以为是演电视啊。这几天你要小心点，不要到处乱跑。”

我点了点头，又忐忑不安地问哥哥：“我那一瓶子下去会不会把段明亮敲死？或者敲成傻子？”

“放心好了，要是他有什么事，他那杀猪佬老爹早就找上门来了。”

一整夜我都没睡好，不是梦见段明亮死了，就是梦到他来找我寻仇。他和他的杀猪佬父亲人手一把杀猪刀，追到我家门口，叫嚷着要将我千刀万剐。我还梦到派出所民警找上门来，我吓得躲进深山老林，从此隐姓埋名……

终于等来了七月。学校里已经放了暑假。炎热的天气为西瓜打了广告。水镇的人们估计是天底下最爱吃西瓜的人了，他们可以三天不吃饭，但是不能不吃西瓜。闷热难耐的午后，走在水镇街头，常常见人捧一个西瓜，埋头啃得呼哧呼哧响，三两下就把一个大西瓜吃得只剩瓜皮。

我们家的西瓜尚未成熟，生意头脑精明的瓜贩刘得财早就从县城贩来了早熟西瓜，整日在水镇上叫卖。他从县城学了一招，往泡沫箱里加上冰块，西瓜经过冰镇，更加脆甜爽口，生意相当火爆。

我们家的瓜田挤满了滚圆的大西瓜，像是横七竖八睡满了光头佬。七月的一个傍晚，父亲从地里带回一个大西瓜，他心情很好，我们老远就听见他的口哨声。回到家，他吩咐哥哥把瓜杀了，让全家人都尝尝。熟透了的瓜只需刀尖轻轻一碰，咔一声就炸裂开了，皮薄瓤红，鲜美多汁。那是我吃过最甜的西瓜了。

吃完西瓜，父亲就给我和哥哥下了任务。第二天便是水镇的圩日，全家人兵分两路上街卖瓜。父亲去四十里外的土城卖瓜，土城是我们的县城，人口多，销量大；我和哥哥坐镇水镇，负责打开本地销路。总之，我们不仅要赚钱，还要让水镇人吃上世界上最甜的西瓜。

第二天一早，我和哥哥就被母亲叫醒了。她早就备好了早饭，还给我们加了鸡蛋。她说“快起来吃早饭了，该上街卖瓜了”。我们哥俩极不情愿地爬起床，看见院里整整齐齐码了一大堆西瓜，还带着新鲜的露水，我们家里充满了西瓜的味道。吃过早饭，仍不见父亲踪影。我还指望着父亲领我们上街卖瓜呢。我问母亲：“我爹呢？”母亲说：“你爹天麻麻亮就起来摘西瓜，摘完西瓜往县城去了，现在该到那了吧。”

我和哥哥推着一车西瓜往水镇圩场进发。哥哥在前面拉板车，我在车屁股后面推，板车上码着两大箩筐西瓜，压得板车嘎吱嘎吱响。很快，我们身上就冒出油来。

这是我们头一回出摊，多少有点大姑娘上花轿的味道。出门前，母亲叮嘱我们说：“你们不识秤，就论个卖，一筐大瓜一筐小瓜，大瓜两块钱一个，小瓜一块五，记住了吗？”我们说：“比一年级的数学还简单，我们记下了。”

我们的板车碾过乡间土路，慢悠悠过了双凤桥，嘎吱嘎吱出现在水镇街上。人们都跑来看热闹，他们七嘴八舌说着什么，我使出全力拉车，没听清他们的话。他们无非是想看把戏。我们把头埋得更低了，远远看去只见一辆板车在走，却不见人。

水镇街上的人多起来了，我们的板车小心翼翼汇入了滚滚人潮之中。

从上街到下街，我们没找到一个立脚的地方。马路两边早就让那些卖鸡卖鸭卖鱼卖猪仔卖狗仔卖鸡蛋卖药材卖锅碗瓢盆卖水果蔬菜的人给占完了。圩场虽小，可也鱼龙混杂，各有各的地盘。我们只好又从下街一路折返，像回溯的鱼一样往上街游，指望着在拥挤的圩场上找到一席之地。就这样好不容易挤到了上街，还是没能找到一个摊位。我们的衣服让汗水沁湿了又干了，我累得快要哭了。

我说："哥，我们回家算了吧。"

哥说："今天是第一天出摊，一个瓜没卖掉，不吉利。再说回去怎么跟爹交代?"

我就没话可说了，只好跟在板车屁股后面推车。

我们在人群中挤来挤去，再次来到下街，看见瓜贩刘得财的西瓜摊前挤满了人。他的摊位旁恰好有一个空位。哥哥说，就是这里了。我们赶紧把板车推过去，在刘得财的摊子旁边扎了营。刘得财百忙之中看了我们一眼，冲我们喊："你们真会选地方啊。"说完就卖他的瓜去了，他的摊前挤满了挑选西瓜的人，他都忙不过来。相比之下，我们的西瓜摊却无人问津。我们兄弟俩傻乎乎地躲在板车后面，站也不是，坐也不是，眼睁睁看着人们涌向刘得财的瓜摊，听他卖唱一样吆喝，看他熟练地过称、算账、收钱、补钱。他的西瓜被一个个挑走，腰包慢慢鼓起来。

太阳火辣辣的，照得我们头顶生烟。眼看要散圩了，街上人渐渐少了，我们的瓜摊还没开张呢。刘得财的箩筐见了底，他用散发着臭汗味的毛巾擦擦脸，准备收摊了。他一边收拾瓜摊，一边望向我们的西瓜。我们的西瓜在阳光下泛着黝黑的光，像一颗颗饱满的光头，油光闪闪。刘得财说："我看你们这瓜挺不错，酒香也怕巷子深，你不吆喝，谁知道你的西瓜好呢？学着点，像我这样吆喝。"说完，他扯着嗓子大声吆喝起来："我家西瓜脆又甜，好比天山上雪莲，今天减价大甩卖，不甜不脆不要钱。"

我向哥哥递了个眼神，意思是让他吆喝吆喝。他的目光像一条鱼一样闪开了。后来，他索性一屁股坐在街边的水泥台阶上，看上去像是一个看热闹的闲人，哪像是一个卖瓜的。我想高声吆喝，试了几次，声音都在肚子里，连自己都听不见。

圩场上的热闹彻底散尽，只剩下一地垃圾。我和哥哥仍蹲在板车背后，一动不动，任由太阳火辣辣地暴晒。我们像是在惩罚自己，仿佛用这样的方式才能驱散心中的胆怯。七月的正午静悄悄的，连一丝风也没有，闷热的空气让人窒息。

当水镇的人们吃罢了午饭，坐在自家门口啃西瓜的时候，我们终于决定收摊回家。人潮退去，街道显得空荡荡的，我们的板车从下街一路嘎吱嘎吱往上街走，特别显眼。水镇的人们都来看热闹："哎呀，王酒鬼的两个儿子出来了，他们在卖西瓜。”有些人走近我们的板车，问我们卖了多少西瓜，赚了多少钱，西瓜甜不甜……人们问东问西，可没一个人掏钱买。我和哥哥只顾埋头推车，像两头倔强的牛犊，怀着巨大的屈辱走过水镇。

直到走出水镇镇街，过了双凤桥，我们才停下来歇口气。我终于忍不住破口大骂起来：“这么好的本地西瓜竟无人问津，水镇的人真是白吃了那么多西瓜，全是不识货的蠢蛋。我再也不出来卖瓜了，就让水镇人吃那些化肥农药种出来的外地瓜去吧。”

哥哥像一个吃了败仗的将军，愁眉苦脸，一言不发。他的脸涨得通红，看样子要哭了。我就安慰他说：“万事开头难，失败是成功之母，只要我们坚持不懈，总有一天能卖出西瓜赚到钱。”

哥哥看了我一眼，终于笑了。他说：“你这小屁孩屁话真多，赶紧回家吧，回家晚了怕是要挨爹打板子。”

我们拉着板车往回走。回家要上一个陡坡，板车死沉死沉的，比早上出门的时候重了不少。我们正埋头拉车，突然听到有人在身后喊，我们都没有理会。不一会儿，那人追了上来。他说：“你们俩也不知道早晚，现在才回家？”那人是父亲。他肩上的箩筐空荡荡的，脸上喜气洋洋，我们知道他赚了钱了。

第二天一早，父亲又不见了，他去县城卖瓜去了。傍晚回来的时候，他脸上却没了往日那种喜气，垂头丧气的。母亲问他是不是瓜不好卖，父亲摇摇头，唉声叹气。沉默了半天他才说，县城里不让乱卖瓜了，要卖的话就得进市场，要租摊位，缴管理费。我们这才知道，他的一担西瓜只卖出一半，另外半担让人缴了去了。这一趟下来除掉车费，连本都折了。母亲说：“那咱就在水镇卖，你看刘得财的生意多好。”

水镇五日一圩，雷打不动。到了下一个圩日，我们早早就动身了，果然占据了做生意的有利地盘。我和哥哥先是跟在父亲屁股后面，看他怎么卖瓜。不久，我们哥俩就出徒了，另立门户做起了生意。每逢圩日，我们家的西瓜摊牢牢占据了上街和下街两个摊位，上街的摊位由父亲坐镇，我和哥哥则镇守下街，很快我们的西瓜就走进了水镇的千家百户。

又一个繁忙的圩日，我和哥哥正在卖瓜，没有料到一场悲剧就要上演了。

来者不善。前来惹事的正是段明亮。段明亮大吼一声：“不怕死的都给我让开！”然后，他如同一头发疯的肥猪拱开人群，冲到我们的瓜摊前。来的不止他一人，后面还跟着“水都五霸王”的另外四人。

“拿上来！”段明亮吩咐其中一人。只见那人把一个大西瓜丢在我们面前。

段明亮说：“睁开你们的狗眼看看，这瓜能吃吗？你们是不是想钱想疯了，连这种烂瓜也拿来卖，还要卖给老子。”

另外四人也跟着叫嚷：“你们瞎了狗眼了，在这块地皮上段哥是什么人物？你们得罪得起吗？”

我和哥哥被这突发状况吓坏了，立刻就慌了神，失去了与之对峙的气势。那个西瓜只开了个三角形的小口，看不出有什么问题。这是卖瓜时开的，目的是验证西瓜是否已经熟透。

买瓜的人很快成了看客，不再急于买瓜，仿佛看把戏比买瓜更重要。段明亮说：“各位乡亲，大家都来看看这个瓜，这瓜还能吃吗？就是拿来喂猪猪也不吃啊。”

我和哥哥愣在那里不知所措。段明亮一把夺过了我们的西瓜刀，像砍他们家的猪脚一样，一刀猛劈下去，西瓜裂成两半，汁水四溅，围观的人们发出“啊”的叫声。那是一个高度腐烂的西瓜，瓜瓤已经发黑，化成了水，散发出令人作呕的酸臭味。围观的人们赶紧捂住口鼻，四下散开了。

“你们这样做生意，还有良心吗？你们也不打听打听，我段明亮是好欺负的吗？今天这事，你们说怎么办？”段明亮恶狠狠地盯住我和哥哥，仿佛要从我们身上剐块肉下来。我想起了上次在河堤边用尿瓶砸段明亮的事，他头上的伤疤或许早就愈合，可那一段恩怨只会日积月累如同雪球一般越滚越大，直到最终爆发。我知道这一天是无论如何也躲不掉了。

段明亮又举起西瓜刀，从那个烂西瓜上切了两片下来，扔到我和哥哥面前。他说：“你们只要把这个西瓜吃了，今天的事我就不再追究。”

腐烂的西瓜渗出尸水一般的恶臭，很快引来了苍蝇，它们像是找到了一堆屎，嗡嗡围上来趴住不动了。我的胃里一阵翻腾，差点没吐出来。

“吃吧，吃完我们的新仇旧恨一笔勾销。”段明亮的脸上写满了得意，他那几个随从也在一旁帮腔起哄，把我和哥哥往绝路上逼。

“你凭什么说这是我们家的西瓜？”我说。我一眼就看出那是我们家的西瓜。整个水镇市面上只有两种西瓜，一种是我们家的黑皮瓜，另一种是瓜贩刘得财的花皮瓜。但是，我们卖的都是刚从地里采摘的新鲜西瓜，这个西瓜想必是段明亮买回家放坏的，他是故意来找碴的。

“就是你们家的瓜，别不承认。”段明亮说。

“就算是我们家的瓜，可你买的时候开膛验过瓜，当初肯定是好的，不然你绝对不会掏钱。”我的心里突然有了底气。我说这话的时候，哥哥拿眼睛剜了我一下，意思是双方实力悬殊，不要跟他们硬拼。我已经顾不上这些了，我要维护我们家西瓜的尊严。

段明亮一时哑口，气急败坏。

“你小子不要敬酒不吃吃罚酒，老子早就想收拾你了，上次的事你忘了？”段明亮还想说什么，似乎意识到了不该提及那段不光彩的往事，于是嘴巴刹住了车。

我想说我没有忘，随时都等着你来报仇，但是那是另一码事，桥还桥路还路，你不能拿我家的西瓜来找碴，水镇的人都知道，我家的西瓜是天底下最好的西瓜。但是，这话我没有说出口。

“少废话，吃吧。”段明亮咄咄逼人，见我和哥哥无动于衷，他一声令下，他的两个随从将我哥哥架住，另一个人要往他嘴里塞西瓜。我瘦小的哥哥奋力挣扎，如同一只小鸡被狼群围攻，毫无招架之力。电视剧《霍元甲》的主题曲又在我耳边响起：“因为畏缩与忍让，人家骄气日盛，开口叫吧，高声叫吧……万里长城永不倒……”

我突然有了勇气，抓起那个烂臭的西瓜砸向行凶的三人。只听见他们惨叫一声，将我和哥哥一把推倒在地，一群人上来对我们一阵拳打脚踢。我的反抗彻底激怒了段明亮，他们把怒火对准了我们的西瓜。我和哥哥瘫坐在地上，眼睁睁看着他们砸我们的摊子，他们抱起一个个滚圆的西瓜，往地上猛砸。熟透的西瓜像硕大而无辜的头颅，瞬间开花，血红的汁水四下溅开，瓜瓤红如新鲜的血肉，仿佛一地开花的脑袋。地面很快就血红一片，吓得那些看热闹的人哇哇直叫。

这时候，人群中有人大喊："别打了，别打了。"那是父亲的声音，他多半是在上街听到了风声，急忙赶过来救援来了。可是为时已晚，我们的西瓜早已全军覆没，血流成河。段明亮他们杀红了眼，压根没把父亲放在眼里。我看见他们像五条疯狗，疯狂踩踏那些没被砸碎的西瓜，直到瓜瓤被他们踩成血红的浆水。

我们的衣服被血一样的西瓜汁染红了。那一刻，我感觉我们的西瓜哭了，愤怒的西瓜也是会流血的。我拼尽全力想爬起来，因为我看见了搁在板车上的西瓜刀，刀锋在太阳下闪着刺眼的愤怒的光芒，它仿佛在召唤我，又像在嘲笑我。但我无能为力，全身软得跟烂泥一样，动弹不得。

父亲的脸色铁青铁青的，怒火从他的鼻腔里喷涌而出。他手上抓着一根扁担，手臂上的青筋暴起，他咬牙站在西瓜摊前，冲着段明亮他们大吼："狗日的，快滚！给老子滚！"我第一次感觉父亲像霍元甲一样，是个一身正气、武功高强的大侠。

在我的记忆里，那天的水镇是红色的，街道是红色的，路人是红色的，慢慢的天空也变成了红色，像是被血洗过一样。当圩场的人群散尽，我们父子三人走在空荡荡的水镇街头，父亲肩扛一根扁担，我和哥哥推着同样空荡荡的板车，如同打了惨胜之仗的将士，悲壮而骄傲地班师回朝。那一刻，我感觉水镇人看我们的眼光发生了变化，他们不再对我们评头论足，而是以一种迎送英雄的姿态目送我们远去。

也正是从那天晚上开始，父亲又开始喝酒了。父亲自小染上烟酒，早就酗酒成瘾，这一喝就完全失控了，我们的家庭再次滑向了忧愁与绝望的深渊。父亲又变回了那个整日稀里糊涂的酒鬼。他身上那一股刚刚萌发的英雄气概，终于被满身的酒气取而代之。

母亲的脸又阴沉下来了，整日唉声叹气，没见她笑过。她个头矮小，忧愁一多，整个人又矮下去一截，看起来跟我十一岁的哥哥一般高。

我们的西瓜还在地里疯长，西瓜越是长得好，母亲的忧愁就越重。

父亲整日抱着酒瓶度日，醉了倒头睡，醒了接着喝，彻底无可救药了。终于有一天，在喝下三斤烧酒之后，父亲旧疾复发，胃出血，差点丢了命。半夜的时候，父亲被送往土城县医院抢救。家里就剩下我和哥哥，以及一地烂熟的西瓜。

时间进入了八月，烂熟的西瓜像一个个定时炸弹，在烈日的烘烤下，时不时发出炸裂的闷响。我和哥哥站在我们家的瓜田里，望着满地黝黑发亮的西瓜，发出大人才有的叹息。日头愈来愈猛烈，空气中弥漫着黏人的甜味，让人窒息。我们听见嘭嘭嘭的闷响不断传来，仿佛听到了彼此心碎的声音。

三天过去了，仍不见父亲母亲从县医院回来。哥哥终于做了一个决定。他说，不能再等了，走，上街卖瓜去，再不卖就全烂在地里了。我知道哥哥的担忧，这一田西瓜是我们家的希望。九月即将到来，新学期开学，我就该上三年级了，哥哥也要读五年级，家里花钱的地方更多了。

我和哥哥推着板车，挑上箩筐奔向瓜田。哥哥只比我大两岁，可此刻他突然像我的父亲一样高大了。滚圆的大西瓜满地都是，在烈日下亮闪闪的，刺眼。大多数西瓜已经熟裂了，有些被老鼠或是别的什么野物吃了大半，露出了红瓜瓤，血红的汁水流进了地里，连土都是甜的了。

阳光猛烈，大地要烤出烟来。我们在地里来回穿梭，专挑那些尚未烂熟的好瓜摘。每发现一个好瓜，我和哥哥都会大声呼喊："这里有一个！"我们像是在为彼此打气，也像是为满地的西瓜打气。哥哥说，这样的好西瓜，一定能卖个好价钱……

寻找马德

电视里正在播报这样一条本市新闻：一位空巢老人浑身赤裸死于浴缸，好几天都没人发现，整个浴缸发臭了，最终一条狗的哀鸣才引来了邻居、医生、警察和媒体记者。

内科医生张三没看到这条新闻。当然，即便她看到了，也不会有太大反应，毕竟作为医生，她见过的生死实在太多。再说了，像我们这样的普通人看了这样的新闻，最多也是发出一声短暂的叹息，仅此而已。

张三一早出了门，她在电视台广告中心的营业大厅里排着长队。队伍里，来找亲戚的，找老婆的，找钱包的，找工作的，找身份证的，鱼龙混杂，把大厅塞得密不透风。

排在张三前面的是一位五十来岁的女士，衣着光鲜，浓妆艳抹，头上像倒扣了一桶刚泡开的方便面。从张三一加入队伍，方便面便热情地凑过来搭讪。

“妹子，你不会也是来征婚的吧?”

此刻，张三有气无力地站在人群中，想在排队的间隙打个盹，她完全没听见方便面跟她说话。马德失踪的这三天，张三就没合过眼，她身心俱疲，每到夜里又毫无睡意，只好爬起来抽烟喝酒，枯坐到天亮。这样熬过了三个漫漫长夜，她感觉自己肩上扛着的已经不再是自己的脑袋，而是一个地球。

“喂，妹子，你也来登征婚启事?”这时，方便面伸手捅了捅张三的肚子。

方便面的举动使张三大为错愕，她差点要跳起来，慌忙答道:“不，不，我不是。”

“不瞒你说，我是来找儿媳的。我那儿子才貌双全，海归，公务员。就是人太老实，女朋友谈了好几个，基本都只到拉个手看个电影的程度。你说这年头，女人是不是都喜欢坏男人……”方便面滔滔不绝，正如眼前那悠长的队伍。

张三还在想着她的马德，她只看见一张嘴在眼皮底下不停地开开关关，唾沫如泄洪大坝涌出的洪水，人家说了什么，她一点没听进去。方便面自觉无趣，便悻悻扭过头，不再理她。

队伍像蜗牛一样缓慢地向前蠕动，这让医生张三想起了人类冗长的肠道，这些站在队伍里的人则是等待被消化的食物，过程漫长而乏味。她不断抬腕看表，越是这样，时间就过得越慢。

临近中午，那些叽叽喳喳的人群终于被逐一消化掉，眼看就轮到张三了。就在此时，一个黑影闪电般插在了队伍最前端，迫切地要求被消化。

张三火冒三丈，但她是个医生，有文化有素质，她努力克制自己，她提醒道:“请你遵守纪律，请排队。”

那是一个年轻女人，一袭黑衣，个头很高，左手拎个大提包，右手打着手机，有点手忙脚乱。她似乎没听见张三说话，头也没回。

“听见没有，不要插老娘的队。”张三拍了拍那人的肩，差点骂了娘。

那人显然吃了一惊，猛然回过头来。那是一张年轻漂亮的脸，因为慌乱，显得有些扭曲。她说:“不好意思，我有急事，我要找人，我的人丢了。”

“就你急?我就不急了?我在这等了一上午了。”

“大姐，我真是十万火急，我孩子走丢了，我要赶紧登个寻人启事，人命关天啊。”

“那我实话告诉你，我的宝贝丢了三天了，我急疯了，你最好给我滚一边去。”

那人站好了姿势，身子几乎是趴在了营业台上，接着哗啦一下，她把提包里的东西全倒出来，在一堆口红、香水、防晒霜、手机、香烟和卡片中，翻找出一张照片。

此时，几天来在张三体内岩浆一样堆积的委屈、无助和难过正在遽然升温，眼前这个女人彻底引爆了这座火山。张三怒发冲冠，使劲推了推那个女人，想把她推到一边去。

这一推，那女人包里的物件花花绿绿撒了一地。那女人花容失色，两个吃了火药的女人顿时扭打在一起。

从电视台出来，张三有些鼻青脸肿，连头发都被扯掉了不少。她一路骂骂咧咧，肚里的气只涨不消，她觉得自己快要爆炸了。走到十字路口，太阳高悬头顶，晃得人眼睛疼。路口的红灯刺眼地闪着，像另一个太阳，她真想掏一颗炸弹把那信号灯给炸了。

“小姐你好，我们是电视台的，能采访你一下吗？”没等张三明白过来，两个电视台记者已经一前一后将她截住。

张三摆摆手，表示不愿接受采访。

“你放心好了，我们就问一个简单的问题，不耽误你多少时间。”没等张三答应，手持话筒的记者就开始介绍新闻背景。他说：“就是早上那则新闻，一位空巢老人死在浴缸里，被发现的时候已经腐烂了。我们准备做一个专题节目，在全市范围内发动一场有关空巢老人生活现状的大讨论，请你谈谈对此事的看法。”

这个时候张三实在不愿意说话，她再三推却。但她还是低估了记者们的敬业精神，两个记者完全没看到她的脸色，不断把话筒伸到她嘴边，犹如一把刺刀。他们执着地启蒙她，非要把她的嘴撬开。他们说：“难道你没有父母吗？再说你以后也会变老，也会死，你肯定关心也应该关心这个事，这是大家的事。”

张三忍无可忍，她冲两个记者咆哮道：“你们也太无聊了，一个老人死了，关我屁事。路上那么多人，你们不知道随便拣一个爱管闲事的去问？没看到老娘今天不高兴吗？”

马德是三天前失踪的。

那天午夜，市人民医院内科医生张三下班回家，没有看到马德。若是往时，马德早就跑过来迎她了。她回来得再晚，马德都会窝在沙发上等她。

张三以为马德在跟她玩躲猫猫，她在门口换了鞋，温柔地喊了几声“马德，别躲了，我看到你了”。没有回应。她又走进厨房、卧室和书房，甚至翻箱倒柜，把家里弄得一团糟，还是没有马德的影子。

张三急了。她飞奔下楼，像个野鬼一样在小区里来回游荡。夜深人静，人们沉醉在各自的梦中。张三的呼喊声很快将邻居们吵醒了。许多人不堪其扰，纷纷推开窗户，对着楼下的张三破口大骂：“神经病啊，三更半夜招什么魂，还让不让人睡觉。”

一直到天亮，张三把整个小区都翻了个遍，一无所获。

马德是张三养的一条狗，养了两年，从一团仙人球大小的小东西养成了大狗。她跟马德的感情自然不必多说。用旁人的话来说便是，自从有了马德，张三才有了点人样。

天亮后，出门上班的邻居们看到白茫茫的纸片像梨花一样布满了小区的主要路口。那是一则寻狗启事，除了一张狗的照片，“重金酬谢”几个大字尤其显眼，这让人们想起不久前警方重金悬赏犯罪嫌疑人的情形。

张三完成这一浩大工程回到家，刚想坐下来歇口气，小区物业很快就找上门来了。他们说：“小区是我家，爱护靠大家，请你自觉把那些纸片清理干净。”

张三恼火不已，说：“我的狗好端端的，不见了，你们有责任，我还没找你们算账呢，你们倒恶人先告状，找起我的麻烦来了。”

最后那位物业公司的大妈哭着脸走了，她说干了一辈子服务工作，还真没遇到过这样难说话的人。

张三苦心寻找，却没有任何线索。她走投无路，去了派出所。

“我要报案。我的狗丢了，找了两天没找到，我才来报案的。你们一定要帮帮我。”张三一激动，差点要去握民警的手。

“狗丢了？我们这还从没处理过这样的案子。一般老人小孩丢了，我们都帮忙找。这狗丢了……”民警不自然地笑了笑，面露难色。

“你们到底帮不帮？”

“这个，我得请示领导。你稍等一会儿。”民警噔噔噔上了楼，两三分钟的工夫，回来了。他说：“抱歉，我们领导出去开会了，你改天再来吧。”

“你们究竟帮还是不帮，不要随便找个借口就想打发我走。”张三有些激动，她说着说着拍起了桌子。

民警有点不耐烦了，嘴里小声说：“不就丢了条狗，还有那么多重要的案子等着我们去处理呢。”

“你这是什么态度？你们是怎么做警察的？我告诉你，如果找不到狗，我也不想活了。”说完，她呜呜呜哭起来。

民警无奈，只好给张三做了笔录，并承诺一有消息就通知她。张三留了派出所的电话，悻悻离去。之后，派出所就不断接到张三的来电，问狗找得怎么样了，有没有最新的线索，要是找到偷狗的凶手，会不会执行枪决。她在电话里要求派出所必须尽快找出凶手，并且要依法严惩。

为何张三又变回了两年前的模样？医院的同事们感到诧异。

“李四这狗东西，害了我一辈子。”那时，张三嘴里时不时会蹦出这样一句话。自从她养了狗，这样的骂声就彻底绝迹了。她心里有点愧疚，后悔侮辱了狗的名声，便宜了李四。

李四是张三的前夫，大学教授，斯文白净，正派的脸盘上挂着一副金边眼镜。李四教授说话细声细气的，总笑眯眯的，在张三面前温顺得像只猫。能找到这样一个如意郎君，张三很骄傲，用她的原话来说便是：连李四的唾沫星子都飞溅着文化的味道。

他们的相遇跟大多数爱情故事一样，平淡如水。那年，张三已经在市人民医院急诊科做了五年医生，却从未谈过恋爱，身边的同事朋友们都已为人妻为人母，她却像什么事都没有，依然沉浸在自己的世界里。皇帝不急，急死太监。为此，她父亲张大生三天两头跟她吵架。

某天，大学教授李四出现了，他那天喝多了酒，被送到医院打了一宿的点滴。那时夜已经深了，朋友们把他丢在急诊室就走了，他一个人瘫坐在椅子上，呕吐完了后哭天喊地，像个遭遗弃的孩子。值班医生张三为他做了简单的诊断，开了药。李四烂醉如泥，只能躺着输液，谁料病床早已满员。张三看着可怜兮兮的李四，对护士说：“把他送到我的休息间去吧。”张三也弄不明白为什么自己会做出那样的决定，似乎在那一瞬，她就觉得眼前这个烂醉的男人往后会跟自己有什么特殊的关系。就这样，李四在张三的休息间里睡了一夜。他醒来的时候，看着自己头上悬着几瓶点滴，便明白了是怎么回事。李四望着身边这位熟睡的素不相识的姑娘，突然就对她产生了某种好感，他甚至想去抱抱她，摸摸她的手，理理她凌乱的头发。

实际上，那时大学教授李四正在经历一场痛苦的失恋，他向来滴酒不沾，那一次喝醉完全是为了祭奠那场凄苦的爱情。后来，他跟张三说，那一夜他几乎喝光了他这一辈子的酒。果然，在后来的日子里，他的确极少喝酒。

后来，李四陆续请张三吃了几次饭，看了两场电影，两个人就好上了。又过了一年，朋友们接到了他们的喜帖。张三上夜班的时候，同事们经常看到李四来医院陪她，两个人如胶似漆，一度成为市人民医院的一段爱情佳话。对于李四，张三是满意的，除了个头矮了点，其余一切都趋近完美。

那天，张三本来要上夜班，晚上住医院。同事突然跟她调了班，晚上九点不到她就换下白大褂回家了。她哼着小曲走在春风沉醉的路上，空气里洋溢着万物复苏的味道。她在小区门口买了李四爱吃的武汉鸭脖和糖炒栗子，又要了两瓶啤酒，还买了一束粉色玫瑰。一年到头大部分时间都要上夜班，少有时间在家陪李四，她因此有些内疚，总觉得李四像个孤独的孩子，被她遗弃在家里，她决定今晚好好补偿李四。

张三开门进屋，整个人僵在了那里，她感觉时间停滞了。

卧室的大床上，教授李四跟他的女学生正在翻云覆雨，他们甚至没有察觉到站在门口的张三。

他们维持了近五年的婚姻，在这样一个美好的夜晚戛然而止。没有吵闹，也没有打斗，在一阵尴尬的沉默之后，教授李四卷起行李，拉着女学生的手，落荒而逃。随着那扇防盗门嘭的一声被李四关上，张三的天塌了，世界黑了下来。

这事当时同事们都不敢相信。张三是个漂亮女人，虽然岁月逐渐消耗了她的美丽，但站在矮小的李四教授身边还是绰绰有余的。况且张三性格强势，在他们的婚姻跷跷板上，张三向来处于主动的地位，而且一直掌控得很好。不说同事们，就连张三自己也无法接受眼前的现实，她总感觉那是一场梦。

离婚后，张三的生活跟她的脸色一样，苍白凌乱。她晚上失眠，上班迟到，在医院看着病历本发呆，跟病人发火，回到家里又对着墙壁流泪，嘴里偶尔会冒出一句“李四这个狗日的，害了我一辈子”。

朋友们看她可怜，就建议她养条狗。他们说，这年头，养男人还不如养一条狗，男人再好都不如狗好，狗除了不能当男人用，让它干什么都行。

不久，父亲张大生为张三抱来了一条狗。狗只有毛线团那么大，一进门就怯生生的，不时瞥张三一眼，傻乎乎地在原地转圈，细细打量着这个陌生的家。张大生说：“看你一个人生活冷冷清清的，家里总得有个活物，人家送我一条狗，就给你养着吧。”

张三本来想推辞。一来，她并不爱狗，此前也从来没养过狗；二来，她目前连自己都照顾不好，养狗无疑是给自己添麻烦。但那条狗很快走到她跟前，伸出舌头温柔地舔她的脚趾，它的小舌头跟天鹅绒一样细滑，舔得她心痒痒的，这使她动了恻隐之心。小狗就这样留了下来。

张大生就张三这么一个女儿，老伴死得早，女儿是他一手带大的。除了前些年催促女儿找对象，从小到大，女儿倒没让他操太多心，从外省的医学院毕业后回到本市最好的医院当了医生，后来又跟大学教授李四成了家，眼看着小两口的日子一天比一天红火，如今却闹离婚了。张大生每每回想起这一切，心底总泛起一阵委屈酸楚，却也不忍向女儿发泄，于是留下狗，水都没喝一口就走了。

很快，张三得到了李四再婚的消息，新娘自然是那位年轻漂亮的女学生。张三心里一阵灰暗，几乎在那一瞬，所有的爱都成了恨。她怀着巨大的仇恨开始谋划各种报复手段。一夜之间她几乎想尽了所有残忍的手法，但突然又感到有气无力，她沉浸在一个人的悲痛之中。到了下半夜，她心如刀绞，咬牙给李四打了个电话。李四冷冷地告诉她，他已经结婚了，请她不要再打扰他的生活，也希望她幸福，大家好聚好散，井水不犯河水。电话挂掉，她觉得自己的喉咙被狠狠割开，整个人像条死鱼一样被摆在案板上。

张三真的找来了菜刀，她流着泪，躺在沙发上努力回想这一生的欢愉，想来想去，似乎没什么值得留恋。她太痛苦了，并且这样的痛苦将伴随她的生命，她没办法结束这样的痛苦，只能提前结束自己的生命。那把菜刀是新买的，买回来的时候，她还叫李四磨过，刀口泛着冷峻的金属之光。刀口靠近手腕，凉得让人打战，她只需要轻轻一按，就会鲜血四溅，然后抽搐几下，带走所有悲伤。

这时候，那条狗跑过来了。它跟她还不是很熟，它甚至有点怕她，但它还是怯生生地跑了过来，伸出细软的舌头去舔她的脸，舔她的泪眼，它仿佛懂得她的伤痛，它在挽留她。最后，它温柔地躺在了她的臂弯里，像个婴儿。张三冰凉的心逐渐温热起来，她放下刀，活过来了。

养了两个月，那狗越来越像乡下的土狗了。不过，那狗好养、听话、安静，也不挑食。这是张三喜欢的。她给狗取了个洋气的名字，叫马德。有了马德，她的生活渐渐有了生机。每天下班，去菜市场买菜，回到家下厨做饭，细心喂饱马德和自己。饭后牵着马德在小区里绕着人工湖散几圈步。隔天给马德洗澡，定期剪毛，生病了带它去宠物医院看兽医。周末呢，一起逛超市，看电影，去衣架厂宿舍区看望老父亲张大生。在张三的世界里，马德完全替代了李四的位置。她不止一次对它说："往后，咱俩就相依为命了。"

现在，张三一连两天在医院里沉默寡言，头发蓬乱，眼睛浮肿，垂着一张苦瓜脸。出于职业的敏感，同事们很快得出这样一个诊断：张三又失恋了。

这个诊断结论出来那天，张三出了一次医疗事故。她开错了药，要不是发现及时，病人连命都难保。为此，患者家属大闹医院，差点砸了医院的招牌。医院只好给张三放了大假，要她好好反省，反省够了再回医院上班。张三倒也没什么意见，反而求之不得，这样她就有时间一心寻找马德了。

天要黑了。张三拖着疲惫的身躯走在回家的路上。依然没有马德的消息。

小区门口那几家狗肉店迎来了喧嚣的时刻。正是初春时节，狗肉店生意红火，店里早已人满为患，店家把餐桌摆到了马路边上。食客们吃得热火朝天，他们津津有味地啃着狗骨头，嚼着狗肉，喝着啤酒。

张三从这些热气腾腾的餐桌旁走过，在那散落一地的骨头中，仿佛看到了马德。张三感觉自己的骨肉正被眼前这些人吞噬，她怒火中烧，将一锅冒着热气的狗肉掀翻在地。

食客们被这突如其来的状况惊呆了。很快，他们发现快到嘴边的美味被一个陌生人掀翻了，而且是一个女人。他们吃了狗肉后的火气很快喷涌上头。

“你神经病吧，搞什么名堂?”

“你们为什么要吃狗肉?”

“吃狗肉犯法吗?”

“犯不犯法不关我事，但你们犯了我的规矩，连狗肉都吃，你们不是人。”

他们的争吵很快引来了狗肉店老板。张三握紧了拳头，她红着眼睛对肥头大耳的老板说:“你不要对我凶，我只想问问你，有没有看见一条白毛狗?”

“我们这杀的都是从乡下买来的土狗，全是黄狗，没有什么白狗。”

这家狗肉店的老板张三认识，每次她牵着马德出门，那狗老板都瞪圆了眼睛打量马德，目光像两把亮晃晃的刀子，从那时候开始她就有了一种危机感。那狗老板肯定是看上马德了，他迟早会下手。

“你见过我的狗，你是不是把它偷来杀了？”张三像在审问一个小偷。

“你这不是血口喷人吗？我这儿的狗都是有来历的。你不要狗眼看人低，我虽然做着狗肉生意，但从来不偷狗。”

这时，狗肉店后院传来了一阵狗叫声。张三循声冲进后院，看见角落的铁笼里关着十来条狗。

“马德，马德。”张三大声疾呼，她希望有一条狗能跳出来，蹿到她面前摇尾巴。听到喊声，那群狗在笼子里乱成一团，纷纷从缝隙里伸出舌头，向张三求救。

铁笼关得严实。张三注意到笼子上挂着一把大锁，但锁是开着的，她很快把笼子打开了。这时，狗肉店老板追了上来，但为时已晚，被关疯了的狗倾巢而出，狂吠着朝门外跑去。狗肉店老板一边叫喊着“你这个疯女人，真是疯了”，一边惊慌地往外跑。见此情景，食客们再也顾不上吃喝，尖叫着落荒而逃。

张三被带到了派出所，狗肉店老板要她赔偿损失。然而派出所的人看见张三，脸都绿了，马上要打发她走，狗肉店老板哪里肯干，张三也赖着不走，她说：“你们既然把我抓来了，就把我的马德给我找回来，否则我就在这里不走了。”

张三说到做到，果然赖在了派出所。

电话响起的时候，张三在派出所走廊里的长椅上睡着了。

是不是找到马德了？张三惊醒，慌忙在手包里翻找手机。这时，阳光斜洒在地板上，墙上的大钟正指向九点。

“你是张三吗？”电话那头问。

“对，对，是我，是我。你们是不是找到它了？”

“是的，你赶紧到衣架厂宿舍区来。”电话那头说。

张三从长椅上弹起来，飞跑出了派出所，在路口拦下一辆出租车，直奔衣架厂宿舍区。她一想到很快就能跟马德相见，脸上有了难得的喜悦，她甚至冲着汽车后视镜中的自己笑了笑，她感觉自己此时像一只逃出鸟笼的鸟儿，正展翅飞回阔别多时的森林。

衣架厂宿舍区居委会的杨大姐接待了她。杨大姐哭丧着一张脸。她领着张三风风火火往宿舍区走，一路上没有说话。而张三的步伐却是轻快的，春风轻轻拂过她的脸，扬起她的头发，她在心里想：春天真是一个美好的季节。

“你放心，钱我会兑现的。”张三的意思是，杨大姐提供了线索，该支付给她的赏金一分不会少。然而，杨大姐没理睬。

阳光温柔地洒在草地上，花丛中彩蝶翻飞。张三仿佛看见马德在草地上欢跑，调皮地追逐着蝴蝶。

衣架厂宿舍区地处南郊，是个老旧小区，房子多是两层砖瓦房，建于20世纪70年代。随着厂子倒闭，宿舍区也辉煌不再。这些年，因为房子年久失修，无人管理，小区里杂草丛生，住的人就更少了。

张三对这个地方是熟悉的，在与李四结婚之前，她一直跟父亲张大生住在这个地方。自从搬离衣架厂宿舍区，她每周会回来看望父亲。但这个早晨，她却完全没有意识到自己是走在回家的路上。她脑子里充斥的都是与马德相见的场景，因此在她眼里，自己仿佛进入了一块陌生的区域。

她们在楼房密集的宿舍区七拐八拐，最终拐进了一栋两层的瓦房。这是一栋老房子，看起来像一列被遗弃在荒野的旧火车。她们穿过一楼潮湿的走廊，从昏暗的楼梯间上了楼。

“杨姐，你这不是带我回家嘛。”张三这才意识到，自己是走在回家的路上。然而，杨大姐还是没理她，只顾往前走。张三自觉没趣，却在心里暗想，看来马德是被父亲张大生抱回家来了，这个老头肯定是想让她回来看看他。父亲的脾气她是知道的，这个倔强了一辈子的老头，从来不向任何人示弱，也从不会跟她说：“回来吧，爸想你。”记得有几次过节，她打电话回家说晚上回家吃饭，要陪他喝上两杯。父亲的反应总是很冷淡，对她爱理不理的样子。可每次她跨进家门，父亲早就坐在一大桌子饭菜前了。他在等她。

“你可要做好思想准备。我们是昨天中午发现的，今天才找到你。”杨大姐突然说话了，她的话语庄严肃穆，让人不寒而栗。这让张三想起自己给病人家属下病危通知时的语气。

“啊，发生了什么事?”

“马上就到了，到了再说吧。”

杨大姐不再说话，走廊里安静得跟病房一样，她们踩在松散的木质楼板上，脚下发出嘭嘭嘭的声响，像有人急促地拍打着门板，叫人心慌。

她们在走廊尽头的一间房子前停了下来，那正是张大生的家。那扇掉了漆的门打开了，杨大姐领着她进了屋。浴室里光线昏暗，一口老式浴缸静静地摆在那里，陈旧却又刺目，看上去如一堆白骨。

“我们发现的时候，就是在这浴缸里。”杨大姐指着那口浴缸，话从她嘴里出来，仍带着惊恐。

“它怎么会在浴缸里？它平时洗澡从来不进浴缸的。”

杨大姐把目光移开，落到墙上，没有回话。

“它是不是死了？”

“是的，不在了。”

张三挣扎了一下，她感觉头部被人狠狠敲了一锤，眼前一阵灰暗，天旋地转。她蹲了下去，艰难地把头搁在浴缸的边沿。她闭上眼睛，除了她自己，整个世界都在飞速旋转。

“现在它在哪？”

“在殡仪馆的冷冻库里。”

“不要让它睡冰柜，它最怕冷了，它会着凉，它很容易感冒。”

“哎……”

“它是怎么死的？”

“煤气中毒，也可能是心脏病，具体情况我也不知道。”

张三趴在浴缸上哭起来，她想大声哭出来，把所有的悲伤哭出来，但她的喉咙里像被安装了消声器，连她都听不到自己的哭声。

张三站起来的时候，杨大姐已经走了，屋子里只剩她一个人，她这才想起了父亲张大生。她要找他算账，要不是他把马德抱出来，就不会发生这种惨剧。

屋里空无一人，床上堆满了父亲的衣物，客厅里散落着旧报纸，厨房里有鸡蛋臭了，蟑螂横行，整个房子发出陈腐的霉味。她努力搜寻着父亲的痕迹，仿佛这个时候他就躲在床底，躲在沙发背后，或者躲在衣柜的镜子后面，他不敢见她。然而，寻遍整个屋子，除了墙上挂着的几幅泛黄的老照片，再没有父亲的踪影。

最终，张三在凌乱的餐桌上找到了一把钥匙，那是她家的钥匙，在跟李四离婚后，她将这把多余的钥匙交给了父亲。

对于父亲，张三是充满感激和内疚的。她五岁那年，母亲就不在了。虽然在那之后她几乎没感受过母爱，可她得到的爱却不比别人少。虽然没有母亲，从上幼儿园开始，一直到初中毕业，她的辫子总是全校最漂亮的，衣服是最干净的，许多同学都夸她有一个好妈妈。准备高考那一年，父亲对她关爱到了极致，每天骑自行车接送，风雨无阻。此外，还要跑菜市场，下厨房，变着花样为她做营养餐。一年苦读下来，同学们都瘦了，她反而胖了十斤。终于等到大学毕业，父亲又忙着为她张罗工作，操心婚事。这一切，她是知道的。只是随着年岁增长，虽然父亲身子骨尚还硬朗，却变得少言寡语，最近几年更是好像成了哑巴。

可是，现在马德不见了，是父亲张大生害死的。她的脾气，他是知道的。小时候，他不小心摔坏一面镜子，她都好几天没跟他说话。何况，现在他害死了马德，他肯定知道她不会原谅他。而他总那么倔强，从不向她低头认错，所以他干脆跑掉。

张三这样想的时候，悲痛变成了怒火，她狠狠砸掉了墙上那个相框，玻璃破碎，泛黄的照片撒了一地。

下午，在杨大姐的陪同下，张三鼓起勇气去了殡仪馆，她要见马德最后一面，送它最后一程。

张三垂头站在殡仪馆空荡荡的大厅里，她在等着杨大姐帮她办手续。她点了一支烟，烟雾从她嘴里喷出来，荡漾开来，最后消散得无影无踪。她在心里想，马德很快就要变成那样一缕青烟了。再见了，马德。

这时，杨大姐已经办妥了手续，她跟负责看守停尸房冰柜的老头说了会儿话，然后朝张三招了招手，示意她过去。

负责看守冰柜的老头是个驼背，白发苍苍，脸上千沟万壑，老树根一样。他看起来比父亲张大生还要老，张三在心里想。

那老头看了张三一眼，眼神有些奇怪，好像带着刺。她看见他的白胡须动了动，好像要说什么，但最终什么也没说。

老头领着张三走进迷宫一样幽深的通道，光滑的大理石地板刚拖过，跟打了蜡似的，可以照见人们脸上的悲伤。在穿过一道又一道阴森的铁门之后，光线越来越暗，四周静得可怕，唯有看守老头腰间挂着的那串钥匙因为撞击而发出有节奏的响声。这声音越来越响亮，越来越急促，张三感觉自己正踩着这一声快过一声的声响，一步一步走向地狱的深处。

这是张三第一次见到殡仪馆的冰柜，看上去跟超市里的存物柜没什么两样，只是被放大了数十倍。绿色的柜子上锈迹斑斑，白漆编号倒是相当醒目。

这时，看守老头的步子慢了下来，他伸出一只手紧紧捂住腰间那串钥匙，钥匙的撞击声便消失了，看来他不忍惊扰那些长眠在冰柜里的人。

他们在102号冰柜前停下来，看守老头在那一大串钥匙中找出一把，熟练地打开柜子，一股冷雾从柜子里涌了出来，整个房间瞬间冰冷下来。

在看守老头往外拉柜子的时候，张三紧紧闭上了眼睛，她死死咬着牙，不忍心去看。她听见冰柜被拉出来的声音，她不敢想象腐烂之后又被冰冻的马德是什么样子的。

房间里一片死寂，几乎让人窒息。过了一阵，张三听见看守老头说："如果你实在不忍心看，就摸摸他的脸吧。来了好些天了，他始终不肯闭眼，估计只有你才能让他安心瞑目呢。毕竟，你是他唯一的女儿。"

水下飞行员

端午过后，马德一有空就往漓江边跑。李洁说：“你那么喜欢潜水，干脆做一条鱼算了。”其实，在马德心里，自己是水里的一只鸟。马德喜欢潜入水底，贴着河床展翅飞翔。天高任鸟飞，水下是他的自由天地，那里有广袤的戈壁沙漠，有郁郁葱葱的原始森林，有望不到边的平原，有连绵起伏的群山……

今年夏天，桂城的雨水特别多，漓江洪水泛滥，好几次淹到了解放桥下，不少住在低洼处的居民都遭了殃。直到临近立秋，连绵不绝的雨水才有所收敛。于是，马德跑漓江就跑得更勤快了。每天下班，马德直奔漓江，家也不回了，天完全黑下来才肯上岸。双休日几乎整天泡在水里，与那河里的鱼虾无异了。起初，李洁还经常听到马德向她汇报："我去潜水了，你去不去？"李洁不会游泳，更不会潜水，她是不会去的。后来，连这句话也没有了，马德每次出门都悄无声息。好在他们就住在漓江边上，游泳潜水都很方便。

这天是礼拜天，难得的好天气。一大早，婚纱摄影师杨齐带着他的两个助理来到马德和李洁家楼下。马德和李洁租住在解放桥附近一个城中村里。虽是城中村，距桂城最繁华的十字街，也就十来分钟路程。漓江自北向南穿过小小的桂城，过了解放桥，江水越发平缓起来。桥下形成一个深潭，是游泳潜水爱好者的天堂，常有人戴着特制的潜水镜，打着手电筒潜入潭中寻宝，打捞上来不少铜钱、银圆、瓷器之类的器物。马德就是受了那些寻宝人的影响，从此迷上了潜水。

杨齐在楼下大喊："李洁，李洁，快点下来，我们要出发了。"四楼一扇窗户打开一条缝，李洁的声音飘落下来："请你们等一下，马德还没起床。"

李洁和马德要结婚了。这天是约好了去阳朔兴坪的漓江边拍婚纱照。

杨齐在心里暗暗骂了马德，这人也太不靠谱了，结婚这么大的事情都不重视，真是皇上不急急死太监。

杨齐是李洁的大学同学。跟大多数同学一样，毕业之后他们就断了联系。最近李洁急着拍婚纱照，才从同学那里得知杨齐在桂城开了家影楼，专门从事婚纱摄影。李洁懒得去找影楼，要从满大街的各色影楼里选定一家，那可不是一件容易的事。况且婚期近在眼前，时间上已经不允许她挑三拣四，于是索性就找了杨齐。

杨齐的影楼不大，甚至显得有点小，做贼一样躲在一个老旧居民楼的二楼，两室一厅。员工也就三个人，杨齐加上两个助理，看起来并不像正规的影楼。但是，李洁相信杨齐的水平。读大学的时候，杨齐就是学校里小有名气的摄影师，是学校艺术摄影协会的副主席，整日里背个单反相机在身上，随时随地搞创作，最大的爱好是为美女同学拍照片。李洁请杨齐吃了个饭，事情就定下来了。杨齐说："给你个友情价吧，谁叫我们是老同学呢。"

"快点起床，杨齐已经在楼下等了。"

李洁叫醒了沉睡的马德，催促他赶紧穿衣洗漱。马德打着哈欠伸了个懒腰，又把眼睛闭上了。头天晚上，马德喝了不少酒，走路东倒西歪的，回家倒头就睡了。李洁也没有问他为什么喝那么多酒，问也是白问，从一个醉汉嘴里能问到什么呢？马德酒量极差，平时滴酒不沾，只有跟李洁吵架了，他才跑出去喝酒，也不知道跟谁喝，总是醉醺醺地回家。

一夜宿醉之后，酒精仍在发挥作用，马德感到头痛欲裂，身体像灌满了混凝土，正慢慢凝固成硬邦邦的水泥块，沉甸甸的，完全不听使唤。

李洁给马德倒来一杯水，意思是让他赶紧清醒清醒。可是，脑子不清醒，喝水有什么用呢？

杨齐已经等不及了，在楼下不停地按喇叭，按得整个出租楼里鸡飞狗跳，骂声一片。最后他干脆跑上楼来了，把房门敲得嘭嘭响。李洁去开了门，看见杨齐站在门口，脸色很不好看。他说："你们怎么搞的，说好九点准时出发，现在都九点半了。"

李洁说，不好意思，马上就可以走了。

"我是为你们着急，再磨蹭下去，今天的片子就拍不完了。"

杨齐的担忧，李洁完全理解。这一年来，桂城雨水不断，终于等来一个晴天，他们得抓紧时间。何况婚期近在眼前，再不拍婚纱照，就要耽误大事。

李洁再次向杨齐道歉，让他先下楼抽根烟，稍等片刻。

马德只好从床上爬起来，套上一件短袖去卫生间洗漱。他看见一张苍白虚弱的脸浮在镜中，两只眼睛像刚从火中取出，红得吓人。刷牙的时候，马德一阵干呕，一股类似死鱼的臭味从身体深处翻涌上来，他没忍住，趴在马桶上一阵猛吐，直到把隔夜的酒肉饭菜全部吐出来，整个人才慢慢清醒过来。

出发的时候，已经是上午十点。杨齐开着他的小面包车一路飞驰，向着阳朔兴坪进发。杨齐的助理是两个年轻姑娘，一个高个子，一个矮个子，一个大大咧咧，一个寡言少语。高个子助理坐在副驾驶，马德、李洁和矮个子助理坐在后排。

高个子助理跟杨齐很亲近的样子，一路上不停叮嘱杨齐开车要注意安全，不要开太快。杨齐说："白驹过隙，时不我待。我要把耽误的时间追回来，否则今晚我们就得在阳朔住一夜，明天还得继续拍。"高个子助理就说，住就住呗，来都来了，就当是出来旅游了。杨齐说："那可不行，这趟本来就不赚钱，再住一晚要亏本，到时你喝西北风去。"说到这里，杨齐似乎意识到有所不妥，赶紧把话题收住了。

面包车在桂城狭窄的马路上左冲右突，终于摆脱了拥堵，驶上了包茂高速公路。一路上，后排的三个人都没说话。只有杨齐跟高个子助理在叽叽喳喳聊天，杨齐总是“小田”“小田”地喊个不停，李洁这才知道她叫小田。说到兴头上，两人还会四目相对，然后哈哈大笑。他们笑得好夸张，笑声使得整个车厢都在震动。看上去他们心情真不错，好像去拍婚纱照的是他俩。

高速公路如一条飞驰的白蛇，灵巧自如地在群山之间穿梭，两岸奇峰耸立，此起彼伏，犹如仙境。马德没有心情去欣赏眼前的美景，望着窗外不断闪过的山峰，他感觉面包车像一条大鱼，在水底高速滑行，去往奇妙的未知世界。

李洁心情也不好，她还在生马德的气。杨齐跟那个助理在前面说什么，她一句也没听进去，只觉得他们两个人闹哄哄的，有点烦人。

婚期大致定在国庆假期，马德的父母选了几个日子，已经交由李洁的父母，由他们最终敲定。马德和李洁都是外地人，他们在桂城上大学，毕业之后懒得走，就一直住了下来。他们的父母亲戚都在外地，所以婚礼的事情只能靠自己操持。

原本是没打算拍婚纱照的，两个人都嫌麻烦，结婚不过是两个人合伙过日子，多一事不如少一事。可是，李洁的朋友们都说，那可不行，生活要有仪式感，结婚不拍婚纱照就是耍流氓，现在好多老年夫妻还补拍婚纱照呢。李洁犹豫了好一阵，最终说服了自己，又说服了马德，这才匆忙找到杨齐拍婚纱照。

这时候，李洁的手机又响了。是李洁父母打来的，照例是询问婚事筹备的情况，并就一些未尽事宜进行商议。最近，李洁父母的来电越来越频繁，每天李洁都要接到无数个电话，如此一来就让人觉得他们就在身边，为婚礼的事情操碎了心。

李洁的母亲告诉李洁，日子已经托人看好了，就定在十月二日，大吉大利。他们会提前三天赶过来，为婚礼做最后的准备。李洁的母亲还说，眼下已是八月下旬，时间紧任务重，当务之急是预订酒宴，国庆是结婚高峰期，再拖下去就订不到位置了。李洁的母亲还强调："订好酒席就可以给亲友们发请帖了，这事也是宜早不宜迟，国庆节好多亲友会外出旅游，再晚一点人家就做好出行计划，甚至连机票车票都买好了，谁还来参加你们的婚礼？"

李洁的母亲是个急性子，说起话来巴巴儿地，密不透风，很多时候李洁都插不上话，她只好"嗯嗯啊啊"地接下母亲的指令，见缝插针向母亲汇报了这边的筹备进展。这一通电话打了二十多分钟，李洁也有点不耐烦了，她说："妈我不跟你说了，我正在去阳朔的车上，我们今天去拍婚纱照，晚上回家再给你打电话。"

说完，李洁把手机递给马德，意思是让他跟未来的丈母娘说两句，哪怕打个招呼也好。但是，马德没有接招，把头扭到一边说："我没什么可说的，按他们的意思办就好了。"

挂掉电话，李洁的脸色就更难看了。车子里的气氛瞬间紧张而尴尬起来。还好，杨齐跟小田的欢笑声在一定程度上稀释了这种紧张的气氛，他们聊起了最近上线的一部新电影，男女主角传过绯闻，现在又在电影里上演感情戏，不知道拍戏会不会觉得别扭，或者是否会传出新的绯闻。小田说：“如果今天下班早，你请我看电影吧。”

李洁坐在后排中间的座位，左手边是马德，右手边是杨齐的另一个助理。此刻，她感觉身边的两个人都在尽量往车窗边上靠，她的座位显得宽敞而空荡，这让她感到孤独无助。

一路上畅通无阻。杨齐说：“不要担心，我们肯定能按时到达拍摄地。”不知道他这话是跟李洁说，还是说给小田听。李洁没有回话。小田说：“叫你别开那么快，多危险啊，这一路上我都被你吓死了。”杨齐说：“我开车你放心，改天专门带你去飙车，让你见识一下什么叫速度与激情！”李洁看见小田的纤纤细手，在杨齐的腰间狠狠掐了一把。杨齐夸张地惨叫一声：“你这是要谋杀亲夫啊。”小田说：“又占我便宜，坏蛋！”两人又旁若无人地打闹了一番。

半小时后，面包车驶离包茂高速公路主线，右拐进入匝道。杨齐的心情不错，咿咿呀呀哼起歌来。他说：“李洁，你们要开心点，别老是板着一张脸，等会怎么拍照片？”李洁说：“别理我，我在生气。”

收费站就近在眼前了，远远就能看到对面山头竖起的“中国最美县城阳朔欢迎你”的巨幅标语。这个时候，面包车突然停了下来，前面堵车了。杨齐嘴里骂骂咧咧的，不停按着喇叭。小田说：“你别按喇叭了，吵死人了。”

面包车一动不动在原地停了五分钟，杨齐双手握着方向盘，不停地往前方张望，什么也看不见，只能看见前方红彤形的一片刹车灯。

杨齐坐不住了。他说:“小田,你来开车,我去前面看看发生了什么事。”

小田说:“我不敢,我刚拿驾照,还从没上过路呢。”

杨齐把目光扫向后排的三个人,意思是你们谁来。没有人回应。李洁和马德都不会开车,马德去驾校报了名,科目二考了三次都没通过,后来索性就放弃了。

杨齐说,今天算是倒大霉了,一路上麻烦不断。

这时候,小田让了步,她说:“那我来试试吧,出了事你可别怪我。”

“踩死刹车,要是前面的车动了,你就松开刹车慢慢跟着走。”

杨齐交代完小田,一路小跑着往高速公路的前方去了。没多久他就回来了。他说,前方一公里的弯道上发生了严重事故。一辆大货车侧翻,紧接着八辆小汽车追尾,已经造成三人死亡,多人受伤。现在现场已经封锁,交警、消防和医护人员正在紧张救援,恐怕一时半会是通不了车了。

这时候,马德终于开口了。他说:“我下车去看看。”

“车祸有什么好看的?”李洁说。

马德说:“兴许还能帮忙救人。”

“你又不是医生。”李洁说。

“我救过人。那个人想不开跳了河,我刚好在附近潜水,就把她救起来了。那时候桂城电视台的记者还采访过我,你忘记了吗?”

“救落水者跟车祸伤员能一样吗?”

"有什么不一样，都是救人。"

"马德，我们是来拍婚纱照的，你弄得满身是血不吉利。"

"有什么不吉利，救人是光荣的事情。"

"你今天偏要惹我生气？这婚纱照没必要拍了，杨齐我们现在就回去。"李洁说。

"后面也堵死了，回不去了。"杨齐说。

眼看李洁跟马德就要吵起来，杨齐赶紧过来劝架。他掏出一包香烟，把马德拉下车抽烟去了。

太阳已经悬在了头顶上，微风带着滚滚热浪吹来，马德和杨齐不约而同地闻到了空气中的血腥味。

两个男人站在公路边抽烟，这是他们第二次见面，马德只知道杨齐是李洁的同学，杨齐也只知道马德是李洁的男朋友。

"太可怜了，听说死掉的是一家三口，孩子才三岁。"杨齐说。

"男孩还是女孩？"

"不知道。"

"眼看就要下高速了，怎么会出这事？"

"这就是命，飞来横祸谁也躲不掉。"

此时，道路前方冒出了滚滚浓烟，从附近赶来增援的消防车一路鸣笛呼啸而过。

"看来情况很严重，不会爆炸吧？"

"但愿赶紧通车。"

高速公路上排起了长龙，一眼望不到尽头。可以想象，在他们身后仍有源源不断的车辆鱼贯而入，堵在路上。高速公路成了一条干枯的河流，银光闪闪，仿佛挤满了无法动弹的鱼群。

“看样子，今天是没办法完成拍摄任务了。”杨齐说。

“没关系，大不了不拍了，没人规定结婚一定要拍婚纱照。”

“就是！说得难听点，如果日后离婚，处理婚纱照也是件麻烦事。”杨齐意识到自己说错了话，赶紧解释说，“我不是说你们，你们肯定会百年好合，白头偕老。”

“你说得没错。”

“当然，对于我来说，倒是希望天底下的每对新人都拍一组婚纱照，这样我就不愁没饭吃。但是说实话，我越来越觉得干这行没意思。”

两个人站在路边抽烟，再一次陷入了沉默。杨齐看见马德的眼睛仍然红彤彤的，眼球上布满了血丝。

这是一年中最炎热的季节了。天气越来越热，连风都停了，层层热浪笼罩着大地，让人透不过气来。一些车主干脆停车熄火，翻过高速公路的护栏，钻进路边护坡上的灌木丛寻找阴凉。

杨齐那辆面包车像一个久治不愈的哮喘病患者，已经不堪重负，老旧的空调难以抵挡闷热的围攻，最终罢工了。三个女人逃命一样从闷热的车厢里钻出来，如同一群小鱼儿跃出水面透气。

小田说，这鬼天气太热了，在那破车里简直透不过气来。杨齐问她熄火了吗，拉手刹了吗。她说熄了。然后，两个助理也钻进路边的灌木丛去了。

“你觉得那个姑娘怎么样？”

“挺好的。”

“你知道我说的是哪个吗？”

“看得出你们在谈恋爱。”

“算是吧。”

“我就感觉她挺好的，跟她在一起应该会很快乐，不像你那同学李洁。”

“李洁也挺好的啊，上学那会儿我们班好多男生都暗恋她。”

“或许吧，恋爱中的情侣总是挺好的，一旦结婚就不一样了。”

杨齐又递过来一支烟。他说：“我可不像你们那么认真，一门心思奔着结婚去，我就是想玩玩。我跟你说，我曾经也差点结了婚，在最后时刻我突然后悔了。”

“最后怎么跑掉的？”

“不过现在想来，那时候我挺不负责的。话又说回来，不管是对她还是对我，当初的决定都是对的。”

“现在她很幸福？”

“是的。她已经是两个孩子的妈了，家庭幸福，事业有成。如果当初跟了我，也许会很惨。说白了，我这人不适合结婚。恕我直言，我感觉你也还没做好准备。”

马德尴尬地笑了笑，赶紧把目光投向远处。

高速公路上挤满了人，闷热的空气中充满了焦虑不安的味道，如同一颗蓄满能量的炸弹，随时可能爆炸。

马德又点燃一支烟，狠狠吸了一大口，吐出一长串烟雾。

“喝口水吧，这天气太热了。”李洁递过来一瓶水。

马德接过水瓶，咕噜咕噜喝下两口，又还给李洁。

李洁说，再喝点，天气太热了，要多喝水。

马德摆了摆手，表示已经喝够了。

“这么热的天你还吸烟?”

“吸烟跟天热有什么关系?”

“这种天气吸烟无异于火上浇油，会让你觉得更热。”李洁说。

“我倒觉得跟你说话更热，热得透不过气。”

天空突然就阴沉下来了，像是盖上了一层灰色塑料布，低低地压向地面。路面上的人和车显得更加拥挤不堪，那些怪石嶙峋的山峰看上去有些恐怖。

李洁又跟马德说起预订婚宴酒席的事情。她说：“我妈说了，这几天要把酒店定下来，要请多少客人，定什么菜，都要定下来了。”

马德把脸扭向一边，不再说话。

“你听见没有，这可不是说着玩的，必须要定下来了。”李洁说。

“好。”

“我妈说她同事的儿子也是国庆结婚，半年前就订好酒席了，现在她已经收到请柬了。”

“你这一天到晚唠叨个没完，就像你妈一样，你就不能让我透透气?”

“你这是什么态度，我妈也是为我们的婚事操心。”

“那你干吗不叫你妈来订?”

“总比你妈好，什么都不管。”

"我妈操的心还少吗?"

"她管过什么?这一天电话也没见来一个。我跟你说,我妈现在连觉都睡不着了。"

"我真是受够了,懒得跟你说了。"

李洁终于忍不住哭了。她伏在高速公路的护栏上,哭得很伤心。马德感到长长的护栏似乎都在颤抖,哭声沿着护栏传到遥远的地方去了。

暴雨就是这个时候下起来的。雨点稀稀拉拉的,大如黄豆,啪啪啪砸下来,掷地有声,地上的尘土被砸出一个个小坑。雨点势大力沉,子弹一样射下来,砸得人生疼。高速路上的人们大呼小叫,四下散开,纷纷躲进各自的车里。

"暴雨来了,快点上车吧。"马德说。

马德伸手去拉李洁的手,被用力甩开了。马德又去拉,她却紧紧抱住高速公路的护栏。哭声如惊雷一般,终于爆发出来,但是很快就被声势浩大的暴雨淹没了。

雨越下越大,最后李洁是被马德和杨齐抬上车的。李洁已经不再哭泣,似乎这场哭泣让她筋疲力尽,像是刚从水里打捞上来的溺水者,沉甸甸的,湿漉漉的。

小田从尾箱找出两套拍摄婚纱照的服装,让李洁和马德换上。

面包车成了一艘潜水艇。五个人挤在狭小的车里,被雨点敲打车厢的嘈杂之声淹没,突然有了一种同舟共济的感觉。

这时候,马德说起了自己潜水的经历。他说:"潜入水底,我感觉自己变成了一只鸟。我在水底自由自在地飞呀飞呀，飞过高山一样凸起的岩石，穿越戈壁一样广阔的河床，飞过热带雨林一样茂密的水草丛。有时候我展翅高飞，透过斑驳的光影俯瞰，水底的一切若隐若现，梦游一般。有时候我一个急速俯冲，贴地飞行，掠过高山、戈壁和森林。有时候我缓慢盘旋，穿过层层迷雾，有了在雨夜遨游太空的错觉。”

小田说：“我有个朋友也喜欢潜水，有一次去地下河探险，卡在岩洞里再也没出来。你潜水的时候一定要小心。”

“昨天电视新闻上还说了，今年夏天好几个人在解放桥下潜水，被卷进漩涡淹死了。”杨齐说。

马德没有理会他们，他像一个演说家，滔滔不绝。他说：“人不能像鸟一样在天空飞翔，但是水的存在满足了人类飞翔的梦想。你们知道吗？潜水让人无限接近飞翔，或者说它是另一种形式上的飞翔。而恰恰因为水底的世界是隐蔽的，就好像岸上的人不知道水底鱼虾的秘密，所以这种飞翔比鸟类的飞翔更让人着迷。”

“你这个比喻很好，像哲学家一样。”杨齐说。

“就像现在，我们被困在这高速公路上，被困在滂沱大雨之中，已经非常接近潜水的感觉。外面是铺天盖地的雨，如果等会前面的路通了，我们就像在水底潜行了，那种感觉非常美妙。你们感觉到了吗？”

还没等人回答，马德又接着说：“刚才你们说到那些因为潜水被水带走的人，我不觉得他们死了。他们就像那些进入太空的飞行物，飞到无限的时空里去了。就比如你那位去地下河探险的朋友，也许他进入了漫长的地下隧道，地下河四通八达，但是不管怎么复杂，肯定会通往世界上的某一个地方，肯定会有一个出口，说不定哪天他就突然回来了。”

下午两点，面包车终于从高速公路上下来，驶入了321国道。已经过了午饭时间，大家都饿坏了，于是在国道旁一家小餐馆吃午饭。眼下正是旅游旺季，国道两边搭起了大大小小的临时棚子，摆上简单的桌椅，形成了餐馆一条街。路边停满了旅游大巴，游客们像饿狼一样，一群群涌进路边的餐馆，热闹非凡。

午饭由马德做东，他点了一桌子菜，又把菜单递给杨齐，意思是让他再加几个菜。杨齐说，够了够了，吃饱就行。马德又把菜单递给小田，小田也摆手推辞。最后，马德还要了几瓶啤酒，他想跟杨齐喝两杯。酒刚倒上，就被小田拦住了。她说：“我们是来工作的，不是来旅游度假的，工作日不能喝酒。”

“天公不作美，下午放假，我跟马德喝点。”杨齐说。

“等会你还得开车，你不会把我们扔在这荒郊野岭吧。”小田说。

“我就喝两口解解渴，这种天气交警肯定不会上路。”

“开车不喝酒，喝酒不开车，不能拿生命开玩笑。”

杨齐说不过小田，只好作罢。如此一来，只有马德一个人喝闷酒。五瓶啤酒下肚，马德满脸通红，心情似乎好了起来。

午饭过后，天气居然好转了。雨过天晴，空气清新，青山绿水格外清爽动人。杨齐说：“马德李洁你们真有福气，贵人出门招风雨，酒足饭饱天也晴。”于是，一行人急匆匆向拍摄地进发。

拍摄地位于阳朔兴坪的漓江精华段，风光旖旎。尤其是雨过天晴，烟雨漓江美如仙境。爱情永恒，山水作证，这是拍婚纱照的好地方。下午的拍摄相当顺利，李洁和马德的表现近乎完美。两人把一路上的不愉快抛到了九霄云外，他们依偎在江滩上，好像一对幸福的鸳鸯。

接近黄昏，拍摄圆满完成，大家都很高兴。杨齐说："这是我职业生涯中最顺利、最成功的一次拍摄，你们配合太默契了，感谢你们，也恭喜你们。"

马德和李洁也很激动，他们说："辛苦大家了，国庆节一定要来喝我们的喜酒，到时好好敬各位一杯。"

一切收拾妥当，一行人准备返程，只有马德还站在夕阳里，迟迟不愿意上车。他说，这里的江水太清澈了，不下去潜水简直天理难容。

"你中午喝了酒，不能下水，下次我们专门来潜水。"李洁说。

"我的潜水技术你还不放心？"马德说，"我能在水里憋气五分钟，我的肺活量很好，好到连医生都吃惊。"

"马德，别闹了，天马上就黑了，我们还得赶回家。明天一早我们要跑好几家酒店，订酒席的事不能再拖了。"

"我知道了，我一会儿就回来。"

"快点回来，我们十分钟后开车返程。"杨齐说。

"放心好了，不会耽误大家的时间，你们趁此机会看看夕阳，夕阳无限好。"

"注意水底下的漩涡，游船开过也会形成巨大的推力，要小心啊。”

“我知道。你看，我还专门带了潜水服潜水镜，我就知道这里非常适合潜水，我早就想来这里潜水了。”

马德很兴奋，他很快脱掉了上衣，躲到一块岩石后面换上了潜水服。当他戴上潜水帽潜水镜，往江边走去的时候，像是换了一个人，神采奕奕。

杨齐说：“马德，你看起来真像一个专业的飞行员。”

“你说得好，从某种意义上说，潜水员也是飞行员，是水下飞行员。”马德说。

“早点回来，我们赶回桂城喝酒吃烤串。”

“理论上说，世界上所有河流跟海洋是相通的，也就是说我沿着这条河一直潜行，可以抵达珠江长江，抵达太平洋巴拿马运河加勒比海。但是你们放心好了，我很快就会回来。”

黄昏已经来临，半个太阳挂在远处一座矮山上，眼看就要坠落，江面上红彤彤一片。马德在江滩上做最后的热身，压腿、扩胸、舒展手臂、扭腰、松肩、跳跃。最后，他再一次整理好潜水帽和潜水镜，深深吸了一口气，扑通一声跳入了水里。

很快，江面上恢复了平静。漂浮在水面上的血色霞光一点一点退去，像是被清澈的江水稀释掉了，洗掉了，或是吞噬掉了。天黑得很快，远近的群山与大河完全淹没在黑夜之中，只有江水拍打江滩的声音越来越响，越来越响。

愿你长命百岁

72岁了，还能活几年呢？

老余对自己的命没一点把握。倒是墙上的老伴底气十足，笑盈盈地望着他，像是在给他打气。老伴虽然走了好几年了，但这个家里到处都还有她的影子。

如此一来，老余就笑了。

老余从来就不喜欢过生日。人老了是不是都这样呢？生日对于一个老头来说，就像墙上那本挂历，撕一张就少一张，叫人心慌。

老余今天很忙。他倒是乐在其中，一年到头也就忙那么几回，春节啊中秋啊清明啊，他总要把孩子们叫回家，坐在一起吃顿团圆饭。原先的四口之家如今开枝散叶，分成了三个小家，儿子一家，女儿一家，他一个人过也算是一家。孩子们各有各的事，对老余来说，这样忙的机会确实也越来越少了。

锅里炖着肉，咕嘟咕嘟翻滚着，热气腾腾，屋子里到处弥漫着肉香味儿。

现在，老余得出一趟门。他把煤气灶的火关小，再关小，只留一掐小火，这炖肉可不能断火，否则口感就变了。然而走到半路，他又折回来了。他索性把灶上的火灭了，将煤气阀拧死，这才匆匆忙忙往西城幼儿园赶。煤气这东西虽然方便，但不安全，现在报纸上电视上经常讲煤气中毒，煤气爆炸的事故。他每次用那玩意儿都小心翼翼，胆战心惊，有时半夜里醒来，还担心煤气阀没关，要来来回回跑去厨房看好几次。

外面真是冷啊，风一阵追着一阵，呼呼呼吹。天空灰蒙蒙的，平日里那些云啊雾啊，像凝固了似的，死死板在那，可能随时会砸下来。看起来要下雪了。天气预报说了好几次了，说很快就要下雪了，却迟迟没有兑现。

老余使劲把脖子缩进衣领，低着头，躲着风。他感觉自己像个老龟似的。

老余要去幼儿园接孙子。平时孙子并不需要他去接。他曾经主动提出负责接孙子，但被儿子一票否决了。儿子嫌他懵懵懂懂的，怕他把孩子弄丢了。就那么一个孩子，要是出个事儿怎么办？老余想这能出什么事呢，又不是没带过孩子。他也自作主张接过几回，孙子跟他特别亲，左一声“爷爷好”右一声“爷爷好”，喊得他每个毛孔都充满快乐。可每次都免不了被儿子儿媳数落，他也不管，照样去。后来他们索性给幼儿园老师下达了死命令：除了他们夫妻俩，任何人不得接孩子。如果有人非要接，就报警。

今天却是个例外，是经过儿子儿媳特批的。

头天夜里，老余就给儿子和女儿打了电话，说要请他们回家吃个饭。儿子起初没答应，说再看看吧，单位里事情多着呢，要接待上面下来的领导，下班还得接孩子，哪里还有心情吃晚饭。老余就主动提出，孩子由他去接，儿子儿媳一下班，只管赶回家吃饭，而且保证把孩子接好了，保证进门就能吃上饭，绝不耽误他们一分钟时间。老余几乎是带着乞求的口气跟儿子通电话，就差没下跪了，叨唠了好一阵，儿子才勉强答应下来。他说：“好吧，我看看吧。”

现在幼儿园快放学了，老余得抓紧时间。他走得很着急，弓着身子，双手搭在后背上，三步并作两步，气喘吁吁。邻居们遇到他，都开他的玩笑，说：“老余，你怎么那么着急啊，是不是赶着去见老相好啊？”他苦笑一声，说：“哪里啊，我去接孙子。不跟你说了，放学了，我得赶紧了。”

孙子4岁，上的是幼儿园中班。长得白白净净，漂亮得像个小姑娘。

孙子正背着小书包，站在门口等老余。看见老余走近，孙子老远就“爷爷”“爷爷”地喊开了。

老余走到门口，笑着问：“臭小子，爷爷是不是来晚了？”

“爷爷，不晚不晚，我刚放学呢。”孙子说。

孙子的小脸蛋红扑扑的，老余想去捏捏，让一道黑漆铁门挡住了。铁门关得严严实实，边上站了一位跟铁门一样严肃的保安。

老余说：“同志，请你给我开开门吧。”

保安站得笔挺，只拿眼睛乜了老余一下，一脸严肃地问：“你是他什么人？”

“我是他爷爷。”老余说。

“以前怎么从没见过你？”保安说。

“你是新来的吧。我真是他爷爷，我来接我孙子回家。”

“他是你爷爷吗？”保安终于动了一下，他低头去问孩子。

“是的，他是我爷爷。”孙子说。

“亲爷爷？”

“对，亲亲的爷爷。”

“那他叫什么名字？”保安追问道。

“我不知道，我爸爸没告诉我，反正他是我爷爷，你给我开门吧。”孙子有些犯难，咬着小指头，眼巴巴望着保安。

“是啊，我叫余建设，他爸爸叫余天鸣。”老余附和道。

“那可不行，万一是坏人呢，现在坏人可多了。”

“他不是坏人，他是好人，他给我买糖吃。”孙子说。

“这样吧，你去把你们老师找来。”

孙子隔着铁门看了看老余，像在征求他的意见。老余挥挥手说，去吧，去叫老师来吧。然后，他在心里说：你就是叫市长来都没用，我就是他爷爷。

孙子一路小跑，回到教学楼里去了。老余站在门外，望着孙子的小身影消失在楼道里，心里突然有些难过。

老余站在那跺脚，风追赶着地上的落叶，哗啦哗啦响。

他又想到灶台上那锅炖肉。他说：“你倒是快些给我开门啊，家里还炖着肉呢。”

保安没有理他。

孙子拉着老师回来了。老余认识那老师，刚从师范学校毕业的小姑娘，年轻又漂亮。老师也认识老余，但她不能给老余开门。她说：“大爷，好久不见了，今天怎么来了呢？”

“来接孙子，你快来证明一下，我是他爷爷，他是我孙子。”老余笑呵呵的，看一眼老师，又看一眼孙子。

“这位大爷确实是小余的爷爷。”老师跟保安说，然后她转头跟老余说，“您来接也不行，您儿子儿媳说了的，只有他们来接才放行。”老师有些为难，站在那搓手，搓完又朝手心里哈气，这天气也太冷了。

“我知道。我今天是经过他们批准的。你等等，我给我儿子打个电话。”说着，老余慌慌张张去摸手机，慌慌张张拨了儿子的号码，慌慌张张跟儿子说了几句，又慌慌张张把手机递给老师。

出了幼儿园，爷孙俩沿着榕湖往家里走。风是从他们面前吹来的，呼啸着，让人睁不开眼睛。孙子穿着一件红色羽绒衣，此刻把背后的帽子戴上了。老余问他冷不冷。孙子说，不冷。

孙子一路小跑着，老余提着书包在后面追。天空中突然飘起了细碎的雪花，又不像雪花，像毛毛雨，还没落到地上就没了踪影。

“爷爷，你快看，是不是下雪了？”孙子停下来，仰头望着天。

老余也仰头望天。天上一片灰白，扎眼，他感到眼前一阵晕眩，赶紧把头低下来。他说，看来真是要下雪了。

孙子高兴得跳了起来，他睁大了眼睛，恨不得立刻从空中捕捉一朵雪花。孙子才4岁，还从没见过雪。这座南方的小城也有好几年没下雪了吧，老余努力回想着下雪的记忆，脑子里却是一片空白。

“等下雪了，我要做两朵雪花糖，爷爷吃一朵，我吃一朵。”孙子说。

“雪花糖是什么呢？我长这么大还没吃过雪花糖呢。”老余说。

“雪花糖就是棉花糖呀，难道你不知道吗？”孙子一本正经地说。

“哦，谁教你的呀，这可真新鲜呢。”

“爷爷，你给我买一朵雪花糖吧。”

老余说：“这地方没人卖棉花糖，爷爷给你买个玩具吧。”

路上，老余给孙子买了一个彩色气球，气球上是龇牙傻笑的光头强。

回到家，老余让孙子看电视，自己一头扎进厨房。他把灶火重新打燃，继续炖那一锅肉，还好，肉汤还热着呢。每次家里聚会，他都做炖肉。孩子们还小的时候，家里经济不宽裕，一锅炖肉里除了几块肉，就全是萝卜，孩子们却吃得一点不剩。现在生活条件好了，肉多了，萝卜少了，孩子们却只拣萝卜吃，还建议老余今后炖肉多放萝卜少加肉。老余较真地说，那还叫炖肉吗？那叫炖萝卜。

一会儿，孙子跑进来了。他手里拽着那只气球，瞪眼咧嘴的光头强飘在空中。

老余说，这里脏死了，到外边看电视去，电视里正演光头强呢。孙子说，电视不好看，全是广告。老余说：“那就去玩‘爱派’，等你妈回来就没机会玩了。”孙子说，“爱派”放在家里，没带来。老余就没有什么办法了，就让孙子在厨房待着。孙子说：“爷爷，我帮你洗菜吧，爷爷一个人要干这么多活，真是可怜。”老余心里一热，低头在孙子的小脸蛋上狠狠亲了一口。老余说：“哪能让我的宝贝孙子洗菜呢，你就站着别动。”

孙子问老余：“爷爷，今天过什么节？”

老余说，今天不过节。

孙子又问：“那为什么要来爷爷家吃饭？”

老余说：“不过节就不能回爷爷家吃饭吗？”

孙子说：“那倒不是，我只是感觉今天跟平时不一样。”

老余问：“有什么不一样？”

孙子说：“不知道，就是不一样。”

后来孙子又问老余：“爷爷，今天是不是你过生日？”

老余心里想说是，嘴上却说：“爷爷生日早过了。”孙子叹了一口气说：“那太可惜了，如果是爷爷生日就好了，我买个大蛋糕送给爷爷。对了，我还学会唱英文生日歌了。”

“那你唱一个来听听。”

孙子就唱起歌来了：“Happy birthday to you！ Happy birthday to you！”他唱得很认真，每个词都像被牙齿仔细咬过似的。老余乐呵呵地听着，有些陶醉。孙子唱了两句，不唱了。他说：“我就会这两句，等我学熟了，再唱给爷爷听。”

孙子又问："爷爷，你的生日几号？"

老余说："还早着呢，等差不多快到了爷爷再告诉你，现在告诉你，你肯定会忘记的。"

孙子觉得有点道理，便不再追问。

过了一阵，孙子又问："爷爷，你今年几岁？"

老余说："72了。"

孙子掰着指头算了一下数，他惊叫道："呀，爷爷，你比我大68岁，爷爷你好老啊。"

老余说："我孙子真厉害啊，这么大的数都算得过来呢，要爷爷怎么奖励你？"

孙子说："爷爷，我想吃糖。"

老余说："不能吃糖，你妈不是说你长虫牙吗？"

孙子说："我的牙早就好了，我一天刷三次牙。你看，一条小虫也没有。"说着，孙子把小嘴张得大大的，露出两排牙齿，非要老余看看。

老余只好蹲下去，看了看孙子的牙，牙齿确实白白净净的，不像有虫的样子。但他不能给孙子吃糖，家里也没糖。儿媳从来不让孙子吃糖，以前老余总爱往孙子口袋里塞一把糖，每次都被儿媳数落。儿媳说，吃了糖小孩就不爱吃饭，不吃饭就不长个，再说吃糖对牙齿也不好，吃多了还容易得糖尿病。总之，吃糖有百害而无一利，宁吃一碗饭，不吃一颗糖。

老余假装没听见孙子的话，转过头去择芹菜。孙子却不依不饶，拉着老余的衣袖，摇啊摇，他说："爷爷，我有好几年没吃糖了，我做梦都想吃糖，你就给我一小颗吧，哪怕半颗也行，你吃一半我吃一半。”

老余说：“不行，你妈妈会骂人的，你不怕她骂，我还怕呢。”

孙子神秘兮兮地说：“只有你知我知，我们谁也不告诉她。”

老余就没什么话说了，但他坚决不给孙子吃糖。他用筷子从热气腾腾的锅里夹出一块炖肉，递到孙子嘴边说：“我们吃肉吧，肉比糖好吃，吃肉长得高。”

孙子闭着嘴，不答应，非要吃糖不可。老余只好骗他说：“好好好，等爷爷忙完了就带你出去买。”孙子果然就听话了，乖乖回客厅里看电视去了。

老余终于松了一口气。现在的孩子可不好哄，精得很，他拿孙子一点办法也没有。他想起儿子这般大的时候，也是调皮捣蛋得很，天天吵着要这要那的，可他就是没怎么迁就过他。儿子一闹，他哄不了就动手，如此几次，儿子就不敢跟他耍脾气了。可这是孙子，是人家的儿子，不是他的儿子，他不能动手，骂一句都不行。

厨房里堆满了菜。这是老余一早去铁路早市买的。他现在睡得越来越少，醒得比天还早。醒来也没什么事干，以前还跟小区里那些老头儿去遛遛鸟，打打拳，现在也没兴趣了。他唯一的乐趣是逛早市，而且只逛不买。一个人能吃几个菜呢，随便弄个小菜，一日三餐就应付过去了。今天却不同，他要做一家人的饭菜。儿子一家三口，女儿一家三口，加上他，总共7个人。这就够他忙的了，这一天除了在菜市，基本就泡在厨房里了。只是，忙到现在，下午5点了，那堆菜还是一堆鱼啊鸡啊娃娃菜啊搁在那，他有些着急了，孩子们眼看就要下班了。

正发愁呢，孙子又溜进来了。他说："爷爷，你忙完了吗？"老余说："还没呢，你看这一堆菜还得洗，还要切，切了还要煮，哪能那么快呢。"孙子有些不高兴了，他的小嘴嘟了起来。老余笑着说："哟，你这小嘴丑死了，像猪八戒。"孙子没理他，眼睛使劲眨巴几下，榨出了几滴眼泪，哭了。他呜呜呜哭着说："爷爷是个骗子，说话不算数。"老余说："爷爷怎么成骗子了呢？"孙子哭着说："爷爷就是个骗子，爷爷说了要给我买糖的，现在变卦了。"

怎么办呢？这小屁孩比祖宗还难伺候。老余突然想起自己卧室里还有一罐糖。

老余只好放下手里的活儿，去卧室找糖。那是春节买的，差不多有一年了，搁在那没人吃，他差点就忘了。老余把糖罐子举到窗前，他想看看生产日期，看看糖有没有过期。可是，看了半天也没看清楚。他又戴上老花镜，还是没看清。

这时候，孙子不耐烦了，他眼巴巴看着那罐糖，口水都流出来了。

"爷爷，我帮你看。"

老余看了孙子一眼，说："你小屁孩懂什么？"孙子有些不服气，他仰着小脸说："我能从1数到100，认得300个字，我还会讲英语。"老余只好把罐子交给孙子。孙子看了看，大声念道："生产日期2013年12月18日。保质月（期）两年。"老余说："今天是12月20日，过期两天了，这糖还能吃吗？"孙子说："当然能吃，不信给我两颗试试。"老余说："不行，万一中毒了怎么办？"孙子咯咯笑出声来，他说："爷爷，你真是老糊涂了，糖怎么会有毒呢？”老余说：“反正不能吃，等爷爷忙完就出去买糖，好不好？”

孙子哪里肯答应，呜呜呜又哭开了，这回哭得更夸张，不仅鼻涕眼泪哭出来了，他还在地板上打滚。老余说：“好了好了，我的小祖宗快起来，别弄脏了衣服。这样吧，爷爷先吃一颗试试，要是10分钟后没中毒，就给你吃。”

孙子果然不哭了，乖乖从地上爬起来，说：“万一中毒了呢？”老余说：“那你就打120叫救护车。”

老余含着一颗糖回到厨房，他吃不到甜味，这几年味觉退化得厉害，吃什么都跟嚼蜡似的。

时间不等人，为了这小屁孩又耽误了不少时间，眼看孩子们就要下班了，老余得抓紧时间。孩子们都出息了，人一有出息，就很忙。儿子是政府公务员，去年当上了科长，每天都有这样那样的会要开，还要经常跟着领导天南海北出差。儿媳呢也不赖，前几年从事业单位辞了职，自己开了一家旅行社，专做东南亚旅游，这些年生意越做越大，芝麻开花节节高呢。女儿女婿在本市一所大学里任职，一个是教授，一个是副教授，前途无量。虽说都住在同一个城市，可一年到头一家人聚在一起吃饭的机会也不多。老余是这样想的，不能耽误孩子们的时间，更不能影响他们的前途。

为了防止孙子偷吃，老余将糖罐子端进了厨房。这显然是多此一举，孙子后来再没进来要糖吃，现在到了放动画片的时间，他肯定看电视看入迷了，把吃糖这事儿给忘了。没有孙子的打扰，老余做菜的进度就快多了。肉炖好了，鸡汤煲好了，鱼也烧好了，眼看着一桌子菜差不多就要成席了。老余的心一点一点落到了肚里，身手也从容多了，他甚至哼起了歌。

门铃响了。推开门，女儿女婿站在门外。老余问："就你俩？我外孙女呢？"女儿说："她哪里有时间吃饭，上老师家上围棋课去了。"老余说："怎么又学围棋了，不是一直在学钢琴吗？"女儿说："钢琴也要学，围棋也要学，一样都不能落下。老师说学围棋能开发智力，她们班上好多同学都在学呢，有些还去省里比赛。"老余又说："她一个小学生能忙得过来吗？"女婿说："没办法，我们不能让她输在起跑线上，现在的孩子很苦，上个学不比我们评个教授轻松。这不刚把她送去老师家，我们才赶回来吃饭。吃完饭，我们还得去接她，还得辅导她做家庭作业，你说折腾人不折腾人？"

说话的时候，女儿女婿不断往厨房里张望。

老余明白他们的意思，解下围裙，说："饭菜都弄好了，等老二他们回来，马上开饭。"

他们把菜一盘盘端上桌，菜有满满一大桌子。女儿突然问了一句："爸，今天是什么日子呀？"老余刚想回话，女儿又接着说："看你整这么一大桌，你也不嫌麻烦？"女婿在一旁附和道："是啊，爸，以后想吃什么，提前跟我们说一声就是了，没必要弄得这么麻烦，我们一家子出去上个馆子，好吃又省事。"

老余听了这话有些不高兴，又不好发作。他说："外面的饭菜不干净，电视里不是老在说饭店用的是地沟油吗？"

女婿笑着说："爸，你这也不能一棍子打死所有人，那毕竟只是少数。"

老余就不再说话了，他在那站了一会儿，又去摆弄那一桌菜，似乎要为每一道菜找到一个最合适的位置，要摆出一朵花来。

老余又问："要不要喝点酒？"说着转身去转角柜里找酒。柜子里乱糟糟的，他也懒得收拾。头几年还不是这样的，家里总让他拾掇得井井有条。

女婿说："酒就不喝了，我开了车呢，弟弟也开了车，要是让交警抓到了，是要吊销执照的。"老余没有理他，将一瓶喝了大半的白酒摆上了桌。孩子们每次回来都是这样，都说开了车，滴酒不沾。老余也就不勉强他们，偶尔他一个人也喝点。大多数时候酒就摆在那，没有人去碰。

他们坐在饭桌前等了一会儿，女儿女婿低头看手机。老余有些着急，忍不住去门口看了几次，仍不见儿子回来。女儿有些坐不住了。她说："都几点了，老二怎么还不回来呢，吃完饭我还得去接孩子呢。"

老余只好给儿子打电话。儿子说："在路上了在路上了，10分钟就到。"老余刚想说，不着急不着急，天黑了开车要小心。

儿子又在电话里说："我儿子你接到了吧？"

老余听到自己的脑子嗡地闪了一下，像烧了保险丝。他放下电话，猛然惊叫道："哎呀，我孙子呢？你们进屋没看到他？"

女儿女婿也被吓了一跳，不约而同地问："哪个孙子？"

老余急得跳了起来，额头大汗淋漓，他咕哝道："我还有几个孙子啊？"女儿说："他们不是还在路上吗？"老余带着哭腔说：“孙子一放学就让我接回来了，一直吵着要吃糖，我没给，这鬼崽子是不是自己跑出去买糖了？哎呀，我的天啊。”

女儿女婿也慌了神。老余围着屋子团团转，他感到房子在旋，越旋越快，仿佛要将他旋上天，旋到外太空去。他踉踉跄跄地推开旋转的门，外面的天地也在旋。

他们一家人像丢了魂似的，在小区里哭天喊地。找遍了整个小区，一无所获。儿媳已经哭得死去活来，儿子不断数落老余。他说：“你这老糊涂，一天到晚都在干些什么？这么一个大活人怎么说丢就丢了，你怎么不看着他呢？”儿媳哭哭啼啼地说：“这好好的，偏要叫回家吃饭吃饭，这下可好了，把孩子吃没了。”

“先别说那些没用的了，赶紧报警吧。”女婿说。

“你是不是骂了他？是不是打了他？他平时多乖啊，从来没乱跑过。”儿子的语气咄咄逼人，像拳头一样打过来。

老余有些说不出话了，他努力让字句有序地从嘴里吐出来。他说：“他吵着要吃糖，问了好多次，我没给。早知道这样，我给他买一颗糖就好了……”

他们就去小区外边的小卖部找，依然没见人影。

女儿突然说：“不对啊，我们回家的时候，门是反锁着的，孩子肯定还在家里呢。”听了这话，一家人像遇到了救星，撒腿往家里飞奔。老余被他们甩在身后，他跑不动了，快要散架了。他巴不得自己散架算了，眼睛一闭，什么事也没有了。但是，孙子在哪呢？找不到孙子，他怎么闭得了眼？

结果当然是虚惊一场。谢天谢地，孙子在老余的卧室里睡着了。

熟睡的孙子怀里抱着一只小罐。老余心里又是一惊，天哪，那是他的药罐。

儿子问老余："这罐子里装的是什么？"

老余说："安眠药，我最近老睡不着，太难受了，每天夜里都要吃这个。"

儿子手一抖，罐子落在地上。他惊叫道："这下可惨了，他八成是把你的药当糖吃了。"

儿子将孩子抱在怀里，使劲摇。孩子醒了，他懒洋洋地睁开眼睛，说："我好困，我想睡觉。"儿子问他："你是不是吃了这罐里的药？"孩子说："我不吃药，我要吃糖。"儿子又问："你吃了几颗？"孩子没回话，又迷迷糊糊睡去了。

儿媳将孩子夺了过去，她还在哭个不停，哭得快要岔气。儿子转过身来，面无表情地看着老余，他说："你这弄的是什么事，你怎么能把药当成糖给他吃呢？你真是老糊涂了。"

老余吓得浑身颤抖起来，他说："我没给他吃，在放学的路上，他就吵着要吃糖，我没给他买。谁知道，他把药当成糖了呢？哎呀，都怪我，早知道这样，我给他买块糖好了。"

儿子恶狠狠地说："你尽给我添乱，要是有个三长两短的……"

女婿突然开口了，他说："不要吵了，赶紧送孩子去医院吧。"

大伙儿这才如梦初醒，慌忙将孩子抱上车，汽车咆哮着窜入黑夜里。

老余枯坐在桌前，一大桌菜已经凉透了。良久，他打开酒瓶，满上一杯，一饮而尽。

这时候，外面的路灯正一盏一盏亮起来，世界安静下来。

几杯酒下肚，老余感觉自己又活过来了。他觉得自己应该上医院看看，看看孙子是不是没事了。可是他们在哪家医院呢？他抓起电话，给儿子打过去，拨了几次号码，儿子都没接听。他又忐忑不安地打给女儿，对方正在通话中。

老余看见自己的影子斜在墙上，面对一桌子饭菜发呆。过了好久，他好像看见老伴从墙上爬了下来，她身手矫捷，还是那么年轻。这大冷天，眼看就要下雪了，她还穿着一件大红色的短袖衬衫。那是她最好的一件衣服，是那年去海南旅游买的吧，太久了，老余有些想不起了。老伴坐到了桌前，冲他微微一笑，温柔地说："老余，不要担心，那药片苦得很，我们的孙子一颗也没吃，他不会有事的。"

老余听见自己"嗯"了一声。

老伴又说："你也不要跟孩子们生气，你不容易，他们也不容易。来吧，我来陪你喝一杯，祝你生日快乐，长命百岁。"

老余就真的喝了一杯酒。他说："不能再喝了，再喝就醉了。老婆子，走吧，陪我去医院看看我们的孙子。"

老余锁了门，歪歪斜斜向夜里走去。这时候，急促的手机铃声响了。

黄金船

一

傍晚时分，龙泉镇驶来了一条陌生的船，停在老汪家门口。老汪正光着膀子蹲在河边的岩石上吃饭。老汪的房子就起在河边上，天气太热了，老汪每天都喜欢端个饭碗到河边去吃饭。

龙泉河里水浅礁多，那条船开得很吃力，像老水牛一样慢吞吞地游过来。

“不要往前开了，你们的船太大了，过不去的。”老汪站起来，朝着那条船喊道。

那条船停了下来。从船舱里出来四五个人，都是外地人，讲着外地的什么话，老汪隐隐约约能听懂。

一个看上去像头头的人跳上岸，从裤袋里摸出一盒烟，抽出一支递给端着饭碗的老汪，说："老人家，这里可是龙泉镇？"

老汪接过那支烟，顺手别在耳朵上："是的，这儿就是龙泉镇。"

看着老汪吃饭，那几个人兴许是饿了。依旧是那个头头模样的人问："老人家，你们这有没有饭店？"

老汪答道："我们这小地方，哪里有饭店。不如你们来我家吃饭，我一张嘴也要做饭吃，你们来也就多几副碗筷。"老汪是个热心肠，知道那几个人在这地方吃不到饭，便招呼他们回家吃饭。

那几个人也不客气，跟老汪说："那就麻烦您了，我们按饭店的价钱付钱给您。"

他们把船靠了岸，拴在岸边的一棵柳树上，一伙人稀稀拉拉踩着夕阳进了老汪家。

第二天，人们才发现这条船。这是一条银白色的铁皮船，在龙泉河里从来没见过这么大的船。人们一早就来看热闹。

船上那伙人起得很早，他们在河滩上搭起帐篷，垒了灶，灶上架起的一口大锅里，正煮着他们的早饭。走近去看热闹的人回到岸上，对围观的人说："他们煮了一大锅面条，鸡蛋面。"

老汪跟那伙人好像很熟的样子，他从家里抱出一坛辣椒酱，给那伙人拌面条吃。

吃完饭，那伙人坐在沙滩上抽了会烟，便开始忙碌起来。几个人蚂蚁一样从船舱里进进出出，搬出一堆机器。最后，他们把一个巨大的东西抛进了龙泉河，龙泉镇上的人从未见过那个东西，它的样子有点像镇上家家户户腌酸菜的坛子，坛子的一端连着一根菜碗粗的管子，管子的另一端一直延伸到河滩上。

“开动！”那个头头模样的男人在岸上喊了一声，船上的人拉下电闸，机器开始发动，发出轰隆隆的声音，不一会儿，通到河滩上的那根管子里居然流出了沙子。

这对龙泉镇的人们来说，真是个稀奇事。抽水机大家见过，可这能让沙子像水一样流动起来的机器，还真是头一回看到。人们看傻了眼。

到中午的时候，天热得不行，那伙人关掉机器，一个个跳进河里游了会泳，最后钻进船舱里去了。河滩上的沙子堆起了一座小山。下午，那伙人一直躲在船舱里没出来。到了傍晚时分，他们又在河滩上生起火，开始做晚饭。人们看见老汪端着个饭碗坐在河滩上，一边吃着自己碗里的饭，一边看他们做饭。

第二天，那伙人弃船沿岸而上，来到了龙泉河最深的地方。给他们指路的依然是老汪。老汪头戴草帽，手里提一个铝质水壶，壶嘴上挂着一个大口盅。人们依然去看热闹。

那伙人换上潜水服，一个个钻入了深水中。他们在河底探查了一上午，最后空着双手回到船上。

第三天，第四天，他们都在老汪的带领下，泥鳅一样在龙泉河里穿梭。对于那伙人的到来，老汪很开心，他对待那伙陌生人很热情，总是乐呵呵的。镇上的人碰见他总问：“老汪，那是你家的亲戚吗?”老汪摇摇头，孩子一样笑笑说：“不是，不是，他们是从市里来的。”“老汪，他们是不是在河里捞宝贝？”老汪笑笑说：“这是天机，不可泄露。”

到了第五天，龙泉镇的人对他们彻底失去了兴趣，除了几个小孩子，再也没人到河边去看他们潜水。有一天，那条船也不见了。

那条船突然一走，老汪显得很失落，脸上的笑容也不见了。

二

龙泉镇是一个偏僻的小镇，镇上只有一条街。街上开着一家裁缝铺，裁缝铺隔壁是打铁铺，小酒厂和豆腐坊则在打铁铺对门，豆腐坊门前有一家猪肉铺。除此之外，在街道的首尾两头，各有一家杂货铺。小街的中段有几栋四层的楼房，外墙统一刷成泥黄色，分别是政府、派出所、医院、邮电所和学校。即便是腿脚慢的人，不花5分钟，就可以从街头走到街尾。

说它是一条街显得有点抬举它，实际上它只是一条老旧的过境公路，一头通往县城，另一头连着一个更为偏远的农场。每天仅有两趟班车从小镇开往县城，其余时间，除了几辆拉木材的拖拉机，在这条街上很难看到汽车。

当然，小镇上的人也不多。从几年前开始，年轻人打起背包陆续离开了小镇。他们一个个跳上开往县城的班车，走了。有的人走了，过年过节回来住几天，看起来像是来龙泉镇走亲戚的。有些人出去一两年，送回来一个小孩又走了，孩子就由家里的老人带着。有些人走了就再也没见回来。久而久之，小镇上只剩下老人和小孩。

老汪家就剩下老汪一个人。他今年70多岁，身体还好，没什么大病，没事常去龙泉河边钓鱼，像个石头一样蹲在河岸上，一蹲就是半天。不去钓鱼的时候，他就坐在自家门槛上抽烟，一锅接着一锅，直到烟袋见了底。本来，他可以找镇上的老头们聊聊天，下下棋或者一起去钓鱼。但那些老头死的死了，病的病了，没病没死的又要带孙子孙女，就他一个人没有孙儿带，显得有点游手好闲。一来二去，他觉得跟他们玩不到一块，只好自己抽烟喝闷酒。不过，看起来他的日子过得也算自在。

老汪本来有个老伴，5年前就死了。他有个儿子，进城有好几年了，自从他妈死后就再也没回来过，过年不回来，清明节也不回来，老头子过生日也不回来。起初，老汪会经常打电话过去："汪强，大后天清明节，你回来给你妈烧点纸钱吧，你太久没回家了，你那爱唠叨的妈肯定想你了。"临近中秋节，他打电话过去，说："汪强，下个礼拜八月十五了，你回家过节吧。我在老孙那买了两斤月饼，你小时候最爱吃他家的月饼了。"进了腊月，他总要等到临近年关那几天才急急忙忙打电话过去（其实他早想打电话，又怕打早了汪强不高兴），说："汪强，今天都腊月二十三了，镇上同你一块进城的杨娜、李杰都回来了，他们要在家乡摆结婚酒，你呢，你打算什么时候回家?"

每次老汪打电话，汪强的回答几乎都是一样的，他说：“爸，厂里要加班呢，过节加班费翻倍，我得趁机多挣几个钱。爸，明年我一定回家。”

老汪还想多说几句，汪强总是会很不耐烦地打断他。汪强说：“这些我都知道，可我现在还没混出个样子来，我怎么回龙泉镇？我这样回去镇上的人肯定会笑话我。爸，我跟你保证，明年我一定能混出个样子，像老孙家的大儿子一样，开个宝马回家，拉着你在镇上风风光光跑一圈。”这样的话，一晃已经说了5年，汪强还是没回家。

有时，老汪会编一个谎言，他想哄汪强回一趟家。他会说：“汪强，爸病了，你快回来看看我。”或者说：“汪强，爸可能快不行了，你快点回来见我最后一面。”但是汪强一追问，他又不忍心再继续说谎，就如实交代了。

后来，老汪就极少往城里打电话。但到了清明节、中秋节或者春节，眼见镇上的年轻人陆续回家，他总忍不住往小街上的小卖部跑。

镇尾的小卖部是老孙开的。老孙除了在家看小卖部，还要负责带孙子。他的孙子3岁了，见到老汪也会咿咿呀呀地喊“爷爷”。老汪听了很高兴，每次都会往小孩子的手里塞一两颗薄荷糖。

老孙的小卖部卖的东西也不多，货架上稀稀拉拉摆着烟酒糖醋之类的小货品。靠街的货台上摆着一台电话机。小镇许多人家里都没装电话，有事都来小卖部打电话。

看见老汪，有时老孙会问：“老汪，你家汪强回家过节吗？”

每当这个时候，老汪总是苦着脸，不说话，他没什么好说的。

老孙自己也苦笑一下，说：“我们家小孙也不回了，他们在城里买了新房子，今年过年要在那暖新房。隔壁李杰也没回，他老婆怀着孩子，听说要在城里待产。”

老汪在小卖部转了个圈，眼睛盯着那台红色的电话机，想给汪强打个电话，但又下不了决心。他在心里想：这个电话打了也是白打，浪费电话费不说，指不定还会挨汪强一阵数落。不打吧，他又不甘心。除了过年过节的，他平时也没什么借口给汪强打电话。

老汪也知道汪强的难处。跟汪强一块出去的年轻人，混得好的都开着小汽车回来，混得再差点的，回来时也带着漂亮的外地老婆和孩子，风风光光的，在小镇上一走，全家都荣光满面。可是汪强这些年在城里混得并不如意，出去几年了，口袋里依然空空的。有一天夜里，汪强给老汪打来电话，他在那头哭得像个孩子，他一边哭一边说：“爸，不是我不回家，我也想家，可我真的还没混出个样子，我没脸回去面对龙泉镇的人。”

除了好消息，也不断有坏消息从城里传回龙泉镇。比如谁谁谁在城里干建筑，从20层高的脚手架上摔下来了，粉身碎骨；谁谁谁得罪了城里的小混混，被打断了双腿；谁谁谁在城里被车撞死了，等等。

老汪开始做噩梦，每次都梦见汪强死在城里。一天夜里，老汪喝了点酒，半夜梦见汪强在城里游泳淹死了，连尸体都找不着。汪强在梦中惨叫着：“爸，快救我，我被水怪拖住了。”

老汪被吓出一身冷汗，醒来之后就整夜失眠。到了天明，老汪匆忙赶到老孙的小卖部，焦急地给汪强打了个电话。汪强在电话那头说：“爸，您是不是真的老糊涂了，您不知道整个龙泉镇数我水性最好吗？”

汪强从小水性就好，在龙泉河水最深的水域，他能一口气扎到底。

老汪听见儿子的声音，跳到嗓子眼的心才落到了肚里。他当着老孙的面，哭了。

三

有河流的地方，总少不了传说。

龙泉河上就流传着各种光怪陆离的传说。龙泉镇的历史自然没有史书记载，传说便是它的历史。这些传说起初大多是历史故事，经由人们代代口耳相传，到了今天就彻底成了传说，再没有人把它当历史，连傻子都不会相信它是真的。

黄金船便是龙泉河上流传的众多传说中的一个。这个传说流传最广的一个版本是这样的：

相传明朝初年，龙泉河上游的泉城里出了一个大官，姓李（至于官至几品，已无考证，龙泉镇上也没有一个人说得清楚）。正当李大人在京城里如鱼得水之时，惨遭奸臣陷害，丢了官帽不说，差点连性命都不保。眼看在京城混不下去，只得携了家眷返回老家泉城安度晚年。

这位李大人当年还乡并不走陆路，选了水路，龙泉镇是必经之地。走水路一来不怕强盗劫财，二来可以一路观赏美景，权当旅游度假，散去心中苦闷。

李大人雇了一艘大船，沿龙泉河逆流而上。按照现今的比喻，这条大船跟一辆18轮大卡车一样大小。李大人一家大小及家奴40余口，连同所有家当装了满满一船。

凡行至地形复杂之地，这条船便改为夜间行船，白天藏在河湾里休整，以免引起歹人的注意。

一路顺风顺水，不出两个月，眼看就要到达泉城。话说这天大船行至龙泉镇，远远听见镇上有人弹唱琵琶，李大人一时兴起，便决定上岸喝喝酒。反正已近家乡，料想也不会有什么歹人作恶，缓一日也不碍事。

中午时分，李大人下了船，只身一人往龙泉镇里走。本来是跟家人说好傍晚时分回来的，可李大人在青楼看中了一个女子，便留下过夜。

这一夜出了事。当晚突遇暴雨，洪水一夜之间暴涨，半夜时分，整条船沉入河中，不知道被冲至何处。船上自然没有一个人得以脱身，一并葬身龙泉河。第二天，李大人也跳了河。

两个月后，有上游的人下来打捞，据说是李大人在泉城的亲属。他们沿河打捞了近一个月，却没有找到一块船板。一位泉城来的人在龙泉镇上喝醉了酒，道出了这个事情的经过。他说，李大人的船上装了满满一船的金银财宝，在河里居然连一粒金沙都没有找到，真是奇了怪，难道这龙泉河里真的有龙?

据说，因为这个醉汉的一句话，引得当年龙泉镇上的人倾巢而出，他们把龙泉河翻了个底，却也是颗粒无收。

也有人说，李大人的船是遇到了强盗，钱财被一抢而光，最后还遭人灭口，大船也沉入河底。

故事一代代流传下来，之后便再无人相信，最后成了一个传说。

四

不过年不过节的，汪强居然从城里回来了，要知道过年他都没回来过。

人们是在第二天早上才发现汪强回来的。

那天天蒙蒙亮，早起的人们就看见两个人影在龙泉河边忙碌。那个位置刚好是前段时间那艘陌生的船捞沙的地方。看见的人心想：难道那条陌生的船又回来了?

天亮之后，人们看清了那两个人。一个是老汪，一个是老汪的儿子汪强。老汪手握一把铁锹，一锹一锹在河里捞沙子，捞起一锹，他屁股一撅，双手用力一扬，嗖的一声抛到河滩上，河滩上的沙子已经堆成一座小山。小汪端着一个大米筛，半弓着身子半蹲在沙堆旁，像筛米一样筛着沙粒，就像在沙粒中寻找金子。

起初，人们并没有留意老汪小汪在干什么。他们把目光全部投到了小汪身上。小汪在镇上消失5年了，人们想从他身上寻找城市带来的巨变。看起来，小汪还是5年前那个模样，脸小眼细，秀气得像个姑娘。但是细心的人们很快发现了问题，除了比以前更瘦更黑，他们发现现在的汪强不太爱笑了。以前的汪强总是笑呵呵的，嘴巴从来都没合拢过，现在的汪强却板着张小脸，人们跟他说话，他只简单回一句，不会多说一个字，更别说会朝着你笑一笑了。

人们便得出一个结论，这个小伙子成熟了，稳重了，长大了，还很有可能有出息了。

老汪捞几锹沙子，就直起腰来，看看小汪，他生怕小汪累坏了，总是冲小汪说："汪强，你先歇一歇，喝口水再干。"说这话的间隙，他顺手去捶捶后背。

浓雾散去，人们吃上了早饭。几个老人带着自己的孙辈，来到河边吃饭，大人统一端个大碗，小孩捧个小碗，有人碗里是面条，有人碗里是米饭。很快，岸上就站满了人，几乎所有小镇上的人都集中到了河岸上。河岸上泛起一片白茫茫的饭碗。他们一边吃饭，一边看老汪小汪干活。

有些人的饭碗很快吃空，他们意识到该问问老汪小汪为什么要捞那么多沙子了。

老孙说："老汪，你们爷俩一大早捞这么多沙子，是不是要在镇上起房子?"

老汪停下手里的活，抬头看了看正在吃饭的人，他刚要说什么，被小汪拦住了。小汪扔下手中的米筛，对着岸上吃饭的人说："是的，我们准备在镇上起一座大房子。"

镇上已经很久没有人起新房子了。十几年了，镇上依然是那几栋房子，现在，那些房子就跟镇上的人一样，越来越老。听小汪这么一说，大家都充满了期待，他们的胃口好像突然好了，不自觉地加快了吃饭的速度。吃饱饭的人们舍不得离去，大人们把碗丢到一边，干脆摸出烟袋抽上一锅，孩子们用筷子敲打着饭碗。阳光射进碗里，白茫茫的。

老汪和小汪在龙泉河劳作了一整天。天黑的时候，老汪到街上割了猪肉，打了两斤烧酒。夜晚，爷俩痛快地喝了一餐酒。

第二天，他们依旧在河边打捞沙子。有好事的老头去看热闹，问起他们准备在哪个地段起房子，要起几层，是不是要贴红色的瓷砖。老汪父子只顾着干活，并不愿多说。小汪说："我现在跟你讲不清楚，到时你就晓得了。"

第三天，他们不再捞沙子了。小汪戴着潜水镜扎进了龙泉河最深的水潭里。他一会儿从水里钻出来换气，一会儿又两腿一并扎入河中。老汪提着一个铝质水壶站在河滩上，要不是年纪大了，他也会扎进水里去。

对于老汪父子的举动，人们开始有点摸不着头脑。河里有什么呢？除了鱼，除了一河的石沙，河里什么也没有。小汪下水不摸鱼，他究竟在干什么？人们心里有了一个大大的问号，认为老汪小汪肯定有什么不可告人的秘密。

聪明的人联想到了半个月前，龙泉河里开来的那条陌生的船。船上来的那伙人也是在河里挖沙，潜水，小汪如今也在潜水，这两者之间肯定有联系。而连接这二者的，恰恰是老汪。聪明的人一想到这，被自己的聪明吓了一跳。

五

聪明的人说，龙泉河里有金子。不是金子就是银子，反正是宝物。老汪他们根本不是捞沙子，而是在捞宝贝！

此言一出，人们又联想到那个传说。龙泉河里，很快聚集了一河的人。

小镇上的老人们纷纷挽起裤腿，踏进了龙泉河里。在镇上开杂货铺打铁铺猪肉铺豆腐坊的人再没心思做生意了，都关了门，抓起铁锹往龙泉河里跑。就连三岁小孩也被带到了河边，他们也不闲着，帮着忙碌的祖辈们筛沙子。

与此同时，镇上的老人们开始往城里打电话，他们的口气几乎是惊人的一致，他们抓起话筒，激动地对自己的儿女们说："娃儿，火速赶回，龙泉河里发现了金子。"

开始的几天，老孙的小卖部的电话被打爆了，人们一大早就来小卖部排队等着打电话。

黄金的召唤比任何一个节日的到来都管用，在城里打工的年轻人好像长了翅膀，不管混得好坏，不管天南地北，候鸟一样一夜之间回到了龙泉镇。他们毫无顾虑地扔下城里的事业、生意，甚至老婆孩子。

镇上一下子热闹起来，街上人山人海。

除了那些从城里赶回来的龙泉镇上的人，不断还有外地人涌进来。他们开着车，成群结队往龙泉镇涌。他们把车开到龙泉河边上，抓起铁锹就往河里跳。

一时间，龙泉河成了一条人河。远远看去，河里已看不清流水，映入眼帘的是一条涌动的人流，人们在那挥汗如雨。

整条河被人们瓜分开来。本来完整的一条河流，一律按照先来先得的原则，被分成大大小小的地盘，谁先占得就是谁的，不得随意侵占。

人们干得热火朝天，所有人都不知疲倦。他们把所有能用的工具都用上了，比如筛米的竹筛，祖传下来的镀铜饭勺，甚至打油茶用的小竹箩也派上了用场。他们分工细致明确，男人们负责下河捞沙子，女人和小孩在岸边淘沙。会游泳的人则像鸬鹚一样，在水里蹿来蹿去。

不断有消息在河流上流传。有时消息从龙泉河的上游流传下来，有时则沿着河流逆流而上。消息大致都是这样一个版本：谁谁谁挖到了一块金光闪闪的金砖。谁谁谁挖到一块50斤重的大元宝。谁谁谁已经打捞到一担白银。这些消息就好比一声声惊雷，不断地刺激着人们的神经，让他们心生希望，也让他们因为嫉妒而异常焦虑。

过了一个星期，龙泉河的河滩上再也堆不下沙子了。人们只好把挖出来的沙子堆到马路上去，堆到小街上去。但是，这些地方很快也被堆满了。人们想不出更好的办法，稻田也开始用来堆沙子。那些马上就要抽穗的禾苗一夜之间被龙泉河里的沙子淹没了。人们并不感到心疼，家里田地多的，反而觉得高兴，因为堆沙子的地方越多，捞到金子的机会就越大。相反，那些没有稻田堆沙子的人家就开始发愁。

河里几乎已经站不下多余的人，可涌向龙泉河的人依然络绎不绝。外地来的人没地方住，晚上只好睡在沙堆上。起初，他们吃自己带来的食物，因为干活累吃得也多，很快弹尽粮绝。在捞沙的间隙，他们从河里抓鱼来吃，再后来河里的鱼也被抓光了，他们只好挖草根来充饥。有些人饿了多日，活儿却干得很卖力，他们因为饥饿和劳累黯淡下来的眼神，很快会被金子之光点亮。

六

终于，有一天龙泉河里出了事。

这天跟往常没什么两样，日头早早地照耀在龙泉河上，因为很多人都光着上身捞沙，看起来蛇一样蜿蜒的河流显得熠熠生辉。

早上，老汪和小汪胡乱啃了头天夜里蒸好的馒头，喝下一杯清茶，然后拿起工具就往河里去。老汪连续在河里捞了半个月沙子，累得几乎走不动路。吃早饭的时候，老汪跟小汪说想歇一天再去干活。但小汪不同意，他说："这哪里行，我们连一粒金子都没捞到，人家都挖到金砖了，我们得抓紧点。只要挖到一块金砖，别说歇一天，我让你歇一辈子也没问题。"

老汪只好硬着头皮去河里捞沙。老汪的双脚像灌了铅一样，沉甸甸的。

他们刚走到河岸上，远远看见几个外地人在自家占得的地盘上刨沙子。小汪见状，气得肺都要炸了。他抡起铁锹一路飞奔过去，一口气跑到那几个外地人面前，然后把铁锹往空中一扬，说：“这是我们家的地盘，哪个喊你们来撒野的?”

那几个人哪里把小汪放在眼里，他们看都不看小汪一眼，装着没事一样继续刨沙子。那些沙子细细的，在他们的铲子下发出沙沙沙的声音，听上去耳朵痒痒的。

小汪彻底愤怒了，他抡起铁锹就往其中一个人的背上劈去。只听那人“哎哟”一声惨叫，背上出现一道血红的裂口，鲜血涌出来，屋檐水一样滴在沙粒上。

其他几个人见状立刻围了上来，他们举起手里的工具，像打糍粑一样噼噼啪啪砸向小汪。小汪还没喊出声，就倒在了血泊之中。老汪急忙跑过来，他想扑上去护住小汪，可一头撞在了岩石上，瞬间昏了过去。

在旁边捞沙的老孙一家见此情景，吓得腿都软了。他们过来劝架，也卷入了打斗当中。有人报了警，镇上派出所的几个民警来了，他们也劝不住，眼看就要出人命，民警朝天鸣了枪，双方才停下来。

几个人被带到派出所，不省人事的老汪小汪被送到县医院。

接下来的几天，河流上恢复了往日的秩序，人们依旧在河里淘金。镇上派出所的民警每天都来到河岸上劝说淘金的人们，他们说：“你们受骗了，这条河里根本就没有什么金子，这是谣言。”没有人相信他们的话，在所有人看来，派出所只是担心这里再出现打架事故，所以劝他们各自回家。

有一天，河岸的树上贴满了告示，上书：“严禁下河捞沙，违者罚款五百。”有些地方挂起了横幅，横幅上写着：“莫信谣言，相信科学。”

与此同时，县里派来了宣讲团，他们把所有人召集起来，开了一场报告会。他们说：“你们有谁挖出了金子的，给我站出来说说话。”结果没有一个人站出来，于是宣讲团的人说：“你们看，是不是没有人捞到金子，这条河里压根就没有金子，这下你们相信了吧。”

细心的人们很快发现，在县电视台播新闻的间隙，出现了这样的画面，温柔美丽的女播音员在电视里反复播报这样一条消息：“龙泉河里根本没有金子，请大家回家。”

随着时间的流逝，开始有人相信龙泉河里没有金子，一些人不再下河捞沙。他们重新回到岸上，开始正常的生活。

好景不长。有一天，一个外地人跑来老孙的小卖部打电话。电话被老孙听得明明白白，那人拿起话筒就说：“我挖到金子了，你们快来。”

这个消息像风一样吹遍整个龙泉镇，人们再次回到了河里。

半个月不到，龙泉河被挖空了，河底露出了坚硬的岩石。

远远看去，整个龙泉镇变成了沙漠。大风一起，飞沙走石，白天成了黑夜。

七

我来到龙泉镇的那天，人们依然在河里疯狂地做着淘金梦。

我在市里一家新闻媒体当记者，跑社会新闻。我整天为新闻线索而焦虑，找不到新闻的日子，我就像一个丢了魂魄的野鬼，在城市的大街小巷里游荡。

一天，我的一个远房亲戚给我打来电话，他在电话那头说：“小五，你赶紧来我们龙泉镇一趟，我们这出大事了，有猛料。”

我没去过龙泉镇，虽然从小就听我妈说，我有一个远房亲戚住在那里，是个铁匠，早些年还给我们家送过镰刀锅铲。可毕竟是远房亲戚，亲戚关系隔得太远了，后来就再也没有走动。

龙泉镇有多偏远，只能用地图的标识来说明，它藏在本市地图最边缘的一个死角里，只有一个小圆点那么大。第二天，我就赶往龙泉镇。尚未进入龙泉镇，路就断了，眼前是一片沙漠。风一吹，到处飞沙走石，就跟迷失在茫茫大漠中一样。

在沙漠里艰难行走半个小时后，我来到了龙泉镇。镇上几乎没有人，我问我的远房亲戚：“你们这怎么全是沙？为什么一个人也没有？”

他说：“等你到了河边就知道了。”

我的远房亲戚把我带到河边。他说的没错，河里黑麻麻的全是人，远远看去，那里更像是一条街。

我在镇上走访了部分挖沙的人，他们跟我说起了一件事，几乎是众口一词。他们说：“昨天，上游又有人挖到了黄金，是那种沉甸甸的金砖。”他们所描述的金砖甚至都是一个样，好像他们真的见过那些金砖。唯一不同的，是从他们嘴里吐出来的数字。有人说是一块金砖，有人则说是一箱，也有人说足足有一担。人们说起这些时，眼神闪亮亮的，像涂了一层黄金一样光鲜。

我居然有点相信河里有黄金了。

第二天，我去了县医院看望老汪和小汪父子。在镇上开小卖部的老孙说："那个老人家蛮可怜的，为了淘金，被几个外地人打残了，你应该去医院采访采访他，为他主持公道。"

老汪的伤并不严重，只是头皮磕破了，我去看他的时候，伤口好得差不多了。

小汪身上多处重伤，还处于昏迷状态。老汪既伤心又担忧，憔悴不堪，他总跟我说："早晓得那几个人那么凶，我们宁可不去淘金了。现在人都这样了，我宁愿捞不到金子，只希望我的小汪快点醒过来，金山银山都不如我的汪强平安。"

我离开的时候，老人把我送到车站，他好几次拉着我的手，想说点什么，话到嘴边又咽回去了。我留了个电话给他，叫他有事找我。

回到报社，我不知道该如何报道这个事情。领导听了我的汇报，要我先写一个调查稿，之后再做跟进报道。

报纸出来那天，我收到一条短信。

这条短信是老汪托人发来的。短信上说："五记者，我是老汪，小汪昨天走了，都是我的错。其实河里根本就没有黄金，我只是想让小汪回家看看，所以才对他说龙泉河里有黄金，不然他是不肯回家的。他太久没回家了，我想看看他。另外，两个月前来龙泉镇的那条船是市地质队的，他们说河里可能有铁矿，可后来证实河里连铁矿石都没有。我原本想将这个谎言埋在心底，可我发现自己骗不了自己，我对不起我的小汪。”

我久久地看着那条短信，想着那条人潮涌动的河流，那条曾经在大山里默默流淌的河流。

鸭子的故事

一

女人成了寡妇之后，就跟一群鸭子相依为命。鸭子总共50只。鸭苗是开春从娘家捉来的，本钱都还没给。娘家人看她可怜，说等到秋天卖了鸭子再还上也不迟。

寡妇像养儿子一样待每只鸭子，每日好生喂养，没一点马虎。寡妇没有生养，可她晓得养儿子是怎么回事，娘家的三个弟弟妹妹全是她一手带大的，除了喂奶，她几乎是他们的娘。养几只鸭子，总不会比养儿子还难吧。

天不亮，寡妇就挥一根长竿儿，赶着鸭子往小河里去。长竿上拴着一个红色塑料袋，在晨风中呼呼作响。小河里水草丰茂，有鸭子们吃不完的小鱼细虾。那是鸭子们的天堂。

起初，寡妇还担心鸭子走失，每天像看牛一样跟在鸭子屁股后跑。后来有人告诉她，不必那么辛苦的，鸭子记性好，跑不了。寡妇仍然不放心，试探了几次，鸭子果然跑不了，来来回回在小河里游。她就听了人家的话，每日把鸭子往小河里一赶，就下地干活去了。后来，鸭子们竟然知道自己去小河，天黑前又结伴回来，就跟那些在村小上学的孩子一样，真是一群再懂事不过的鸭子。

鸭子们也争气，没病没灾，长得很好，换毛，长新毛，发膘，很快就从小绒鸭长成了肉嘟嘟的大鸭子。寡妇的脸上也有了以往少见的笑。就连孩子们跟在她屁股后面“鸭司令”“鸭司令”地喊，她也不会发火，反而笑盈盈的，仿佛以此为荣。

人们都说，是这群鸭子改变了寡妇。

寡妇打算把鸭子养到冬天，赶去集上卖了，还上金贵家的债，还上金富家的棺材钱，还上娘家的鸭苗钱。要是还有余钱，就修一修房子。那三间瓦房实在太破了，雨天漏雨，晴天漏光，风一吹摇摇欲坠，像随时会塌掉。还有那间简陋的洗澡房无论如何也要修了。寡妇洗澡的时候，总感觉有双眼睛躲在门板后面，她都能听到那人粗重的喘息声。所以，无论如何也要请个泥水匠，在后院里好好盖上一间洗澡房，垒上土墙，让风都透不进来一丝。

二

每每回想起来，寡妇总是后悔。

那日阳光好得很，好得有点不像冬天的阳光。五排村的人们都在忙着准备过年，连院墙根下那些枯草都显得喜气洋洋。

然而，那天女人却成了寡妇。

那是去年冬天的事了。男人金福一早去金富家帮忙杀年猪，金富家杀了一头大肥猪，吃早饭的时候金福多喝了几碗酒，回到家就像死猪一样躺在床上了。日头毫不吝啬地抖落在院里，那样的好阳光放在冬天真是可惜。

眼看快晌午了，死活不见金福起床，女人就生气了。她进屋去把金福推醒了，嘴上带着几分怨气，她说："天气这么好，你也睡得安心？房上的瓦该捡了，再不捡就过年了。"

在五排村，过年是件大事。捡瓦扫灶台换窗户纸，这些事是躲不开的。灶台和窗户纸女人负责收拾，上房捡瓦的事归男人管。收拾完这些事，房子焕然一新，才有辞旧迎新的意思。

金福有点不情愿，又见不得女人唠叨，只好迷迷糊糊爬起来，来到院里的水井边，舀起一大碗凉水咕噜咕噜喝下肚，又往脸上抹了一把水，醉意这才消了一半。

金福勤快，脾气也好，从来不跟女人顶嘴，就是好喝一口酒。

金福架起梯子，三下两下上了房，阳光打在脸上，痒痒的，真是一个奇怪的冬天。

女人还听见金福在上头唱起了歌，唱的是什么野调子，她也说不上，也没管那么多。女人在柴房里磨豆腐。年年冬天，她都要磨上两箱豆腐，东家送几块，西家送两斤，剩下的就做成油豆腐、熏豆腐和豆腐酿，正月里好招待客人。

女人30岁不到，是从20里外的村子嫁过来的，长得俊，脾气好，人本分，样样活儿都干得利索，是个过日子的好媳妇。娘家是卖豆腐的，她也就带来了一手打豆腐的好手艺。邻里三四老爱喊她去帮着打豆腐，她也热心，谁家喊她都没二话。村人们都说，金福真是好福气，讨了个好媳妇。金福呢也不差，会杀猪，能掌大勺，村里办个喜事，总喊他去下厨办菜。他还有一手好木工活儿，尤其擅长造棺木，方圆十里八村的棺材，十个有九个是他造的。

小两口日子过得虽然紧巴，女人倒也知足，按娘家人的话说，眼下穷点苦点不要紧，只要人老实勤快，两口子心往一块想，生活就有奔头。也就是说，对于这个男人，女人是满意的。唯一让人心急的便是女人的肚子，嫁过来眼看两年了，还没一点动静。小两口在夜里也不是没努力，可越是着急，就越没动静，越没动静，两个人就越着急。

柴房里冒着白雾，大灶里的火烧得正旺，女人的脸被映得通红，额头上很快渗出细密的汗珠来。她想着给那房上的男人端一碗白开水，他在房上晒着太阳，想必是渴了。心里却在劝自己不要去，谁让他喝那么多酒，要不是喝酒误事，这个时候房上的瓦早就捡好了。他这是活该。

就在这时，女人听到院里传来一阵闷响。她没太在意，肯定是那死男人把瓦片踩掉了。没曾想，掉下来的是她的男人。直到隔壁金富哭着一张脸来喊，她才跑出来看。

男人穿一件浅蓝色秋衣，一条灰白牛仔裤（想必他的外套和毛衣还搁在房上），死死趴在地上，额头正磕在青石板井沿上，鲜红的血水像那井水一样冒出来，染红了石板。

女人看见男人的双腿抖了抖，僵直了，不再动了。女人眼前一黑，就什么事也不知道了。

天说阴就阴了。腊月的风从岭上吹下来，连村里的树都瑟瑟发抖，发出呜呜呜的声音，仿佛拔腿想跑。

女人醒来的时候，男人已经死了，黑黝黝的棺材停在院里。村人们也没等她醒来，早把金福入了殓。瘦小的金福躺在大大的棺材里，显得空落落的，看上去一点也不合身。金福没有棺材，倒是替十里八村打过不少棺材，他没料到自己这么早会用上棺材，也从没想过这件事。

这棺材是从金富家借来的，自然也是金福打出来的，现在刚被刷上黑黝黝的漆，显得油亮刺眼。办白事的纸啊香火啊鞭炮啊，也由金贵张罗好了。金福金富金贵是三兄弟，一个娘胎里出来的，死掉的金福是最小的一个。还好，家里还有一头年猪，女人辛辛苦苦养了一年，本来是准备杀来过年的，客都预先请好了，还准备摆三五桌呢，现在只能宰来张罗金福的葬礼，招待前来帮忙的村人。

当天傍晚，村人们就潦潦草草把金福给葬了。一切都很匆忙，连吹打班子也没请一个，女人甚至都没来得及戴孝。4个年轻后生抬着金福的大棺材，一路风风火火向着坟地里奔。女人追都追不上，一路上摔了好几个跟头。到了坟地里，女人已经灰头土脸鼻青脸肿了，眼泪鼻涕一抹，仿佛要入土的不是金福，而是她。

金福没活过40岁，算是短命鬼。按照五排村的风俗，短命鬼不能在家过夜，当天就得盖棺入土。再者呢，腊月二十八了，再不下葬，就不吉利。

村人们葬完金福，饭都没顾得上吃一口，就各回各家了。他们还有一大堆事要做，磨豆腐啊，酿甜酒啊，蒸扣肉啊，焖蹄子啊，熏腊肉啊，灌风肠啊，这些事像山一样堆在那，本来早该干完，全让金福的死给耽误了，他们要千方百计地把被耽误的时间抢回来。

他们一个一个在金福家门口站定，往自己身上噼噼啪啪使劲拍打一阵，拍掉一身的晦气，这才快步离开。最后，家里就只剩下寡妇一个人，原本嫌小的房子顿时空落落的。寡妇就像做了一个梦。早上磨的豆腐还搁在灶上的大锅里，只怕早坏掉了，她也懒得再去张罗了。房上的瓦也没捡好，家里的顶梁柱却塌了。

金福没了，地球照样转，五排村的新年一如既往的热闹。

从大年三十到正月十五，寡妇家的门一直紧闭，烟囱里没冒过烟。没有人知道，那个年寡妇是怎么过的。因为刚死过人，村人们也不会去她家拜年，大伙路过她家时尽量绕道走，生怕沾了邪气。

等到村人们再次看到寡妇时，正月已经接近尾声。这个时候的寡妇已经变了一个人，她披头散发，目光呆滞，面无表情，走在路上总埋着头，独来独往，悄无声息，像个幽魂。

转眼到了清明，寡妇给金福上了坟，就不见了。起初，村人们还以为她走了。没了男人，又是外乡嫁来的弱女子，终究是待不下去的。以往的那几个寡妇，要么改嫁了，要么喝农药把自己了结了，没一个能好好生活下去。现在，寡妇走了，总比喝农药把自己喝死强，走了才有希望。这样一来，村人们为她感到高兴。

但是，三天后，寡妇回来了。不仅回来了，还带回了一大群鸭子。她只是回了一趟娘家。天气转暖的时候，村人们看见寡妇上了房，蹲在房顶上捡瓦。她把猪圈清理干净，鸭子就关在那里。院门上还贴了一对崭新的门神。寡妇家的炊烟每日像太阳一样准时升起，她跟每一个五排村的村民一样，吃完饭便下地干活。显然，寡妇是准备在五排村长住下来了。

三

金福埋在村后的山上，坟前那块地一直荒着，这天寡妇决定把它耕出来，撒上玉米。

一早，寡妇就往那块地里去。大雾弥漫，整个村庄像浮上了天。不知道寡妇从哪借来了一头牛。那牛犟得很，根本不听生人使唤，她费了半天工夫才给牛套上犁。寡妇没犁过地，这架势是去年春天看金福犁地学来的。寡妇一手扶正了犁，一手挥舞竹鞭，那头牛却死死定在原地不动。她以为鞭子打得轻了，于是用力又打了一鞭子。那头牛好像是在故意气她，粗壮的牛尾巴往天上一翘，一泡热乎乎的牛屎哗啦哗啦从撅起的牛屁眼里涌出来，溅了寡妇一身。寡妇火了，她照着牛屁股狠狠甩了几鞭子。牛恼了，发疯似的拖着犁往坡下跑。寡妇不敢松手，双手死死抱住犁头，整个人被拖着一路向前，差点被甩到坡下。

好容易在金福坟前将牛制服，寡妇已经筋疲力尽，成了个泥人，她一屁股坐在坟前，哭了起来。寡妇拍打着坟头，哭道:“金福啊金福，你这个短命鬼，活着的时候就知道喝酒，你现在倒是快活了，眼睛一闭，什么事也不管，丢下我在这世上受罪啊。”

哭了一阵，寡妇只好放弃犁地，她抡着锄头，开始一锄一锄挖那块地。

四周的雾气越来越重，浓得像牛奶一样，让人窒息。

突然，晨雾中传来一阵咳嗽声，接着是脚步声，越来越近，分明是朝着寡妇来的。寡妇抬头一看，一个高大的身影飘过来，不用看脸，寡妇都晓得那是金富——金福的二哥。

金富嘴里叼着烟，他二话没说，走到那头牛跟前，扶正了犁，哗一鞭子甩下去，嘴里吆喝一声“去”，那头牛竟乖乖埋头向前走了。锋利的犁刀划开黝黑的土地，犹如鸭子划过水面，泛起一道好看的浪。

很快，空气中就有了新鲜的泥腥味。

金富扶着犁走在前头，寡妇跟在后头，她有些不知所措。跟了两个来回，寡妇一把夺过犁头，说：“二哥，你别忙了，我自己来就行。”

“你一个女人家怎么掌得了犁，我闲着也是闲着，来搭把手。”

“我用锄头挖。二哥，你回吧。”

“这么大一块地，要挖到什么时候？”

“我自己能行。”

金富不再言语，只顾埋头犁地。寡妇拗不过，只好任他犁。她索性坐到金福坟前，看着金富在浓雾中消失又出现。

一个上午，那块地就犁完了。下午，寡妇就种上了玉米。晚上寡妇炒了两道菜，又找出金福喝剩的半瓶酒，想叫金富吃饭。

寡妇在厨房里摆好碗筷，听到了金富家的吵闹声。他们两家就隔一堵墙。起初是连墙也没有的。她嫁进来后，金富女人就叫人垒了这么一堵墙，一个院子隔成了两个，一个家分成了两个。

“自家的地荒在那，也没见你去犁，人家的事你就那么上心。寡妇门前是非多，你就不怕人家说三道四？”这是金富女人的声音。寡妇望着一桌子菜，也就觉得没必要再去喊金富吃饭了。

“你是不是看人家年轻漂亮，想吃人家豆腐占人家便宜？”

“你帮人家干活，还不是回自家吃饭。你这吃里爬外的死男人，你说往后这日子还怎么过？你还想不想过？不想过就趁早说，免得耽误你跟那狐狸精的好事……”

金富女人嗓门大，她那刺耳的骂声翻墙过来，落到了寡妇的碗里，寡妇扒了两口饭，没了胃口。她索性丢下饭碗，早早上了床。

一晚上只听见金富女人喋喋不休，没听见金富回一句话。金富女人是个泼辣的女人，在五排村没几个人敢惹她，就连最彪悍的男人都让她三分。寡妇告诉自己，往后无论如何也不能让金富帮忙干活了。她知道金富是个好人。

直到村里一片死黑，就连狗都歇了，金富女人却越骂越凶。寡妇躺在床上，眼泪湿了枕头。她翻来覆去，死活睡不着，索性爬起来去看那群鸭子。鸭子安安静静挤在角落里睡觉。鸭子越来越大了，因此猪圈显得越来越小。寡妇抓过一只抱在怀里，那鸭子扑腾着翅膀，嘎嘎嘎叫。

过了两天，寡妇去挖河谷里那块地，准备种萝卜。等她走到地里，发现地早挖好了。她心里有些忐忑，在地里坐了好一阵，才扛着锄头回家。

路上，寡妇遇上了金富女人，她本来想躲开，但是来不及了。金富女人扛着一把锄头，挡在她面前。她喊了一声“二嫂”，金富女人没应她，阴阳怪气地说:“今天叫谁锄地啊？往后别再使唤我们金富了，村里那么多男人，个个都想帮你锄地呢。”

寡妇站在那里，看着金富女人扭着腰肢大摇大摆地走远，泪水慢慢流下来。

四

春种结束之后，村里的青壮男人就少了。他们卷起铺盖进了城，跟着包工头老旺去工地上盖楼。老旺叫来一辆大车，一下子拉走了村里的几十号男人。也有人不愿跟老旺干，嫌工钱给得低，自己进城去找活儿。

寡妇看见男人们跳上大货车，他们脸上乐呵呵的，仿佛是进城去旅游。

然而，晚上寡妇的院里还是进了人。约莫三更时候，迷迷糊糊中，寡妇听到院里的响动。有人扑通一声从墙上跳下来，踢到了一件什么东西，发出一串闷响，接着鸭子就嘎嘎嘎叫了几声。

寡妇用被子裹紧自己，耳朵贴着墙壁探听外面的动静。房门是加了闩的，窗户也用木条给钉死了。屋子里黑乎乎的，只听见鸭子仍在叫。寡妇不敢起身，更不敢出门去看个究竟。

寡妇的心跳得像一面响鼓。自从金福死后，她就特别害怕黑夜的来临。村里有多少眼睛在盯着她？白天还好，一到了夜里就变得肆无忌惮。她总是提心吊胆，没睡过一个囫囵觉。她恨不得往自己身上砌上一道高高的围墙，箍上一层铁皮子。

然后，寡妇听到了敲门的声音。起初是细细碎碎的，像在试探，然后愈来愈响，最后敲变成了推。

寡妇紧张地缩在墙角里，手里握着一根早就备好的木棍。她想，如果那人真闯进来，她就一棍子敲过去。

不久，那人绕到了窗下，开始敲窗。寡妇恨不得整个人缩到墙缝里去。

好容易熬到天亮，寡妇犹豫再三，终于提了那根碗口粗的木棍，开了门。院里空空荡荡的，一只鸭子窝在屋檐下沉沉地睡着。那只鸭子是她从那50只鸭子里挑出来的，特别活泼，爱叫，还像鹅一样咬人，她就把它单独拴在院里，当成一条狗来养，让它看家护院。她本来想养条狗，但手头没钱，耽误了。

寡妇奔去猪圈里，49只鸭子好端端的，她的心就落到了肚里。

那人究竟是谁？是不是同一个人？寡妇自己也说不准。原以为那人跟着老旺进城去了，没想到还在村里。这样的情况也不是一回两回了。每回那人都是翻墙进来的，一进来就敲她的门，却从不说话。哪怕他说上一句话，她就能辨出他是谁。可他就是不出声，连屁都不放一个。寡妇从来不敢喊，这一喊村人怎么看她？自己还要不要在这村子活？

没事的时候，寡妇喜欢在院里的井塘边打盹。她坐的地方，就是男人金福从房上摔下来砸中脑门的地方。石板上早已结了厚厚一层青苔，绿油油的，刺眼，也扎寡妇的心。

黄昏正悄然降临，她有点饿，又懒得去做饭。

有人在敲门。寡妇开门一看，是侄子金钱，他端着一碗鸡汤，正冒着香喷喷的热气。

“婶娘，我家杀了鸡，我爸叫我给你送几块肉。”

金钱是金富的儿子，8岁，在村小读二年级。他是个乖巧懂事的孩子，小小年纪就知道心疼婶娘，平时还帮她看鸭子，还说长大了要孝顺婶娘。寡妇很喜欢他，偶尔往他手里塞一两块糖，他还不要，他晓得婶娘缺钱。

“金钱，你告诉爸爸，说婶娘吃过饭了，鸡肉留着金钱吃。”

“不行，婶娘一定要收下，不然我爸不让我吃饭。”

“婶娘真的吃饱了，快点端回去吧，听话。等婶娘卖了鸭子，给金钱买糖吃，好不好?”

“好是好，但婶娘先要收下这碗鸡肉。”

寡妇站在那不知如何是好，她抬头向金富家望了望。实际上，除了灰蒙蒙的瓦片，她什么也没看着。她本来还想说什么，金钱却开口了。他说：“我妈妈回外婆家了，后天才回来，你放心吃吧。”

那只雪白的瓷碗在婶侄二人手上传来传去，像在拉一把锯子。

“哎哟，你们娘俩在干啥啊?”一个声音突然闯进来，还没看清是谁，那只雪白的瓷碗哐当一声落到了地上，碎成好几片，鸡肉撒了一地。这时，金钱就哭了。寡妇一边安慰金钱，一边手忙脚乱地收拾地面。

这事让寡妇很是内疚，自己亏欠了金钱的一片好意。寡妇在心里想，冬天卖了鸭子，一定要给金钱买一套新衣服，一双新鞋子，再买一个新书包。

然而，没过两天，金富女人就黑着一张脸找上门来了。她进了门劈头就说：“我家来了客，没有碗吃饭，我要把那只白瓷碗要回去。”

寡妇有些摸不着头脑。她说：“二嫂，你是不是记错了，我没跟你家借过碗啊。”

“你借倒是没借，却是有人亲自给你送上门来的。一只大白瓷碗，我去年在集市上花了三块钱买的。见着没有?”

这时，寡妇就明白了金富女人的来意。她不想惹事，于是闷声闷气回屋里拿了只大白碗，塞到金富女人手上。金富女人接过碗，哐当一声把碗摔了。

“我找的不是这只，是一只雪白的瓷碗。”

“二嫂，你这是干啥，如果你非要那只碗，我赔你一只就是了。”

“别的我不要，我就要那只。”

“那只碗碎了。”

“碎了？怎么碎的？你给我说明白。”

寡妇就不再言语，像熟透的稻子一样，垂头站在那里，任由秋风摇摆。

“你这不要脸的臭婆娘，金福才死几天，你就趁我不在家，打起我男人的主意来了？我今天告诉你，你休想，连门都没有。”金富女人说这话的时候咬牙切齿，像一只凶悍的公鹅。

寡妇终于哭出声来。要不是金富及时赶来劝架，金富女人差点要扇她几个耳光。赶在天黑之前，寡妇哭哭啼啼地跑到镇上，买了只一模一样的雪白的瓷碗，又哭哭啼啼给金富女人送去。

五

还好，鸭子们长势良好。那真是一群争气的好鸭子。

中秋过后，稻田收割一空，村子就显得宽敞起来。

鸭子们每天在田野里觅食，那里到处是收割时落下的稻穗，到处是无处藏身的蝗虫青蛙。鸭子们吃得肥肥胖胖，却落得满身是泥，白鸭子全成了灰鸭子，这样的鸭子卖不了好价钱。寡妇隔三岔五就把鸭子往小河里赶，在水上嬉闹半天，鸭子们又变得漂亮了。

在寡妇眼里，那不是50只鸭子，简直是一群白天鹅。

不曾想，这天中午突然下起了暴雨。雨一下就没有停的意思。寡妇在家里坐立不安，鸭子们还在小河里呢，万一山洪暴发，说不定会被冲走，这样她一年的辛苦就会打水漂。草草咽下几口饭，寡妇就提着竿子往小河里去，她想把鸭子赶回圈里。

来到河边，却没看到鸭子。寡妇左右摇摆了一阵，她摸不准鸭子们在哪里，是该往上游去，还是往下游走。最终，她还是心急火燎往上游去了。寡妇全身已经湿透，雨点打在身上，生疼。

走了约莫两里路，连一根鸭毛都没见着。她只好掉头往下游跑，一路跑一路学鸭子“嘎嘎嘎”叫。平时她都是这样唤鸭子的，她“嘎嘎嘎”一唤，鸭子们也“嘎嘎嘎”叫，乖乖上了岸。可这天却像是撞见了鬼，任凭她喊破了嗓子，一只鸭子也没现身。

雨越下越大，河水涨起来了。寡妇在风雨中呼喊，像在招魂。她后来喊起了那死去的金福。她说:“金福啊金福，你这个短命鬼，快点睁睁眼吧，我们家的鸭子全不见了。我养了一年，眼看就能卖钱啊。卖了要还欠下的棺材钱。你要保佑那些鸭子，保佑它们平安无事，好好地回来。”

寡妇哭着喊着，有些绝望，她甚至希望洪水把自己也冲走算了。

这时，寡妇看到远处河湾里有个人。那人头戴斗笠，身披蓑衣，她马上想起了金福。寡妇眼前一亮，突然有了力气。她深一脚浅一脚奔过去，那是金富。

与此同时，寡妇还看到了那群鸭子，它们挤在河心的一块巨石上。寡妇连忙数了数，数了半天，都没有数清楚。第一回她数出了53只，第二回是36只，第三回是72只。

浑黄的洪水让河流变得凶悍残暴。

寡妇想要跳进河里，被金富一把拦住。金富挥舞着一根竹竿，想把鸭子们赶到对岸去，竿子太短了，够不着。他又向水中探出一只脚，水太急了，根本站不住。然后，他抓住岸边的柳树，身子尽量向河里探，试了几次还是没成功。

“嘎嘎嘎，快回来啊。再不回来，洪水就来了。嘎嘎嘎，听话啊。”寡妇在岸上哭喊着。鸭子们无动于衷。这时，金富下河了。他一步一步向河心走去，河水先是漫过他的膝盖，又淹过肚皮，最后淹到了胸口。他走得很慢，每一步都像在走钢丝，尽管如此，他还是打了好几个趔趄，险些就被洪水卷走。

寡妇知道金富不会水，她感到自己的心脏跳成了无数颗，整个人都不由自主跟着抖。

还好，金富顺利爬上了河中央的巨石，他三下两下把鸭子们赶上了岸。可是，水流越来越急，水位仍在高涨，洪水正一点一点吞掉巨石。

金富站在石头上，仿佛置身于汪洋中的一艘破船上，他在那转了好几圈，不敢往水里跳。寡妇伸出竹竿去拉他，怎么也够不着。寡妇急得连哭都哭不出来了，她丢下那群鸭子，疯了似的往村里跑去。

村人们赶到时，金富已经被水冲走了。人们跟着汹涌的洪水往下游跑，终于在一个河湾里发现了金富，他趴在一根浮木上。几个水性好的后生把金富救上岸，又是掐人中，又是拍背按胸，折腾好一阵，金富吐出一肚子脏水，这才醒过来。

寡妇早已吓得瘫坐在地，那群鸭子围着她，“嘎嘎嘎”叫个不停。

金富女人跑过去，狠狠踢飞了几只鸭子，又照着寡妇的屁股重重踹了几脚，还扇了寡妇两个耳光。她边打边骂道：“你这个背时鬼，害死了金福，还要害死我家金富。你自己做了寡妇，是不是也要我跟你一样做寡妇?”

要不是那群鸭子，寡妇那天就去死了。

六

天空像漏了一样，那场雨下了整整一个礼拜。

天气放晴那天，差不多要入冬了。人们忙着把家里的被子搬出来，在太阳底下晒，整个村子里响起了拍打被子的声音。

一想到冬天，寡妇心头反而变得温暖起来。再过半个月，她就赶着那群鸭子去集市上。鸭子们长得肥壮，肯定能卖个好价钱。说到卖鸭子，寡妇又有些难过，她舍不得卖它们。

可是还没等到那一天，鸭子全死了。寡妇早上起来解手，猪圈里没一点声响。要是以往，鸭子们早就叫翻天了，张着嘴巴要吃要喝的。没听到鸭子叫，寡妇提起裤头就往猪圈里跑。推开门，她傻了眼。鸭子们齐刷刷倒在地上，雪白的肚皮朝天，像铺了厚厚一层棉被。

寡妇像被抽掉了主心骨，一点力气也没有，歪头靠在猪圈的柱头上，僵死在那儿。半晌，她踉踉跄跄走进猪圈，小心提起一只鸭子，死沉。

“起来了，嘎嘎嘎。去河里了，嘎嘎嘎。”圈里除了寡妇的呼喊，再没第二个声音。

寡妇坐在猪圈里，欲哭无泪。

晌午时分，寡妇找来了菜刀，将鸭子开膛破肚。她要给鸭子们验尸，鸭子们不能就这样不明不白死了。

七

晚上，寡妇突然决定要请客。

整个下午，寡妇都在忙这个事。她还去门前的商店要了一瓶白酒，一包烟，两根棒棒糖。

昏暗的灯光下，寡妇家的饭桌上多了三个人——二哥金富、金富女人和侄子金钱。自从金福死后，他们四个人就再没在一张桌子上吃过饭，这是头一回。如此一来，气氛显得有些怪异，尤其是金富女人，她如坐针毡，仿佛赴一场鸿门宴。

饭桌中央，摆着一锅热气腾腾的鸭子。寡妇只做了一道菜，醋血鸭。那是她最拿手的一道菜。

寡妇倒了酒，敬了哥哥嫂嫂一杯，便招呼他们吃菜。最先动筷子的，是侄子金钱，他挑了一只大鸭腿，瞅了他妈一眼，小心地啃起来。金富喝下一口酒，夹了一块鸭肉往嘴里塞。唯独金富女人端着酒杯，迟迟不去动筷。

“二嫂，吃菜。没什么菜。”寡妇又招呼了一声。

金富女人的筷子仍死死压在桌上。

寡妇又倒了一杯酒，这回她要单独敬金富。

“二哥，金福不在了，要不是你帮忙，我都不知道怎么活下去。全靠有你在，这杯酒我敬你。”寡妇话音刚落，一杯酒下了肚。

“都是一家人，何必说两家话。”金富说。

寡妇从没喝过酒，三两杯喝下去，脸就红了，气也粗了。这时，她看见侄子金钱碗里的鸭腿只剩了骨头，金富女人依旧没动筷子。寡妇又去招呼嫂子吃菜，就在这时，金富女人猛地站起来，把饭碗一摔，她说：“你出这一招，我还真没想到，你也太狠毒了。”

“弟妹好心请我们吃饭，你发什么无名火？”

“你先问问这个狐狸精，她想干什么。这是一只被老鼠药毒死的鸭子，她今天请我们吃饭，就是为了报仇。没错，她那群鸭子是我下毒毒死的，但也不至于要我们全家的命吧。有本事就冲我一个人来。”

寡妇又喝下一杯酒，说话的声响就大了。

“二嫂，你想错了。我怎么会下毒害你们，要是下了毒，我自己不也是死路一条？”

“一条寡妇命换三条，你一点不亏。”

金富实在忍无可忍，他破天荒给了自己媳妇一巴掌。他说：“你不领情就算了，你爱吃不吃，不吃就给我滚。”

金富女人咆哮着站起来，把一锅鸭肉掀翻在地。她说：“你这个心狠手辣的寡妇，想要灭门是不是？你这么狠，难怪会做寡妇，我看你下辈子还是寡妇。”

家里便传出了女人的哭声。晚餐不欢而散。

金富女人要连夜带儿子和男人去镇上卫生院洗胃。金富死活不肯去，她扔下一句狠话，领着儿子走了。她说：“你这鬼迷心窍的东西，你就在家里等死吧，明天一早我给你收尸。”

金富女人领着孩子回来时，夜已经深了。一夜过后，金富竟然安然无恙。金富女人仍不解恨，她砸开了寡妇的院门。

骂声引来了村人，能走动的人都来了，他们很快在寡妇的院里围了一个圈。寡妇被死死按在地上，金富女人一把揪住她的头发，差点要去剥她的衣服，寡妇紧紧将自己缩成一团，像死了一样。

金富女人扯着嗓子说：“今天四邻八舍都来了，大家给评个理，这个心狠手辣的寡妇，煮了一锅毒鸭子要我们吃，她这是想害死我们全家，想灭门啊。”

人们嘴里发出一阵不可思议的惊叹声，接着便是各种肮脏的数落，有人狠狠戳了寡妇的脊梁骨，还有人朝她脸上吐了口水。人们的情绪异常激动，他们嘴上哆嗦着，认为金福不该娶了这样一个狠毒的女人到五排村来。当天夜里，寡妇家的院里被泼了粪水，井里莫名其妙漂了几只死老鼠……

第二天黄昏时分，村人们看到寡妇挑着箩筐往河边去，箩筐里全是死鸭子。寡妇面无表情，整个人像死掉了一半，毫无生气。

寡妇在河岸上挖了一个大坑，把鸭子埋了，垒起一座高高的坟。最后，寡妇点了香，烧了纸钱，还燃放了长长一挂鞭炮。这一切，人们都远远地看着，在他们眼里寡妇已经不再是村里的人。

转眼又要过年了。五排村的人们迎来了一年中最忙碌的时刻。杀年猪，舂糍粑，磨豆腐，上房捡瓦，请门神，迎灶神，事情排着队找上门来，等着他们去收拾。

只有寡妇家门庭清冷。人们路过她家，只看到大门上吊着一把大锁。一直到开春，万物回春，人们都没见着寡妇。人们都说，这回寡妇是真的走了，再不会回来了。

八

清明那天，金富一家去给金福上坟，还没走上坡，远远就看见两挂白幡飘在风中。走近一看，坟地有人扫过了，杂草拔得干干净净，坟上还垒了新泥，看上去像一座新坟。坟头上香火缭绕，摆放着金福爱喝的酒。

晌午回到家，金富女人在门槛下发现一个包裹，里边有一套新衣，一双新鞋，一个新书包，一把棒棒糖。

最后，金富女人从包裹中抖出一个大红包，里头装着800元钱，中间还夹着一张纸条，展开一看，上面歪歪扭扭写了一行字：哥哥嫂嫂，谢谢你们。这是金福的棺材钱。

“杀人游戏”

包大人正在开封府问斩坏人，令牌飞在空中，寒光闪闪的铡刀之下是一颗瑟瑟发抖的头颅。

人们很紧张，担心咔嚓一刀下去，那颗硕大的头颅没有应声落地。

电视屏幕突然闪了一下，又闪了一下，接着包青天消失了，铡刀消失了，头颅也消失了。停电了。大人们骂起了娘：“狗日的，大白天停我们的电，难道电厂的人不看《包青天》?”

人们守在电视机前，死死盯住黑洞洞的屏幕，不愿离开。等到后来，估摸着刀落人头断，包大人已经为民除了害，大伙才放下心来。大人们索性摊开桌子，玩起了扑克牌。孩子们决定上街玩“杀人游戏”。

暑假刚刚开始，我们每天必做两件事：看《包青天》，玩“杀人游戏”。

那时，整个盐街只有两台电视机。刘明亮家那台最受欢迎，那是一台17英寸的芦笛牌黑白电视机，摆在刘明亮家的客厅里，高高在上，以至于前去看电视的人都要把头颅高高举起，仿佛在瞻仰一个伟人。

几乎每天下午，我们都在刘明亮家看电视。整个暑假，电视里都在重播《包青天》。盐街上的人看了一遍又一遍，很多人已经把对白记得烂熟，几乎能根据剧情情不自禁地配音，可人们仍然百看不厌。在电视之外，人们几乎到了言必称包青天的地步。我们的语文老师就经常教育我们说，要好好念书，将来考上大学，成为包青天那样的国家栋梁。有时我妈跟我爸吵架，她会抱怨说：“你怎么那么没出息，你看看人家包大人。”有些姑娘因此也改变了择偶标准，纷纷抛弃自己手头的男朋友，扬言非包拯包大人那样的男子汉不嫁。

我们盐街的小屁孩也以包大人为偶像，很多人故意把自己晒成一块黑炭，还用火炭在额头画下一个弯月牙，说起话来抑扬顿挫，一身正气。不玩“杀人游戏”的时候，我们就一遍又一遍地高唱那首电视主题曲。

接连几天，我都没有心思跟他们玩“杀人游戏”，就连看《包青天》，也有点心不在焉。停电之后，我提着枪上了盐街对面的小山坡，我在等待王小淘的到来。爷爷说，我叔叔这几天要送王小淘到盐街来。

我是8岁那年寒假认识王小淘的。起初，我不太喜欢他。他一到我家，爷爷就不再把我当亲孙子了，本来买给我的大白兔奶糖，全塞进了王小淘的口袋。以往家里杀鸡，鸡腿必定早早横在我的饭碗里，王小淘一驾到，鸡腿就成了他的专供。

我爸妈也不喜欢王小淘，尤其是我妈，在她眼里，王小淘就是一颗钉子。这源于他们不喜欢我叔叔。说到我那位在城里做生意成了土豪的叔叔，我妈总是咬牙切齿，仿佛准备啃一块骨头。

我叔叔在城里赚了大钱，听说还买了大房子和小汽车。他越有钱，我妈就越看他不顺眼，好像他赚的钱都是从我妈口袋里掏走的。在我们盐街，民风朴实，人们之间很少产生矛盾，但最亲的人往往越容易结仇。

不过，大人们的恩怨，我们小孩子很难理解。几天下来，我跟王小淘就成了穿同一条裤子的人。他变戏法似的从行李箱里掏出各种玩具，这些玩具我此生从未见过。而在此之前，我只有一把打不出子弹的坏手枪，一把模仿武侠片削制而成的松木倚天宝剑。相比之下，真是寒酸至极。

毛主席说："枪杆子里出政权。"这话一点没错。在盐街的孩子王国里，玩具的多寡直接与地位的高低挂钩。像我这样只有一把破枪的人，在众多小伙伴面前是抬不起头来的。他们玩游戏的时候，我总被撂在一边，有时候实在凑不齐人，才会勉强让我顶替。很多次他们玩"杀人游戏"，动员了整个盐街的小孩，最终才凑到7个人。一般来说，"杀人游戏"要分成人员均等的两派，分别扮警察和强盗，单出一个人就没法玩。他们显得无可奈何，一度绝望到要放弃游戏。实际上，我当时就活生生地站在他们中间，他们却视而不见，仿佛我是一条狗，不能玩人的游戏。后来我忍无可忍，自告奋勇报告说：“还有我啊，我可以演强盗。”他们这才斜着眼瞅我一下，眼里放出不屑的光芒。他们说：“你有装备吗？”我马上亮出手上那把破枪，眼里尽量露出可怜兮兮的光芒。他们没有丝毫恻隐之意，反而哄堂大笑：“就你那破枪，怎么杀得了人？你加入进来简直拖我们的后腿。”实际上，这个所谓的“杀人游戏”并非真正用枪来杀人，看见敌人只需扣动扳机，同时嘴里发出“啪”的一声，就把敌人干掉了，胜负完全取决于谁先发声。但我通常被排除在他们的游戏之外，连个强盗都没能当上。

王小淘来了之后，这种窘迫的状况就不复存在了。我彻底翻身做主，成了盐街上的老大，盐街上的小屁孩都叫我“王司令”。他们要玩什么游戏，由我一人说了算。如果我要玩“杀人游戏”，就没人敢说跳房子。

王小淘是我叔叔唯一的儿子。他比我早几天落地，如果按大人的规矩，我应该规规矩矩叫他一声堂哥。但是，自认识他以来，我从未喊过他堂哥。大人不在的场合，我会变本加厉，反而要求他管我叫大哥。尤其是在盐街的小孩面前，我总喜欢把手搭在他的肩膀上，昂首挺胸，向众人隆重宣布：“这是我老弟，从大城市来的。”王小淘也不争辩，他有些腼腆，总低着头，如果我要他现场喊一声大哥，他就会小声喊我一声大哥。

在《包青天》播到第13集那天，我终于等来了王小淘。

半年不见，王小淘已经高出我一个头，脸也拉长了，说话不再奶声奶气，声音里有了一股雄浑之气，仿佛喉咙里养了一只鸭子。站在我面前，他俨然是一个堂哥的样子了。开始，我们都不太习惯，如同两个陌生人。我一度怀疑眼前这个人被人调包了，他不是王小淘，而是别人家的孩子。当他把我叫到一边，从皮箱里往外掏玩具的时候，我又马上认定他就是王小淘。

我们很快成了两块磁铁，从早到晚紧紧黏在一起。实际上，这半年以来，我每天都在掐指盼着暑假，盼着王小淘来到盐街。

要知道，在王小淘离开的日子里，我的头把交椅差点被刘明亮夺走。刘明亮是盐街屠夫的儿子，他家的肉铺里每天会准时挂出一头被剃得白花花的肥猪。也就是说，他的屠夫老子只需割下一只猪耳，就可以为他添置一件像样的玩具。而我没有杀猪的老子，我老子是个本分农民，两腿带泥囊中羞涩，很难从他手上抠出半毛钱。我唯一的经济来路是我爷爷，可他也是个穷得屁都舍不得多放的庄稼汉，每次能从他那捞到一两分钱就该谢天谢地。如果没有王小淘这座靠山，以我这种实力与刘明亮抗衡，简直是以卵击石。还好，王小淘留给我的玩具，让我熬过了最艰难的时光。如今，王小淘带着一箱玩具再次回到盐街，我的地位已固若金汤。

天气一热，连狗都不愿出门了，它们瘫在屋檐下的阴影里呼呼大睡，即使有块肉骨头，也懒得去啃。我们比狗要勇敢，尽管地面已经冒烟，我们每天仍然要玩“杀人游戏”。几天下来，白净的王小淘被晒成了一根木炭，除了口音，他看上去跟我们这些盐街的孩子没什么两样了。

礼拜二的下午，盐街的人总感到度日如年。那天下午，电视台不播送节目，电视里只有一个类似于靶子的图标，看不了《包青天》，日子索然无味。

还好，还有“杀人游戏”。我们一拨人很快分成了两派：警察与强盗。我跟王小淘扮演警察头头。王小淘双手端着一把据说全世界最先进的冲锋枪，随时准备火力全开，把强盗打成筛子。我手握两支驳壳枪，感觉三枪两枪就能把头顶那颗毒辣的太阳打下来。在盐街上，我们两兄弟比包青天还要威风。

天气太热了，盐街上的石板路都要晒出油来。还有几个强盗没抓到，警察们就被晒得奄奄一息了，而强盗们也不愿东躲西藏，索性在树荫下坐以待毙。

这时，蒋勤劳说：“报告司令，天气太热，我们请求收兵。”

我这个司令早已眼冒金星，无心恋战。于是一声令下，鸣金收兵。

战争结束了，盐街上安静下来，只有太阳死死地烧着大地。

我们像煎在铁锅里的肥肉，吱吱冒油。

“我想吃西瓜。”王小淘的话音未落，我们不约而同想到了蒋勤劳家的西瓜。他爸在盐街对面的坡地上种了十几亩西瓜，长势喜人，如今正是成熟的时节，想必早已是瓜熟蒂落。

蒋勤劳向来仗义豪爽，他没一句二话，领着我们向他家的瓜地进发。路上，他透露了一个重要信息：他爸一早拉着一车西瓜进城去了，只有他妈在地里守瓜。此外，他还提供了一个偷瓜的万全之策：由他先回瓜棚打探敌情，设法将他妈支开，待万事俱备，只需他一声口哨，我们就可以溜进瓜地尽情偷瓜。为了鼓励我们放开手脚，他还说："今年西瓜烂贱，一个大西瓜卖五毛钱，还抵不上运费。与其贱卖给城里那些白眼狼，还不如请兄弟们饱吃一顿，你们不要客气，今天就算我老蒋请客。"听他这样一说，我们有些心安理得起来。

哨响如期而至，我们窜进了瓜地。瓜地里滚满了大大小小的西瓜，在烈日下放出黑黝黝的光芒，亮瞎了我们的眼。西瓜一个比一个大，让人难以下手。我们猫着腰，像工兵一样排除一颗颗地雷，我们要寻找那颗最大的"地雷"。

"谁在偷我的瓜！"

突然，晴天一声霹雳。扭头一看，只见一个五大三粗的汉子正推着板车从坡上飞奔而来，老远就能看见他火冒三丈的样子。接着，他扔下板车，捡起路边的石头往瓜地里砸。那是蒋勤劳他老子，盐街上最凶的男人，要是被他逮到，屁股肯定要开花。

慌乱中，我拉着王小淘撒腿往坡下逃命。还好，蒋勤劳他爸没追上来。我们在河边停下来，惊魂未定，狼狈不堪。

我们一无所获，真是偷鸡不成蚀把米。还好，河水带给我们清凉，尽管这种清凉远远比不上西瓜的甜蜜，但我们很快忘掉了吃不上西瓜的烦恼，一路的惊恐也被流水带走了。

刘明亮脱光了衣服，他端着他的小鸡鸡，朝河里撒了一泡尿，然后捧起河水在肚皮上拍了拍，一头扎进了河中。他在水底憋了一会儿气，冒出一颗脑袋，双手扑通扑通拍打水花，像一只鸭子。

在刘明亮的带领下，小孩们一个个跳进河里，水上便有了一群快乐的鸭子。

我不敢下水。

从我能听懂人话那天起，我爸妈就警告我不许下河洗澡。按照我妈的原话说："要是你胆敢下水，要么自己淹死在河里，要么被你爸打死在沙滩上。"我也曾经试探他们的口气，代价相当惨重。那天，我爸将我吊在树上，挥舞竹鞭，在我身上抽出了一幅四通八达的交通地图。之后，我再不敢下河，一看到河流，我身上的地图就显现出来，父母的警告随之在耳边响起。

王小淘说："我要下河游泳。"他担心我不同意，接着向我强调，他是学校游泳队的健将，去年校运会刚拿了第一名。他的话我是相信的，在他的行李箱中，确实有一个不锈钢保温杯，上面朱漆大字写得明白——全校游泳比赛冠军。但是，我不能放他下水，哪怕他是世界冠军。早上，爷爷还三令五申，玩"杀人游戏"可以，看《包青天》可以，但万万不可跨进河流一步。他还特别叮嘱我看好王小淘，要是让他下了河，连我一起揍。

最终，岸上只剩下我跟王小淘。在水上的世界，刘明亮成了司令，他们玩起了"杀人游戏"。

"还差两个强盗，王小淘，你们快下来。"

王小淘看了看我，我看了看王小淘，我们都没有回话。

"你们是旱鸭子吧，怎么不敢下水？"刘明亮说。

"我爷爷不许我们下河游泳。"

“那你爷爷也是旱鸭子，你们是旱鸭子的孙子。”

我想反驳，却无话可说。刘明亮这么一说，我真觉得自己是只旱鸭子。有那么一阵，我真想跳进水里去游个来回，挽回我们王家的面子。但只要看到水，我身上的伤疤就疼，仿佛看见我爸提着竹鞭风风火火向我奔来。

王小淘沉不住气了，他要下水。

他说：“再不下水，我们王家的颜面就扫地了。”

我说：“这我知道，但是我们不能下水，否则要挨打的。”

“你是怕挨打，还是怕被人家骂旱鸭子?”

“当然怕挨打，你不知道那次我被打得有多惨。刘明亮家的肉摊你见过吧，我就像那头猪一样，被倒挂着，挨我爸千刀万剐。”说着，我撩起衣服，给他看身上的伤疤。实际上那是好些年前的事了，伤疤早没了，可我好了伤疤还没忘记疼。

“你是个胆小鬼，一点不像包青天。”王小淘很生气，他要造反了。但我死活不让他下水，我死死抱住他。我们很快打起来了。

“有好戏看了，旱鸭子打起来了。”

“对，给他一记勾拳。”

“王小淘，快使出你的铁砂掌。”

孩子们在水中幸灾乐祸。大敌当前，我跟王小淘很快意识到不能内斗，我们要一致对外。我马上给王小淘下了命令。我说：“捍卫我们家荣誉的时候到了，你快去把你那个游泳冠军奖杯找来，我就不信镇不住他们。”王小淘很听话，看得出来，他相当在乎我们家族的脸面。

不一会儿，王小淘捧着那个银光闪闪的保温杯回到河滩上。

“看到了吗？王小淘是游泳冠军，这是他的奖杯。”

我将那个保温杯高高举起，向众人示威。

水里的鸭子们一窝蜂涌上岸，那个写着“游泳比赛冠军”字样的保温杯在他们手里传来传去，有些人被震住了，纷纷向王小淘投来敬佩的目光。但刘明亮却不以为然，他说：“这样一个保温杯算什么呢？又没盖公章。我明天叫我爸去街上买一个，写上‘奥运冠军’，你们就真把我当奥运冠军了？”

说着，他把保温杯扔进了水里，坏笑着说：“有本事你跳下去捡回来，否则就是旱鸭子，什么冠军都是假的。”

王小淘一看就急了，他要跳河去追，被我死死抱住，任凭他怎么挣扎，我都没放手。保温杯在水中打了几个回旋，顺着河水漂走了，很快消失在激流中。王小淘终于号啕大哭起来。哭罢，他指着刘明亮的鼻子说：“姓刘的，你等着！”

一连几天，王小淘都没理我。他把自己关在阁楼上，不声不响，像一个刚死了丈夫的小寡妇。也就是从那天以后，我在盐街的地位一落千丈，即使我有再多玩具，他们都不再把我当回事。他们把司令的帽子重新扣到了刘明亮头上。我和王小淘不再跟他们玩“杀人游戏”，也不去看《包青天》。

白天越来越漫长，我们无所事事。我唯一的愿望，是盼着夏天赶快过去，河水凉下来，再也没人下河游泳。

几天之后，王小淘跟我和好如初。每天，我们沿着河岸寻找那个被河水冲走的保温杯，然而，一切都是徒劳。王小淘说，丢了就算了，大不了明年再赢一个回来。停了一会儿，他又说，刘明亮欺人太甚了。

王小淘又跟我讲了许多在学校游泳队的事。他说，游在水里就好像飞在天上，轻飘飘的，有时候真想一直待在水里。

我问他："在水底能不能看到鱼虾和石头？"

他说："能。"

我又问他："在水底能不能看到岸上的人？"

他说："不能。"

完了他问我："你会游泳吗？"

我摇头。

他又问："你爸会游泳吗？"

我摇摇头，说不知道。

他叹了一口气说："我怀疑我爸也不会游泳。每次我去游泳，别人的爸爸都跟自己的孩子一起游，我爸总站得远远的，根本不敢靠近水。你说，刘明亮说的是不是真的？"

"什么真的假的？"

"我们王家人是旱鸭子。"

"绝对不是，我们的爷爷会游泳，他在河里救过人。"

我的反驳显得软弱无力。实际上，对于爷爷会不会游泳这件事，我心里也没底。总之，不管天气怎么热，连盐街的狗都泡到了水里，我也从未看到爷爷下过河。至于他跳水救人的事，我也是从我爸那听来的。

"你亲眼看到我们的爷爷下水救人？"

"那时候，我们都还没出生呢。总之，是有那么一回事的。"

王小淘不再说话，我们沿着河岸默默地走，只听见河水哗啦哗啦流向远方，而夏天却还那么漫长。

晚上睡觉前，王小淘问我想不想学游泳。

“我现在做梦都想学游泳。学会游泳，就不怕刘明亮欺负。”我说。

他说：“那好，我教你游泳。但是，你要答应我一个条件。”

“好。”

王小淘把嘴凑到我耳边，悄声跟我说：“明天我要跟刘明亮决斗，你不许告诉爷爷。”

“好。”

王小淘心满意足地睡去，我却睡意全无。我担心自己不会游泳，怎么学也不会。

晚上，我做了一个奇怪的梦。我们一家人——我爷爷、我爸、我叔叔、王小淘和我都变成了鸭子。我们一家人在水中欢快地游泳，时而钻进水底抓鱼，时而冒出头来戏水，相互追逐，我们甚至还在水上玩起了“杀人游戏”。盐街的人都跑来看热闹，他们把河岸挤得满满当当的，我们大声向他们宣布：“我们都会游泳，我们不是旱鸭子！”

第二天一早，王小淘把我摇醒，他在哭。他说：“昨晚我梦见我们的爷爷淹死了。我跟他打赌，我说他不会游泳，他很生气，结果他下了水，就再没上来。”

我们被这个梦吓得半死，失魂落魄地跑下楼去找爷爷。

爷爷没事，他好端端坐在院里的葡萄架下，他在破竹篾，嘴上还叼着烟斗。天气太热了，他要为王小淘编一床竹席。

吃过早饭，我跟王小淘漫无目的地走在街上，太阳依然很毒，我们的影子被拉得又细又长。这时，我们碰到了刘明亮，他们在玩“杀人游戏”。看见我和王小淘，刘明亮拦住了我们的去路。我看见他左手上戴着一块表。他说:“哎呀,旱鸭子出来溜达了,另外几只老旱鸭呢?”

我们没理他,在一旁玩起了跳房子。玩了一阵,索然无味,只好坐在树荫下发愣。他们玩得起劲,街巷里警察与强盗明争暗斗,枪声此起彼伏,战斗异常激烈。中午时分,战斗结束,他们朝着河边走去。

“旱鸭子,我们去游泳了,你们要不要去参观?”刘明亮得意忘形地说。

王小淘突然站了出来,似乎已经等候多时。他提出要跟刘明亮一决高下。这一回我没拦他。刘明亮先是一愣,随后哈哈哈大笑,他说:“你这旱鸭子还不赖,但本司令有言在先,万一你落水死翘翘了,本司令概不负责。”

王小淘说:“谁怕谁是小狗,我今天要让你看看,究竟谁才是旱鸭子。”

说完,两人在一群孩子的簇拥下,风风火火涌向河边。

我们来到一个深潭前,这地方河面宽阔,水面平静,却深不见底。曾经有人无缘无故沉入河中,连尸首都找不到,大人们说这河里有水鬼。

他们先是比试谁游得快。王小淘一下水就成了另一个人。他游得很好,动作优美,四肢健壮有力,像老鹰滑过天际,像蝴蝶翩然花间,简直是一条鲨鱼。相比之下,刘明亮的狗刨式就太难看了,慢吞吞的,很快就被王小淘远远甩在身后。

王小淘游回岸边,显得很轻松。他对看傻了的小孩们说:“看到了吧,我们王家人不是旱鸭子。”

刘明亮输得狼狈，可他死猪不怕开水烫，死不认输。他吃力地爬上岸，仰面倒在沙滩上，大口大口喘气，肚子一起一伏，像一条被甩上沙滩的鱼。他在那喘了一会儿气，突然吐了，把中午吃的东西呕在沙滩上，散发出一阵恶臭。

休息5分钟后，刘明亮的体力有所恢复，但脸色依然苍白。他提出要跟王小淘比水中憋气。王小淘没有拒绝。他们两人缓缓沉入水底，30秒过去了，他们没有上来，1分钟过去了，他们依然没有露头……

我在河滩上都憋不住气了。“王小淘，快出来，快出来，不要比了！”我在河滩上大喊着王小淘的名字。后来，我哭哭啼啼跑回家喊爷爷。

爷爷还在编竹席，篾条像长了眼睛，在他手里一上一下，在地板上跳舞，已经有了竹席的样子，如果不出意外，王小淘晚上就能在这张竹席上睡觉了。

听了我的哭诉，爷爷夺门而出，奔向河边。爷爷跑得飞快，我追不上。我现在相信，即使不是游泳健将，我们的爷爷也是块赛跑的好材料。我能想象老迈的爷爷如同一枚深水炸弹，奋不顾身将自己投入水中的样子。

天上挂着10个太阳，河流如同一锅烧滚的沸水，白浪滔天。

我气喘吁吁地赶到河滩上，看见爷爷正扬起手里的竹鞭，追着王小淘和刘明亮打。他们三人绕着河滩跑啊跑啊，空气被他们搅得要燃烧起来。这时，刘明亮突然叫道：“不好了，我的新手表进水了，不走字了。”

好像要下雪了

那天天黑得特别快。杨泥去了趟厕所，才发现黑夜正一层一层往他身上扑。他在床上躺了一整天了，只这么一泡尿，就把这一天撒没了。

外面的风一阵紧跟着一阵，呼呼呼从北边奔过来，撞在墙上，摇着大树，卷起尘土，追着行人，像一场声势浩大的万人马拉松。光是听见那风声就让人不寒而栗。风把厕所那扇破窗户拍得哐当哐当响，仿佛它们也怕冷，争先恐后往屋里躲。尿还没撒完，杨泥就打了个寒战，半截尿柱子差点洒在棉裤上。

天气预报说，这是十年来最寒冷的冬天，现在是零下二度，气温还会继续下降。有热心市民打电话到气象台去询问今年会不会下雪，专家说有可能下，也很可能不下，最终结果要等到冬季结束才知道。

这南方的冬天真是要人的命，屋子里没有暖气，湿冷如同一颗颗钉子，无孔不入。

杨泥重新钻回被窝里，在手机上看头天夜里欧冠小组赛的比赛录像。仅仅相隔一天，C 罗和梅西就接连上演帽子戏法。葡萄牙人和阿根廷人还真相互干上了。这下可不得了，两人究竟谁更强？谁更有资格拿到本年度的金球奖？两派球迷为此在网上闹翻了天，要是见了面肯定要干仗。杨泥不知道自己是谁的球迷，可能内心里更倾向梅西一些吧，但他从不发表评论，他就喜欢看人家吵架。

这时候，那扇掉了漆的木门就响了。咚咚咚的声音像一面鼓，敲得叫人心慌。杨泥躺在床上没有动。他把手机视频的音量调低，屏住了呼吸，他想尽量装出屋里没人的样子。这样的天气起身去开门，没准还要跟找上门来的人磨一阵嘴皮子，那真是要命。

敲门声一直没停，仿佛那人吃准了屋里躺着一个人，要继续跟他较劲。是不是房东？房租早就交了呀。送外卖的？自己没叫外卖啊。查水表的？大半夜的也不应该。难道是敲错门了？如果是那样，就更不应该去开门了。天气太冷了，杨泥宁愿就这样躺在床上，不吃不喝，哪怕脚下长出根来。

敲门声停顿了一阵，又响了。杨泥有些不耐烦了，冲着门板喊了一声："谁呀？"

"是我。"一个温柔的声音飘进屋来。那是一个好听的年轻女人的声音。

"找我干吗?"

"杨泥，是我，你开开门。"

杨泥往身上套了棉衣棉裤，趿着拖鞋慢腾腾向门口挪去。屋里没开灯，黑乎乎的，他却轻车熟路摸到了门口。刚打开门，一阵风如恶狗般猛撞进来，他赶紧把脖子往衣领里缩。门外也是黑洞洞的，杨泥先是闻到一股香水味，然后才发现逼仄的走廊里站着一个人。

杨泥使劲跺了一下地板，走廊里的路灯亮了一下，又灭了，白炽灯发出吱吱的响声。借着短暂的微光，杨泥认出了面前那人，他猛地吃了一惊。

"怎么是你？小雪。"

"我不能来吗?"

"不是，你怎么来了呢?"

"不欢迎我啊?"

"不是。"

"那还不让我进去，我都冷成一根冰棍了。"

杨泥手忙脚乱地把小雪让进了屋。屋里一片黑，她差点被垃圾桶绊倒。

"在家怎么不开灯?"

"关着灯没那么冷。"杨泥一边回答，一边在门边上摸索那根开关拉线。

日光灯发出了冷飕飕的光，照得他们的脸一片苍白。小雪穿了一件白色棉袄，也许是羽绒服。脖子上扎一条大红色粗毛线围巾，一顶白色毛线帽使她的脸更圆润，帽檐上还坠着两颗毛茸茸的小球。看上去，她像一个刚刚堆好的雪人。

她没怎么变。杨泥在心里想。

小雪站在那跺了跺脚，嘴里说冷死了冷死了，今年怎么那么冷呢，是不是要下雪。她想找个地方坐下来，也许坐下来就没那么冷了。可她用眼睛扫了一遍眼前这间狭小的屋子，没找到一块能坐的地方。屋子里乱糟糟的，那张陈旧的沙发显然是报纸书籍和脏衣服的宝座，小茶几全让快餐盒方便面霸占了，地板上散落着空酒瓶和罐头盒子。空气里除了冷，还飘着一股沙丁鱼罐头的味道。

杨泥狼狈不堪地去收拾乱局。

小雪的目光落在了沙发对面的墙上。那里挂的还是那几幅画，她的大照片跟奥黛丽·赫本的巨幅海报挂在一起。墙角还有一幅2008年的挂历。现在看起来，多少有些不太协调。

“坐，你坐。”杨泥招呼着小雪。他已经把沙发和茶几收拾好了。小雪扭头去看他，他的头发又长又乱，在灯下闪着油光。胡须也是很久没刮过的样子，如同一丛杂草任性地长在嘴边。

杨泥为小雪倒了一杯热水。她双手捧着玻璃杯，喝了几口，感觉不再那么冷了。两个人面对面坐着，气氛突然有些尴尬。一时半会，他们竟然找不着像样的话题，双双沉默在那里。杨泥搓着双手，眼光落在小雪的手上。他注意到她左手无名指上戴了一枚戒指，镶着钻石，亮得叫人心寒。

这时候，小雪就看到了那只鸽子。它有一身白花花的羽毛，像是天上落下来的一片片雪花。它安静地伏在冰箱顶上，也许它也怕冷，一动不动。她细细打量着那只鸽子，它真是白，白得可以忽略不计。她盯着它看了一会儿，似乎想从它身上找出一抹别的什么颜色。要不是天气太冷，她真想走过去摸摸它。

“你什么时候养了鸽子?”

“有一阵了。在楼下捡的，翅膀伤了，怎么也飞不起来，估计是被人打伤的吧。”

“哦。”

“刚带回来的时候，它一点东西也不吃。我给它上了药，包扎了伤口，还买馒头来喂它，眼看着就好起来了。你看，现在伤好了，能飞了，整天在屋子里飞来飞去的，把这间屋子当成了广场。它还在我的书本上拉屎，我拿它一点办法也没有。”

“你不担心它飞走?”

“我倒是希望它飞出去，如果有一天飞走了，说明它完全好了。”

“嗯。”

两个人又陷入了沉默。一沉默下来，他们就不约而同地感觉到冷。杨泥坐在那里有些六神无主，他不停地搓手，想要找点什么事干，才不那么慌乱。还好，他看到了茶几上那个苹果。他又低头去茶几底层翻找水果刀，翻了半天没找到，只好去厨房拿来一把菜刀。他开始为小雪削苹果。

小雪看着苹果在杨泥手上不紧不慢地转动，果皮一点一点从果肉上分离出来，像是要开出一朵花来。这让小雪想起小时候用过的铅笔刀。杨泥还是那么善于削苹果。他应该去五星级饭店工作，专门负责削苹果。

“看来要下雪了。”说着，小雪下意识地望向那扇小窗户。这是一个单间配套的小房子，房间不大，好在有一个简易的厨房和厕所。

“嗯。天气预报说了，下周会更冷。”

“我倒是希望它下一场雪。这地方有多久没下雪了?”

“很多年了吧。”

“好久不见，一切都好吧?”她突然转换了话题。

“还好。”

“那就好。”

“你呢?”

“我很好。”

“那就好。”

“我以为你搬走了呢？没想到还在这。”

杨泥抬起头，冲小雪呵呵笑了一下，没有说话，又低下头去削苹果。

“干吗不把它撤下来？”小雪指的是墙上那幅照片。那是很多年前的照片了。她站在一棵巨大的银杏树下，身后是一片金黄，她笑得特别灿烂。那年秋天，他们去一个叫“海洋”的地方看银杏，那地方真是漂亮，铺天盖地的银杏叶黄得扎眼。那天杨泥为她拍了许多照片，他们说结婚的时候要去那拍婚纱照。回来之后，他千挑万选，挑了一张最满意的，拿去影楼放大冲印出来，还装了相框，一直挂在那面墙上。那时候多年轻啊，现在老成这样了。小雪这样想着，心里突然一阵灰暗。

“习惯了，懒得动它，再说挂在那不是挺好嘛。”

“不如让我带走吧，留着做个纪念。”

杨泥没有回话，这时候他已经把苹果削好了。杨泥削苹果真是有一手，工整圆滑，那苹果看上去简直是一个天生就没有长皮的苹果。小雪接过苹果，她本来想拒绝，天气太冷了，她不想吃。但话到嘴边没有说出来。

“你还没吃饭吧？我为你做顿饭吧。”小雪说。

“不用了，我不饿。”

“你客气什么呢？又不是没吃过我做的饭。”说着，小雪把苹果搁在茶几上，自作主张地向冰箱走去。她拉开那台老式冰箱的门，一股怪味涌出来。她想数落他几句，终究是没有说出口。冰箱里一团糟，塞满了各种用剩的食品袋，简直是一个垃圾箱。她耐着性子将整个冰箱清理了一遍。还算走运，她最终找出了两颗鸡蛋，半把面条。

小雪摘下围巾和帽子，把头发扎成一束马尾，一头钻进狭窄的厨房。杨泥坐在沙发上，望着小雪忙碌的背影发呆。小雪的红围巾就搁在沙发上，有一股熟悉又陌生的香味。他听见煤气灶打火的声音，紧接着，刷锅的声音和打鸡蛋的声音排着队从厨房里飘出来，看起来小雪干得很熟练，就像这个屋子里的女主人。

杨泥还真是饿了，这一天他都缩在被窝里。他其实一早就让楼下市场的叫卖声给吵醒了，但他懒得起床，躺在床上玩了一会儿手机，又昏昏沉沉睡过去。如此反复了几次，天就黑下来了。为了避免憋尿跑厕所，他连水都没多喝一口。

不一会儿，一碗热腾腾的面就摆在杨泥面前了。他看见白亮的面条上搁着两个黄灿灿的荷包蛋。他的胃里一阵温热。

“来，趁热吃吧。”

“我不饿。放着吧。”

“再不吃就冷了。快点。”

“真不饿。”

小雪递过来一双筷子，杨泥一摆手，筷子就掉到了地上。她弯下腰去茶几下寻，没有找到。

“你怎么还是这个样子？你就没一点改变？”小雪埋怨道。

杨泥点了一支烟，狠狠地抽起来。烟雾像乌云一样扩散开来，小雪被呛得直咳嗽。她一把夺过那支烟，掐灭了。他又点了一支，她去抢，他躲开。她再去抢的时候，他使劲推了她一把。她差点跌倒在地，她就生气了。

“我今天不是来跟你吵架的，我真不该来。”小雪的声音顿时就变了调。说着，她从包里翻出一张红色请柬，啪地砸在杨泥面前。杨泥像是被扇了一记耳光，他捡起那张请柬端详了一番，然后慢慢将它展开来，仿佛在打开一份神秘的礼物。接着，他看见小雪的名字跟那个男人的名字端端正正并排在一起，就像他们两个人并肩站在他面前，朝他诡异地笑。

“你真要跟他结婚了？”杨泥僵在那儿，感觉这句话已经在喉咙里卡了许多年，现在终于说出来了。

“实话告诉你，本来我是不该来给你送这东西的。”

“放心吧，我会去的。”

“你最好别去，我不欢迎你去。”

“我偏要去，我就是想看看你跟一个糟老头儿站在一起是什么样子，是不是特滑稽。对了，你们一块儿上街，人家会不会认为你们是一对父女？”

小雪看见杨泥从嘴角挤出一抹奇怪的笑意。

小雪突然就发火了。她从杨泥手中夺过那张请柬，稀里哗啦撕得粉碎，塞进了垃圾桶。然后，她开始往脖子上扎那条大红色的围巾，她似乎是准备走了。但她的嘴巴似乎没准备离开。她说：“我知道这对你不公平，可一想到当初你跟我说的那些狠话，我就来气。我今天是来告诉你，我现在过得很好，我很幸福。你看，我这一身的名牌，我这大衣，我这围巾，我这包包，全是他买的。他还给我买了车，买了房子。他虽然年纪大点，可对我好得无可挑剔。还有，我现在怀了他的孩子，我马上就要当妈妈了……”

小雪像换了一个人，说着说着竟然手舞足蹈起来，仿佛在参加一场演讲比赛。

“别说了。”杨泥终于咆哮起来，差点要用手去封她的嘴。

小雪根本就停不下来，看见杨泥生气，她反而更加激动。她说：“你说他只是想玩玩我，过不了几天玩腻了，就会把我甩掉，就像甩一把鼻涕。可现在他非但没甩我，还要跟我结婚。你知道我们在哪里摆喜宴吗？在西湖大酒店，那可是全市最好的……”

“对了，我们还要去度蜜月，去夏威夷。这地方真是冷死人了，你知道的，我最怕冷了。到了夏威夷就好了，我们还能下海游泳，晒日光浴，真是太好了。我们要做一对相亲相爱的候鸟。”

小雪的话语像急促的雨点一样，啪啪啪打在杨泥脸上。杨泥垂下了头，又点起一支烟，他用力吸了一口，差点把自己呛到。

“瞧你这熊样，难道你就只知道抽烟？你能不能像个男人？”

也许就是这句话刺痛了杨泥。他将那支烟狠狠地摁在烟灰缸里，眼里简直要喷出火来。小雪没注意到这一点，她似乎还有很多话要说，她突然又坐了下来。此时，杨泥从茶几上抓起了那把菜刀。那是一把锋利的不锈钢刀，刚刚还削过一个苹果。

“给我闭嘴，再说我一刀砍死你!”

小雪终于停下来了。她看见杨泥抓着菜刀，眼睛死死盯住自己。她并没有感到害怕，她断定眼前这个男人只是唬唬人罢了。想当初，他连一只柴鸡都不敢杀。现在要他对一个人动刀子，除非他吃了一百个豹子胆。

“你动我一根指头试试看，我就不信你有那本事。”

小雪的身板挺得笔直，她甚至把已经扎好的围巾重新取了下来，将洁白的脖子亮在杨泥面前。

“好吧，今天我就让你看看我是不是男人。”

杨泥似乎犹豫了一下，菜刀被慢慢举起来，最终架到了小雪的脖子上。杨泥的眼睛一片血红，脸色跟那刀锋一样冰冷。小雪突然有些后悔，自己确实不应该说那样的话，只要把请柬交给他，自己也就出了气了。

那把刀渐渐靠过来，小雪感到世界上所有的冷正通过钢刀，涌向她的脖子。她想向杨泥求饶，但一切似乎都迟了。

杨泥将小雪拎了起来，另一只手抓着菜刀，那样子简直像极了农夫抓着一只鸡要去杀。

那只鸽子依然安稳地窝在冰箱顶上，也许它已经睡着了，一动不动窝在那里，对眼前发生的一切视而不见。

杨泥架着小雪慢慢往那张大床走去，她拼命挣扎，却无济于事。

“脱衣服!”杨泥命令道。

“杨泥，你想干什么?”

小雪瞬间明白了眼前这个男人的意图。她害怕起来，她想跑，可是往哪里跑呢?她被杨泥逼到了墙角，那把菜刀凶悍地横在她面前。她一点办法也没有，只得磨磨蹭蹭去解棉衣纽扣。这件棉大衣共有8颗纽扣，每粒扣子都有一朵梅花。她的手抖动得厉害，那些梅花似乎一朵朵落到了地上。

“老实点，不要跟我耍花样。”

杨泥的声音如同一块块冰雹，一字一句敲打着她。小雪感到眼前这个人已经不再是那个叫杨泥的人，他跟那些在街头持刀行凶的暴徒无异。

小雪赤裸裸地蹲在墙角，用双手死死将自己抱紧。如果墙角有一个洞就好了，她宁愿做一只老鼠，一头钻进去再也不出来。然而，那只是一堵冰冷的墙，她感到了从未有过的冷，她不停颤抖。最后，她绝望地闭上了双眼，等着更加刺骨的寒意席卷过来。

小雪终于没忍住，泪水从紧闭的眼眶里涌出来。

“把这个换上。”

小雪睁开眼睛，看见杨泥递过来一套衣服。那是一套火红的旗袍，拿到手里细细一看，似乎还绣有凤凰的图案。小雪没想到杨泥会来这一手，她有些糊涂了。不过，这旗袍穿在小雪身上还真合身，简直就是为她量身定制的。如此一来，小雪差点就忘了自己被劫持的事实。她站到穿衣镜前，将镜中人仔细打量了一番。真不敢相信啊，眼前这个人还是自己吗？

“这应该是天底下最漂亮的新娘了。”小雪听到了杨泥的赞叹，他的语气似乎平和了许多，他甚至还鼓起了掌。

音乐就是在这个时候响起的。多么熟悉的旋律啊，轻柔、舒缓，激动人心，让人情不自禁想迈开步伐往前走。

“来吧，我们开始吧。”杨泥温柔地说。

小雪看了看杨泥，这才发现他已经换上了一套黑色西装，甚至还打了一条紫色领带。这套衣服是那么熟悉，在哪里见过呢？她还在发愣，他的右手已温柔地伸过来，拉住了她的左手。她彻底被这情形弄糊涂了，如同一个入戏过深的演员，她着了魔一样紧跟杨泥的步伐，向前走去。这屋子真是太狭窄了，他们往前走出几步，就到了墙角。他们只得在屋子里来回穿梭，跳舞一样，直到音乐停止。

他们在床前站定下来。然后，小雪又听到一个声音在耳边响起。“杨泥先生，你愿意娶小雪小姐为妻吗？”接着是杨泥坚定的声音，“我愿意”。

“小雪小姐，无论杨泥先生贫穷或富裕，健康或疾病，你愿意嫁给他吗?”

小雪愣在那里，她不知道该怎么回答。她的手被杨泥轻轻掐了一下。她慌忙答道:“不不，愿意!”

“好了，下面我们该拜天地了。”杨泥笑着说。

小雪像个木偶，跟着杨泥拜了堂，一切都进行得很顺利。小雪听见耳边响起了欢呼声，人们纷纷向他们送上祝福，都是“白头偕老”“早生贵子”之类的。最后，她听见杨泥温柔地跟她说:“好了，现在你可以走了。”

但是，小雪并没有走。她也弄不明白自己为什么不马上离开。她仰面躺在软绵绵的床上，感到很温暖，很舒服。这时候，她倒希望杨泥能跟她一起躺下来，像一个真正的新郎官一样，好好地跟她说说话。

屋子里静悄悄的，外面的风拍得窗户啪啪响。

小雪抬起头来，看见杨泥正坐在大床对面的沙发里，他在给自己倒酒，他准备喝酒了。

“今天是个好日子，小雪，过来陪我喝两杯。”

“我不喝酒。”小雪说。

“听话，快过来。”

小雪还想拒绝，却发现杨泥是在跟冰箱上那只鸽子说话。

“你叫它什么?”

“小雪啊。”

“你怎么能叫它小雪呢?我才是小雪，不行，你得给它换个名字。”

“它就是小雪。我一直都叫它小雪。”

这时，那只鸽子好像听懂了杨泥的话，从冰箱顶上飞起，稳稳地落到了沙发上。不知道杨泥从什么地方找来了一块面包，他将面包撕成小块小块的面包屑，放在手心里，那只叫小雪的鸽子便乖乖站在他的手腕上，一点一点去啄食。

“小雪慢慢吃，小心噎着了。”她看见杨泥伸出另一只手，轻柔地抚摸它雪白的羽毛。吃了几口，鸽子嗖地飞走了，又回到了冰箱上。杨泥抓着面包跟过去，像在伺候一个挑食的孩子。还没等他走到冰箱前，它又飞走了。这一次，它飞到了床上。

小雪伸出手去，她想摸摸它的羽毛。

“别碰它，你别碰它。”杨泥冲着小雪慌乱大喊起来。

小雪把那只叫小雪的鸽子捧在手里，它的羽毛真白。她看见杨泥向她猛扑过来，她下意识地抓紧了鸽子。就在这时，她感到了疼。那只鸽子狠狠啄了她一口。它正死死盯着她，眼里放出恶狠狠的光。

“妈的，你竟然啄我。”小雪嘴里骂了一声。与此同时，她的双手紧紧握住了鸽子，它拼命拍打着翅膀，挣扎着，想从她手里飞出去。

“放开它，听见没有，你给我放开它。”杨泥大声咆哮着。然后，一记响亮的耳光落在小雪脸上，她感到火辣辣的疼。

“你竟敢打我，你从来没打过我，你今天为了一只鸟，竟然打我。你们这两个王八蛋，合伙来欺负我，我今天非弄死它不可。”小雪咬着牙齿说。

他们在床上打成一团，最后他只得去掐她的脖子，她挣扎着叫喊着，呼吸越来越急促……

杨泥听到了一声凄惨而短促的鸟叫。他整个人突然就软了。小雪的手松开了，那只鸽子落在床上，它已经死了，脖子断了，鲜艳的血水从细小的嘴尖里流出来。

他们两个人都呆住了。

杨泥突然大吼一声，将小雪从床上拎了起来，扔在沙发上。小雪从来没见过这么凶的杨泥，她被他狠狠地压在身下，她挣扎了一阵，直到筋疲力尽。后来，小雪感到自己被绳子一圈一圈绑得严严实实，像待售的大闸蟹。

“几年不见，没想到你会变成这样。我今天要剁掉你的手指。你愿意用哪根手指来偿命？左手还是右手？大拇指食指还是中指？我看还是无名指好了，它除了用来戴戒指，几乎毫无用处了，就连抠个鼻屎都不好使……”小雪似乎听见杨泥念了一大段咒语。她的左手被压在茶几上，如同一颗被按在铡刀下的头颅。

小雪恐惧地闭上了眼睛。然后，她听见“啊”的一声惨叫，她分不清那叫声是不是从自己嘴里发出来的。也许是过于恐惧的缘故，她竟然没感觉到疼，仿佛只是剁去了一段大葱。

等她缓过神来，杨泥已经不见了。那碗面条依然摆在那，早已冷成了一团。茶几上有一摊发黑的浓血，凝固了。小雪凑过去，看见一截血肉模糊的手指淹没其中。小雪胃里猛然一阵痉挛，她赶紧用手捂住了嘴，胃里的东西差点就喷了出来。然后，她飞快地逃离了那间恐怖的屋子。

外面的风真大。小雪在黑暗的巷子里飞奔，像在跟北风赛跑。等她跑到灯火通明的大街，融入拥挤的人群，才停下来。这时候，一个小贩拦住她说：“姑娘，马上要下雪了，要不要买一对手套？”她就掏钱要了一对，戴在手上，十根指头都变得红艳艳的。她又把双手放在嘴边哈了几口气，整个人很快就温暖起来了。

水　怪

又是煎熬的一夜。天没亮透，她就起了床，为儿子一家三口准备早餐。锅里的水烧开了，咕嘟咕嘟，锅里蒸着馒头，煮着鸡蛋。白雾弥漫开来，屋子里就有了馒头的香味。闻到这味道，她从迷糊的状态中慢慢苏醒。因为长期失眠，她感觉自己在梦游。

阳台上那盆太阳花开得正好，五色花朵爬满枝头，热闹非凡。她有点坐立不安，更没有心情去欣赏那一盆鲜花。她一个人坐在阳台的矮凳上梳头发。她的头发全白了，每天早上都会梳落一撮白头发。梳完头她开始吃早点。她吃得极简单，一个馒头一杯白开水，就把一餐给对付了。

这是中秋小长假的第一天。天气很好，阳光灿烂，秋风轻柔。阳光带进来的斑驳树影在墙上轻轻摇曳，像有人在慢悠悠地摇一把蒲扇。

她看了看墙上的挂钟，十点半。这时候，儿子一家三口还没起床。对他们来说，这是一个难得的假期，可以睡个懒觉。

阳光好得无可挑剔。她透过密集的钢丝防护网，看见楼下小区的草坪上铺满了热气腾腾的阳光，中秋时节的草坪仍然焕发出耀眼的绿光。这日头真是好啊，要是放在乡下老家，足够晒干全村一整年的稻谷玉米高粱了。这日头照在城里真是浪费了，全用来晒马路晒草坪了。她这样感叹着，又想起了老家那几亩田地。

吃完早点，她开始扫地。地板前一天晚上睡觉前她才仔细拖过，一尘不染，其实没必要扫。但她还是要扫，就像家里的扫地机器人，这是每日的固定程序。她扫着地，心里想着要不要跟儿子说说回老家的事。

她早就想着中秋假期要回一趟老家，半个月前就跟儿子说过了，儿子没有点头。儿子不耐烦地说："脚长在你身上，你想走就走吧，又没人拦着你。"她知道儿子是在说气话，气话怎么能当真呢？儿子说这话的意思，就是让她别老想着回老家。儿子结婚之后，总是这样跟她说话，黑着半边脸，阴阳怪气的。儿子再不是以前的儿子了。以前的儿子什么都听她的，说话也是轻声细气的。现在，跟儿子沟通就有了困难，母子之间出现了隔阂。

本来，这几天她想再跟儿子谈谈的，一直没逮到机会。

头一天晚上，儿子一家三口就没回家吃饭，儿子儿媳下班后去幼儿园接了孩子，直奔电影院，看《疯狂原始人》去了。孙子小京早就吵着要看这部电影了。等他们看完电影回来的时候，她已经睡下了。当然还没睡着，她本来想爬起来跟儿子说的，最后还是躺在床上没动。

她从老家进城来，眼看就三个年头了。她至今还记得进城那天的情景。那天她正在地里收玉米。那年的玉米长得真好，一根秆子上竟然结出两个饱满的玉米。她种了一辈子玉米，从没见过长得那么好的玉米。玉米棒子从青衣里炸裂开来，像一个个调皮的白胖小子。她一边收玉米，一边想着即将降生的孙儿，幸福得快要晕眩起来。

玉米还没收完，儿子突然从城里打来电话。儿子说儿媳快要生了，赶紧收拾收拾来城里帮忙。

在她的生活里，原本是没有这项计划的。因为儿媳刚怀孕的时候，儿子就说过了，孩子生下来由外公外婆带。外公外婆都是城里人，刚退休，精力旺盛，由他们帮忙照顾就好了。那时候，她还以为是儿媳嫌弃她这个乡下老太婆，嫌她不会照顾人。女人坐月子很重要，要是坐不好，会影响后半辈子。这事她懂。她心里虽然不太舒服，倒也没多少脾气。她也是女人，也给人当过儿媳，婆媳之间那点心思她是理解的。再说了，自从儿子娶了个城里媳妇，她就一直犯愁今后如何跟媳妇相处。不要她去伺候儿媳坐月子，倒是省却了麻烦。偶尔有人问起她：“什么时候进城去抱孙子啊？”她总是敷衍人家说：“我是苦八字，离家半步就不安宁，去城里根本没法生活。”这倒是实话，她从来就离不了家，就连每次回三公里外的娘家，天一擦黑，她就没了魂，就得往家里赶。要是留在娘家住夜，整夜都睡不着。回到自己家，站着都能睡着。尽管如此，夜深人静的时候，她还是会暗自叹息，认为自己白养了个儿子，辛辛苦苦，尽给别人养了。但她总是安慰自己：孙子总归是她的孙子，姓的是刘，而不是苏，谁爱带就让谁带去吧。于是，她又往鸡圈鸭圈里多添了些小鸡小鸭，悉心照料，想着养大了给孙子儿子捎进城去，也算是尽到做奶奶的责任。

没想到儿子一个电话，就把她的生活打乱了。活到六十出头，她从没出过远门，连县城都没去几回。她有些不知所措，把剩在地里的红薯玉米高粱，刚养下的一窝小鸡小鸭全部托付给弟媳，匆匆忙忙进城去了。她走的时候还专门跟弟媳说："家里就全靠你了，等孩子满月了我就回来。"

儿子分配给她的任务是带孙子。儿媳坐月子由亲家两口子全权负责，她不必操心，也插不上手。原本，她还准备了供产妇洗浴用的草药，有十八种药材，是按老家的风俗配的，可祛风散寒，补充血气。但是，直到儿媳出了月子，那包草药仍旧原封不动地堆在角落里，不知道哪天又被当作垃圾处理掉了。她也没说什么，城里人有城里人的规矩，哪里用得上乡下的土办法。按亲家公的说法，时代在进步，科技在发展，他们讲求的是科学坐月子，科学育儿养娃。

月子里，她每天抱着小孙子在狭小的三室一厅里来回游荡。从客厅到阳台，从阳台到房间，从房间又回到客厅……饿了就塞到儿媳怀里喂奶，睡了就放回摇篮，醒了哭了又抱着摇啊摇，拉了屎尿及时清洗，再打上一层爽身粉。这些事情，开始她干得不太麻利，笨手笨脚的，毕竟三十多年没带过孩子了，慢慢地也就得心应手起来。

孙子生下来八斤八两，又白又胖，脸上大腿上肉乎乎的，谁看见都想捏一把。小家伙一点也不像儿子小时候，儿子生下来皱巴巴的，又黑又瘦。她抱着孙子看啊看，感觉还没缓过神来，自己就当奶奶了，像是在做梦。她看啊看，怎么也看不够，看着看着就恍惚起来，分不清怀里抱的是儿子还是孙子。

家庭新成员的到来，三个老人的进住，让儿子家狭小的房子变得更为逼仄。四个人伺候产妇和孩子，家里一天到晚鸡飞狗跳，兵荒马乱。出了月子，日子总算平静下来。儿子休完陪产假回单位上班去了。亲家两口子也搬回自家住了，除了每日来家里探视，他们也回归到了以往的退休生活，钓鱼打牌跳广场舞，偶尔出去旅游，夕阳无限好。

她却像家里雇佣的一个保姆，在儿子家里长住下来。

同住一个屋檐下，时间久了，近似于主宾之间的客套也就没了，渐渐过成了一家人的样子，矛盾也随之冒头。比如，中午孙子哭闹不肯睡觉，她想着不要影响一家人休息，就推着孙子出去透气。没承想儿媳跟亲家两口子都有意见。他们说，中午就该给孩子安静睡觉，从小养成规律作息的好习惯。再说，眼下正是孩子生长高峰期，不午睡会影响发育。从此，中午她就不敢再带孙子出去。但是，在家里呢，孩子又总是哭闹，一出门就乐呵呵了。他们又说："看你把孩子惯的，现在中午不睡觉，非要出去浪，这么小心就野了，现在的小孩比大人还精呢。"有时候她给孙子把屎把尿，屁股洗得不干净，他们又抱怨她不讲究卫生，孩子生病就麻烦了。最让她难受的，是儿子也不站在她这边，双方起了纷争，儿子总是沉默寡言，有时候还会帮着那边说话。原本他们这一边人数就不占优势，儿子站到那边，形势就成了压倒性的4比1，她成了孤军奋战的人。后来再遇到事情，她也不再争辩，只是默默把委屈吞进肚里，在夜深人静的时候独自咀嚼消化。

她感觉自己在这个家里连保姆都不如，心里难过。不过呢，这些事她都能忍。大多数时候，在人后偷偷抹一把眼泪，心里的委屈也就抹掉了。一切为了儿子和孙子。

折磨她的，是失眠。

一到夜里，她就成了汪洋中的一条小船，在漫漫长夜里迷失了方向，漂泊不定，无依无靠。她只好抱着孙子在房子里不停游荡，好像孙子就是她的定海神针。儿子说："你怎么整天像个幽灵一样走来走去？你就不能坐下来看看电视？"她没有回话，抱着孙子默默坐到沙发上，不到五分钟又站起来，踱到自己房间，在幽暗的床头坐上一会儿，再次回到客厅。

最难熬的是夜深人静的时候。孙子跟儿媳睡去了，她一个人躺在床上，翻来覆去，彻夜难眠。即便是一天下来累得快要散架，上下眼皮打架，脑子却像一台失灵的机器，怎么也停不下来。有时候，好不容易眯上一小会儿，却常常被同一个梦惊醒。她梦见自己在老家收玉米，玉米长得像电线杆一样粗壮，高耸入云。她奋力爬上一棵玉米，发现每一个枝杈上都结了大玉米。她就这样爬呀爬，掰下一个又一个玉米，玉米多得实在是掰不完。等她想停下来歇口气时，发现身边飘满了白云，原来她已经爬上天了。她把掰下的玉米往地上扔，半天都听不到玉米落地的回响。她正发愁怎么回到地上去，突然间狂风大作，她被狂风卷了起来，她死命抱住玉米秆，风越吹越猛，再也抱不住了，她听见自己惨叫一声，从云端急速坠落……

好几次，儿子问她："你晚上怎么老是大喊大叫呢？"她就跟儿子说了那个怪梦。儿子没有过多的表示，只是叮嘱她安心在城里带孙子，不要老想着老家那几亩地。确实，自从进城以来，老家那几亩地就一直荒废着，起初她还指望弟媳能帮忙打理。她曾经交代弟媳，开春时随便挖两锄头，撒些玉米种子或者插几蔸红薯秧子，有没有收成无所谓，别让它荒了。弟媳承包了三十亩地种辣椒，整日忙得像个陀螺，哪里还顾得上她那点地呢？如今，那几亩地恐怕早就杂草丛生，彻底沦为野地了。

她倒不是心疼那几亩地，孙子和土地孰重孰轻，她还是拿捏得清楚的。眼下的当务之急是把孙子带大。儿子也不容易，大学毕业在城里打拼，一直没个稳定工作，前些年考进本市一家大型国企，日子才算安稳下来。好不容易凑够首付，在城市的新区安了个家。住在新区，单位却在老城区，儿子每天骑电动车上班，往返四十公里，光是上下班路上就够辛苦了。工资收入不高，身上背着房贷，如今又要养一个孩子，压力大着呢。她拿不出两个钱，能帮儿子带带孙子，省下一笔请保姆的钱，也算是尽一份力了。

儿媳产假结束回单位上班之后，孙子就彻底交给了她。每天早上，她起床准备早点，然后从儿媳手上接过孙子，一直到晚上儿子儿媳下班，这段时间孙子的吃喝拉撒都是她管。除此之外，她还承担起了洗衣做饭的家务。一天到晚都没个停。这样忙碌的日子，对她来说并不算什么。相反，她最害怕的是闲下来。

儿子儿媳给她下了规定：不许带孩子出小区。每天，她带着孙子在小区里转。好在小区里有几位谈得拢的老太太，都是跟她一样，老了老了，被儿女们接进城来带孙子孙女。每日最愉快的时光，便是跟那几位老太太一起带孩子，拉家常。关系最好的，自然是那位老乡蒋老太。说起来也是缘分，两人年纪相仿，同县同乡，进了城又住在同一个小区同一个单元楼，蒋老太住1102，她住1302。两人的儿子、孙子也是同样的年岁。私底下，两个老太太为孙子认下了老同。在他们那个县，老同就是同年同月出生的人，就是最好的朋友，情同手足。

有些不愉快的事，她不跟儿子说，倒是愿意跟蒋老太说。蒋老太有心里话，也会跟她诉苦。

老太太聚在一起，发现各自的烦恼竟是那么相似。无非是儿子成家后如何不孝，讨了老婆忘了娘，无非是婆媳、亲家之间源源不断的鸡毛琐碎。家家都有一本难念的经。

但是，失眠的烦恼却只有她一个人有。这就成了她的心病，跟得了怪异的绝症一样。

老太太们都同情她，纷纷为她搜罗各种偏门良方。来自湖南乡下的赵老太说："我刚进城那段时间也是这样，吃吃不下，睡睡不着，生不如死。我还专门去大医院看了中医，吃了好多中药，一点用也没有。"

“你是怎么治好的?”

“我后来总结出来了，开心最重要。以往总是牵挂着老家，一想起来就失眠，我现在习惯了，一觉睡到大天亮。”

“你这是心病。现在你儿子都在城里，老家还有什么值得牵挂的?”老乡蒋老太说。

“我也没什么牵挂，就希望儿子孙子平平安安。”她说。

老乡蒋老太说：“我一夜睡不好都难受，你这三年了是怎么挺过来的。我劝你还是回老家吧，再这样下去，身体就垮了。”

“是啊，你看你这两年头发全白了。”另一个老太太说。

她叹一口气说：“我天天都盼着孙子快点长大，现在儿子儿媳上班，孩子没人带，我能甩手不管吗?”

“请个保姆。”

“保姆一个月就要八九千，哪里有钱请。”

“让孩子他外公外婆带。”

她就不说话了。

另一个老太太说：“听电视上说，你这是什么抑郁症，晚上睡前吃一粒安眠药就好了。”

她听了这话，偷偷跑去药店买安眠药。药店店员说：“安眠药是处方药，你有医生的处方吗?”她说：“你放心，我是睡不着买点试试，不是买来自杀的。”对方说：“我才不管你是催眠还是自杀，有医生的处方我就卖给你。”

一天，老乡蒋老太神秘兮兮地给她打电话，说是找到睡眠良方了，让她赶紧下楼见面。她跑下楼，看见蒋老太提着一个装过花生油的塑料桶。蒋老太说：“这是我从老家搞的玉米酒，你睡前喝一小杯试试看。”

她说：“谢谢你的好意，我这辈子最讨厌喝酒。”

“你就喝两口，又没喊你喝醉，这是用我们家乡山泉水和玉米酿的，兴许有用呢？”

她谢过老乡蒋老太，收下了那半桶玉米酒。夜里睡前喝了两口，除了加倍的头疼头晕，毫无睡意。

有一阵子，听人说玉米须可以安神，改善睡眠。她就跑去菜市场捡玉米须，拿回来熬水喝，喝到吐，还是没有疗效。

折腾了大半年，她也就彻底放弃了治疗。人死如灯灭。她总是想，也许只有闭眼那一天，才能睡个安稳觉。

日子再难熬，三年时间总算过去了。现在，孙子三岁了。上幼儿园了。再咬牙坚持两三年，孙子上了小学，她就可以安心回老家了。

孙子跟她最亲了，一天到晚“奶奶、奶奶”叫个不停。一会儿嚷着：“奶奶，我肚子饿了，给我泡牛奶喝。”一会儿说：“奶奶，给我开电视，我要看汪汪队。”电视看得好好的，突然又大喊：“奶奶，不好了，我要撒尿。”这个小屁孩从早到晚都没个停。她就在这样的叫嚷声中，幸福而疲惫地忙碌着。

孙子上了幼儿园，家里突然清静了。她感觉日子被拉长了，度日如年。

最让她期待的，是每天下午接孙子放学的时刻，她总在心里数着那一刻的到来。幼儿园下午五点放学，午饭时她就有些魂不守舍了。到了午后，便再也没办法集中精神做其他的事。三点半钟，她就出门了，怀着激动的心情往幼儿园赶。

她不会骑电动车，接送孙子只好走路。幼儿园离家不远，走路也就二十分钟。晴天，她推个婴儿车，那是孙子小时候用过的。她一边慢慢地推，一边问孙子："幼儿园有什么好玩的事？早餐吃了什么，吃饱没有？午睡睡着没有？有没有尿床？老师都教了什么课？学到了啥本领？"孙子还小，很多问题他还回答不上。只有问他饿了没有，他答得飞快，他知道奶奶兜里有他爱吃的糖果点心。要是遇上下雨天，她就用一条背带背上孙子，用毛巾包得严严实实，再把雨伞压低，这样再大的风雨也淋不到孙子了。

一路上，孙子都在唱歌。都是在幼儿园学的儿歌，每一首他只会唱三两句，不断地重复。后来，他学会了改词，每一首歌他都要改编一下，故意把歌词唱歪。本来是"世上只有妈妈好"，他偏要唱"世上只有奶奶好，我的奶奶是个宝"。后来，又学了"红旗红旗多美丽"，他改成"奶奶奶奶多美丽……"

接送孙子的路上有好几个十字路口，每次她都胆战心惊。因为长期失眠，她的日子越过越混乱，好几次锅里正煮着菜，她竟短暂地睡了过去，差点把厨房给烧了。每次婆孙俩走到十字路口，看着滚滚车流，她就头昏目眩，好像横在面前的是一条无法逾越的鸿沟。孙子刚在幼儿园学了安全过马路。每次到了路口，他都提醒奶奶，红灯停绿灯行，不要闯红灯。有几次，婆孙俩走到马路中间，绿灯变成了红灯，她惊慌失措，急急忙忙推着孙子穿过车流，差点被一辆公交车撞上。从此，再过马路她就有了阴影，感觉随时会被撞飞。

"奶奶，奶奶，你怎么在这里睡着了？"她醒过来的时候，发现孙子在喊她。她竟然靠在阳台上睡着了，手里还抓着扫把。

“奶奶，你的脸色好难看啊，你是不是生病了？我去给你找药药。”孙子最近感冒发烧，每天都要吃好几种药，所以他知道生病了要吃药。

她说：“奶奶没病，奶奶不用吃药。”

孙子又说：“奶奶骗我，奶奶说了生病就要乖乖吃药。”

“奶奶这病没有药治。”

“奶奶的眼睛怎么变红灯色了？”

“奶奶睡眠不好，眼睛肿了。所以小京要好好睡觉。”

孙子乖乖地点点头。

她招呼孙子吃早餐。

阳光已经铺满了阳台。孙子一眼就看到了那盆盛放的太阳花。他惊呼道：“哇，奶奶快来看，我们种的太阳花开了。”

孙子又问：“今天天气真好，我要上幼儿园吗？”

“不用，今天放假。”

“那奶奶带我去玩吧。”

“奶奶今天没空，叫爸爸妈妈带你去吧。”

孙子嚷着说：“不行，我就要跟奶奶玩。”

她给孙子喂完一杯牛奶，一块馒头。

她跟孙子说：“奶奶要回一趟老家，你去跟爸爸说一声。”

孙子很听话，一路小跑着进了房间。

她听见孙子大声说：“爸爸，奶奶说她要回一趟‘老乡’。”

儿子没有回话。孙子又重复了一遍：“爸爸，奶奶说她要回一趟老乡。”

“她要回就回吧，又没人拦着她。”儿子说。

话音未落，孙子咚咚咚跑出来告诉奶奶，爸爸说她要回就回去吧。

她眼前一阵灰暗。她在阳光里站了一会儿，默默回到自己房间，拎起早已收拾好的行李，准备出门。孙子像影子一样跟着她，不停地问她：“奶奶，你回老乡为什么要背书包？”

她对孙子说：“小京，奶奶回去几天，你要听爸爸妈妈的话。”

孙子还是不停地问：“奶奶，你要去哪里？”

“奶奶回一趟老家。”

“老家是什么？”

“老家就是奶奶的家，爸爸小时候的家。”

“奶奶的老家在什么地方？”

“山沟沟里。”

“我也要回老家，我也要回老家。”孙子兴奋起来，他说，“奶奶，你赶紧给我拿书包，我也要回老家。”

“奶奶的老家很远，等你长大了再带你回去。”

“奶奶，我已经很大了，我能自己走路，我要去。”

“小京，乖，听奶奶的话。”

“我不!”

“奶奶给你带好吃的回来。”

“棒棒糖吗？”

“不是。”

“那是什么？我现在就要吃。”

孙子撒起娇来，她就一点办法也没有，只好从盒子里取出一块小月饼给他。孙子熟练地撕开包装，把月饼塞进嘴里吃起来。

“好了，回房间玩去吧。”

“奶奶要去哪里?”

“奶奶去买菜。”

“不对，奶奶骗我。”

最后，孙子就哭了起来，他非要跟奶奶出门。

这时候，儿媳苏枚推门而出，走过来抱起孙子说：“奶奶要回农村，我们不去，等会爸爸妈妈带你去儿童公园玩过山车。”

她也劝孙子：“小京乖，在家听爸爸妈妈的话，奶奶那里不好玩。”

孙子偏不听，抱着奶奶的大腿不放，吵着闹着要跟她走。

儿媳又说:“妈妈带你去吃肯德基，吃冰激凌薯条好不好?”

孙子说：“我不要，我不要，我要跟奶奶回老家。”

两个女人越劝，孙子闹得就更凶了。

儿媳冲着房间大喊：“家里都乱成这样了，你还睡得着?还不起来管管你这个倔驴儿子。”

儿媳的不满没有得到回应，终于发火了。儿媳说:“小京，你怎么越大越不听话了呢？你要是再闹，我就打你了。”说着儿媳扬起了巴掌。孙子没有被儿媳的巴掌震慑住，他抱住奶奶的大腿，顺势坐到了地上。他说:“我不要奶奶走，我不要奶奶走!”

儿媳怒吼道：“你给我起来！”话音未落，一个响亮的耳光扇在了孙子脸上。

她说："哎呀，你别打孩子，孩子还那么小，你怎么能动手呢？"

她这样一劝，孙子像是有了靠山，变本加厉，哇的一声大哭起来。

儿媳抓住孙子的衣领，像拎一只小鸡一样拎了起来。孙子在空中扑腾，哭得接不上气。

她说："哎呀，你别这样提他的脖子，会窒息的，会勒断脖子的。"

儿媳说："你别管，我今天就是要给他点颜色看看，不然他迟早要翻天。"

她想把孙子抱过来，没想到被儿媳一把抢了过去。儿媳说："你别老是惯着他了，他都三岁了，也该懂道理了。你总惯着他，让他觉得自己有保护伞，这样下去这孩子就没办法教育了。"

她还想说什么，儿媳已经拎起孙子进了房间，房门被重重地甩上了。"我不要奶奶走，我要跟奶奶回老家！"孙子的哭叫声从房门的空隙里冲出来。他哭得更厉害了。

她提着行李站在门边上，走也不是，留也不是，不知道该如何是好了。

房门又被猛地甩开了，儿子黑着一张脸走出来。

儿子说："你要走就赶紧走，别在这捣乱了，你是嫌家里还不够乱吗？"

她鼻子一酸，眼泪在眼眶里打转。没想到儿子现在这样跟她说话了。她心一横，提上行李，含着眼泪出了门。随着哐当一声，那扇厚重的防盗门被关上，她就知道今天自己非走不可了。这个家已经不需要她了，是时候回老家去了，以后再也不来了。

她是一个能忍的女人，她一辈子都在忍。先是忍耐失败的婚姻生活，忍耐那个整日不省人事的酒鬼男人。身边的人都劝她离婚，或者直接一走了之，她都忍下了，一切都为了儿子。直到有一年冬天，那个酒鬼摔下河彻底没了，她才从不幸的婚姻中解脱出来。那时候儿子刚上初中，她就靠着家里的两亩田地，种稻种菜，养猪养鸡，供儿子念完高中又上了大学。人们都说："你总算熬出头了，儿子大学毕业有了工作，就接你进城享福了。"她起初也是这样想的，每天都盼着儿子在城里站稳脚跟，等自己老了就进城带孙子。

秋天的太阳依然毒辣，明晃晃的，照得人睁不开眼。她脚步飞快，一是为了避开熟人，二是以防儿子追上来，不让她走。这种担忧显然是多余的，她看见自己的影子在阳光下匆匆闪过，没有人跟上来。

可是，在小区南门，还是碰上了迎面而来的老乡蒋老太。蒋老太推着一个遛娃神器，上面坐着她的宝贝孙子。

她想扭头避开蒋老太，但已经来不及了。蒋老太似乎在此等她多时了。

蒋老太说："你这是上哪去啊？"

她干咳一声，对蒋老太说："我去买点菜。"

蒋老太说："你莫哄我，你提着行李去买菜？"

她只好说了实话："我要回一趟老家。"

"还是睡不着？"

"那不是嘛。回去也许就好了。"

“你不跟孩子们过完中秋再回去?”

“现在生活好了，哪天不是过节?”

“什么时候回来?”

“还不知道，看情况吧。要是在家里能睡着，我就不出来了。”

“那可不行，你就不想孙子?你走了，孙子谁来带?”

“他们谁爱带就带吧，反正我是不来了。”

蒋老太还有话要说，她知道蒋老太一说起来就没个完。她说:“不跟你说了，我还要去南站赶车，去迟了就赶不上回老家的班车了。”

两个人就此匆匆道了别。走出好远了，她听见蒋老太在身后喊她。她回头看见蒋老太推着孙子一路小跑着追了上来，等蒋老太跑到她面前，已经气喘吁吁了。蒋老太从遛娃神器的布兜里摸出一块月饼，塞了过来。她说:“这个月饼给你在路上吃。”

“我不要，留着给孩子吃吧。”

“家里还有。”

“你太客气了，我没什么给你。”

双方你来我往，那块月饼在两人手里传来传去，最终她只好收下了。

“你走吧，等你能睡觉了就回来，我们还要一起带孙子呢。”

她点点头，看着满头白发的蒋老太，心底涌出一股暖流，泪水又在眼里打转。

她泪眼模糊地走到了十字路口。对面是公交车站，她要坐98路公交车去客运南站，从那里搭乘回乡下老家的班车。回老家的班车每天仅一班，每天下午一点半发车，错过了就回不去了。

等待是如此漫长。十字路口的红灯亮起，像是高悬的另一个太阳，火辣辣的，刺眼。马路如同一条湍急的大河，横在她面前。她在马路这边等红灯，眼睛像渔网一样撒向对面的公交站台，焦急地搜寻98路公交车。实际上，即使有98路公交车开过来，她也看不清。

太阳已经爬到了头顶，晃得她头痛欲裂。她感到数不清的细汗正从后背涌出来，密密麻麻，如同爬满了毛虫，难受极了。绿灯终于亮了。地面不断冒出蒸人的热气，让人作呕。

她不知道自己是怎么爬上98路公交车的。车厢里挤满了人，连放脚的地方都没有。过了一个站，又一群人挤上车，空气都不够用了。好在一个好心人给她让了座。她谢过人家，推辞了一番，最终还是坐下了，她有点站不稳了。

从新区到客运南站，几乎要从北往南穿越整个城市，98路公交车一路走走停停，在城市里穿梭，不断有人上车下车。她把行李抱在怀里，头靠在行李包上，她太想睡一觉了。车厢里闹哄哄的，她只听见报站的女声越来越轻柔，最终嘈杂的声音也慢慢远去了，世界终于安静下来。不知道过了多久，她听见有人在喊她："下车啦！终点站到了。"

她睁开眼睛，车厢里已经空空荡荡。是公交车司机在喊她。她说："师傅，我要去客运南站，南站是不是过了？"

"现在到终点站了。你去对面站台再坐一趟98路公交车，五站路就到南站了。”公交车司机说。

“师傅，现在几点了？”

“下午两点了。”

她急急忙忙跳下车。睡了一觉，她感觉自己整个人都轻松了，眼前的世界也变得真实多了。

她赶到客运南站的时候，回乡下老家的班车早就开走了。她呆坐在车站广场的花坛边，不知道该怎么办。老家是回不去了，儿子家也不能回，进退两难。今天是中秋节，这大过节的能去哪儿呢？随便找个桥洞，凑合过一夜？还是去车站附近的小旅店住一夜？她犹豫不决，似乎去哪里都不合适。

小小的广场上人来人往，不断有人上来问她要去哪里，说站外搭车可以少十块钱。也有人问她要不要住旅店，有热水彩电和网络，要不要坐出租车，要不要买房子……广场上乱哄哄的，她心乱如麻，那些人却像苍蝇一样挥之不去。

她只好离开车站广场，漫无目的地往前走。她也不知道自己是往哪里走，在这偌大的城市里，随便往哪个方向走都有走不完的路。

午后的阳光一点点斜下去，路边树木的影子被拉得越来越长。

黄昏时分，她出现在了淦江大桥上。她知道这是淦江大桥，好几次她在98路公交车上听到“淦江大桥站到了”的报站声，看见宽阔的淦江从98路公交车的车窗里闪过。那时候她就想，以后有机会一定要来淦江大桥看看。

淦江淹没在夕阳里，河面上波光粼粼，像一条大鱼在游弋翻腾。她站在大桥中央，第一次见到这样宽阔的大河，她没想到大河竟这般平静，像是凝固了，悄无声息。远处，有个模糊的身影孤坐在河岸上，应该是在钓鱼，坐在那一动不动，仿佛河岸的一块石头。

后来，她发现有小小的黑影在河面上蠕动，刚露出一个模糊不清的头，很快又沉下去了，不久又浮起来。她想起了孙子看的科幻世界，“水怪，有水怪，小心水怪!”她冲着桥下的钓鱼人大喊。可是大桥上空无一人，车辆飞驰而过，钓鱼人没听到她的呼叫。她急得跳了起来，撒腿往桥下跑去，一边跑一边大喊:“小心，河里有水怪!”

彩色坟墓

一

黄昏的时候，门卫老杨站在楼下大喊唐生的名字。他声嘶力竭，很快把天都喊黑了。然而，一点用也没有。工地上机器轰鸣，工人像是被搅在混凝土里的一粒粒砂石，这个时候就算头顶劈一个响雷，唐生也浑然不觉。

等唐生跟着夕阳从高高的工地上下来，老杨已经火冒三丈。但是他的嗓子早就哑了，说话跟个小娘们一样，根本吼不起来，他总不能打人吧，打人是犯法的。

老杨端一个黝黑的搪瓷茶杯，不停地喝茶。喝够了，才板着脸冲唐生说:“你小子聋了吗？没听见我在下面死喊你?”

唐生说:“上面死吵，你就是在下面喊爹喊爷，也是白喊。”

老杨眉头一皱，差点把茶水泼到唐生脸上。他说：“你个死小鬼，外面有人找你，来了老半天了。”

这天都要黑了，还有谁找上门来？唐生这样想着，拍打着屁股上的灰尘，推开锈迹斑驳的铁门，走出工地大门。

天色黑下来了，只有门卫室里亮着一盏白炽灯，灯光微弱泛黄，如同一泡夜尿。

门外的墙根下蹲着一个黑影，看不清模样。唐生从裤兜里掏出山寨手机，打开手电筒去照那人的脸。那是一张黑乎乎的脸，黑脸上顶着一个鸡窝，浑身散发出恶臭，像个乞丐。那人似乎蹲在那睡着了。

这人唐生不认识。

偌大的花都，人口上千万，唐生也不认识几个。除了那几个在工地上干苦力的老乡，他没一个像样的朋友。以前在花都灯泡厂打工，唐生倒是交过几个朋友，他们经常凑在一起打牌喝酒，也赌些小钱。他甚至还差点追到一个女工，差一点就上床了，可是生不逢时，没多久灯泡厂倒闭了，他跟那女工的事也不了了之。那些工友呢，再也没联系，时间一久，连名字也记不起了。也许那算不上朋友，朋友不该是那样的。即便如此，唐生也不可能去跟一个乞丐交朋友。

夜完全黑了，墙根下那团黑影，仿佛一瞬间就不在了。唐生有些恍惚，那地方是不是真的蹲着一个人？

这时，工友们正敲打着饭盒，往伙房的方向走。马上就要开饭了，空气里似乎飘着五花肉炖土豆的味道。唐生感觉自己的肠胃蠕动了一下，发出咕咕的叫声，他想掉头走时，听到了一个熟悉的名字。

“笼生，是你吗?”那人喊了一声。

那是一口来自桂北山区麻村的口音，那是唐生的老家。而且，那人喊的正是唐生的乳名。在这个星球上，也就只有麻村的百十来人能喊出“笼生”这个名字。

唐生急忙折回去，拨开那人一头鸡窝似的头发，打着电筒仔细看那张黑脸。

摆在唐生面前的，依然是一张陌生的脸。

“你是谁?”

“笼生，是我。”

“谁?”

“我是你二叔。”

“什么名字?”

“张五七。”

“来自何地?”

“西延县远镇麻村人。”

唐生把这个自称是张五七的人带回工棚，给他打了满满一盆水。唐生要他把脸洗干净，以免上当受骗。这年头骗子遍地，防不胜防。前几天唐生进城，想买一个手机充电宝，看了几次没舍得买。刚好看见街边有人叫卖充电宝，砖头一样大小，那小贩说充一次电能用一星期，只卖10元。唐生抓过一个在手里掂量掂量，挺沉的，货真价实的样子，他就花钱买了一个。可是刚用两回就坏了，拆开了才晓得只是个空壳，里边塞了一袋沙子和一节5号电池。有了这件事，唐生平日里做事就更加小心，事事都多留了个心眼。

那人把整颗头埋进脸盆，呼啦呼啦一阵连洗带搓，一盆清水变成一盆墨汁，一张白脸浮现出来。

果然是张五七。

工棚里的日光灯贼亮，一下子将张五七照回了原形。张五七胡子拉碴，满脸皱纹，失魂落魄。工友们见了他，纷纷问唐生："这是你爷爷？"

"笼生啊，哎呀，一年不见，你长这么高了，如果走在大街上，我肯定认不出你来了。"

"你怎么到这来了？"

"你爹给了你的手机号，路上让我弄丢了。我只记得他说你在'幸福里'上班，他说只要看到这3个字，就能找到你。我就把这3个字记得死死的，到处找'幸福里'，找啊找啊，找了一个多礼拜了。总算把你找到了，笼生啊。"

"你到花都来干啥？"

"别提了。"张五七的脸耷拉下来，整个人又矮了三分。

"你是不是在麻村杀了人，跑到外面躲难来了？"

张五七摇摇头。

"睡了别人的婆娘，被赶出麻村了？"

张五七摇摇头。

"偷了人家的牛？"

张五七摇摇头。

"跟陈光发扯大二输光了？"

张五七摇摇头。

"那你在麻村好好的，也没犯什么事，为什么要跑到花都来？难道你想到花都来混世界？花都虽然大，也不是谁来了都能落脚的。你看前几年从麻村出来那几个，不是竖着就是横着，到头来都回麻村去了。”

“哎呀，说来话长啊。”张五七说。

二

唐生把张五七带到工地外的排档一条街吃饭。

跟任何一个大城市一样，花都也在大张旗鼓建设新区。眼下这地方叫马岭，离花都主城区15公里，3年前还是一片水田，如今破土而出的不再是禾苗，而是高楼大厦。花都市政府打出的口号是：众志成城建新区，再造一个新花都。马岭的白天到处是工地，热火朝天，天一黑就成了鬼城。唯独这条街灯火通明，小餐馆和夜宵摊一字排开，烟雾缭绕，人声鼎沸。

唐生点了一锅桂北特色菜醋血鸭，又要了一瓶高度三花酒。

张五七二话不说，埋头就吃，看他狼吞虎咽的样子，像是刚从饥荒之年穿越过来的乞丐。

说起来，张五七并不是唐生的二叔，甚至连亲戚也攀不上。只是这张五七跟唐生他爹同岁，自小就认了老同，再加上两个人都是酒鬼，张五七三天两头跑去唐生家找酒喝。鲁迅先生说得好：“地上本没有路，走的人多了，也便成了路。”喝酒也是一样，张五七喝唐生家的酒喝多了，一来二去，也就有了亲戚的样子。

唐生瞧不上张五七。他宁愿管一条狗叫二叔，也不愿认张五七。为什么呢？都说身残志坚，人穷志不短，张五七却是个出了名的懒汉。爹娘留给他那几亩田地，他不管不顾，全扔给人家种，到了秋天收一点薄租，都不够他一个人吃。还没入冬呢，他就没粮吃了，老往唐生家的饭桌上凑。他每日的事情，要么是睡觉，要么是去镇上瞎混。当然，张五七也有理想。他做梦都想像陈光发那样，当个干部，拎个黑色公文包，上镇里开开会，在村部的大喇叭里做做报告。没会开的日子，就在办公室喝茶看报，跟妇女主任刘美丽王会计谢文书打牌喝酒，吹牛放炮。可他张五七读不去书，小学开始就年年留级，同班同学都上初中了，他还坐在小学四年级的教室里，背那些个“山重水复疑无路，柳暗花明又一村”。初中没念完，他就弃学回家了。当然，他也没有陈光发那样的好爹。等陈光发当上了村长，张五七还是普通农民一个。后来他知难而退，不断降低自己的人生目标。现在他的理想是熬到60岁，弄个五保户当当，跟退休干部差不多，不愁吃不愁穿，死了还有政府负责收尸砌坟。

不过，张五七倒是命大得很。有好几回醉酒，掉进苦李河里让水冲走，村人们都以为他成了河鬼。没想到，没几日他又好端端地回来了，又能喝酒了。有几年，他还经常干些偷鸡摸狗的事，哪家的老母鸡突然失踪了，去张五七家寻，准能从他牙缝里掏出一把肉丝来。

如此一来，张五七就成了麻村的笑话。家徒四壁，穷得连屁都放不出一个。到了50岁，还是光杆司令一个。

不说唐生，在麻村没一个人瞧得起张五七。他是麻村人教育子女的反面教材。久而久之，竟有好事者编了一段顺口溜。只要张五七一出门，麻村的小屁孩就跟在他屁股后边，又跳又唱：

麻村有个没出息，
大名叫作张五七，
不扶犁来不锄地，
嘴巴馋了还偷鸡，
好吃懒做狗不理，
白日做梦他第一。

菜足饭饱之后，张五七打着饱嗝开始喝酒，直到把一瓶酒喝完，他才吐出一句话。他说："笼生啊，再给二叔上两瓶酒，二叔要借酒消愁。"

唐生又给他上了一瓶。

这三花酒是花都最有名的酒了，53度，好喝，价钱也实惠。唐生心想：这两瓶酒下去，铁定能把张五七放倒。

烈酒下肚，张五七也就不再客气，自作主张点了一碟炒花生。就着花生米，他就有了以往在麻村喝酒吃肉的样子。

张五七平时是个闷葫芦，不爱说话，好像说话要费他的钱。一旦喝了酒，他的嘴上就挂了一串火车皮，一天一夜也到不了站。

现在，张五七已经有了几分醉意，他的话快要涌上来了。

"笼生啊，二叔没脸在麻村待下去了。"

"脸面？你还有脸面？"

"这回不一样，我是真的完蛋了。"

说话间，第二瓶酒只剩了半瓶。按照唐生对张五七的了解，他的酒量顶多也就一斤半。再多喝一口，就要醉了。果然，喝着喝着，张五七竟然哭了。这倒不像他一贯的风格。

“笼生啊，二叔我讨老婆了，那女子是麻村最好看的一个。”张五七带着哭腔。

“这可是铁树开花母猪上树，是哪个傻女子上了你的当？有这样的好事，你哭什么呢？”

张五七又是一声长叹。

“被子还没捂热，老婆又跟别人跑了吧？”

张五七不说话，只呜呜地哭。哭了好一阵，像是再也忍不住了，哇地哭出声来。

“你究竟是怎么了？”

“我把我寄爷给卖了，你说我是不是该死？”张五七说。

唐生被张五七这话吓了一跳。现如今，城里人都时兴认干爹，自己的亲爹修得不够好，就找一个有实力的干爹，作为自己混世界的靠山。唐生所在的工地上就有个散工，认了包工头做干爹后，马上时来运转，鸟枪换炮，从一个普通搬砖工变成了采购员，每日蹬个三轮，逛逛菜市场，再也不用日晒雨淋，还能赚回扣。

不知道花都这地方有没有认干爹的传统。反正在麻村，这习俗从祖宗十八代就开始往下传了。当然，麻村人不叫干爹，而是喊作寄爷。每一个麻村人都有两个爹，一个亲爹，一个寄爷。即便是那些寻不着亲爹的野孩子，也有一个名正言顺光明正大的寄爷。麻村的男人有限，不可能每个人都能分到一个寄爷。所以，麻村人的寄爷很可能是山崖上的一块岩石，一个山洞，河谷里的一座石板古桥，院里的一口老井，或者一棵参天大树，一座小庙，总之各式各样，五花八门。

像唐生的寄爷，就是一个鸡笼。缘由还得从唐生的出生说起。某年某月某日，唐生他娘挺着大肚子在喂鸡，她想把鸡养肥了，供自己坐月子时补身子。喂着喂着，唐生就毫无征兆地降临了。当时他爹还在邻村的一个砖厂干活，早出晚归，留他娘一个人在家。他娘疼得直冒冷汗，死命喊人："来人啊来人啊，我要生了。"可是没人听到，她全身酥软，很快就支撑不住了，一阵眩晕，倒了下去。老天保佑，身前那个鸡笼护住了她，也护住了蠢蠢欲动的唐生。他娘死死趴在鸡笼上，一使劲就把唐生生了下来。他娘后来说："要不是那祖传的鸡笼救命，你恐怕早就变成小野鬼了。"所以，在唐生满月那天，他娘请来村里的师公，正式为他认了寄爷。如此一来，那个原本破旧不堪臭烘烘的鸡笼就成了唐生的第二个爹。从那以后，鸡笼当然不再用于养鸡，而是让唐生娘洗得干干净净，又用木条加固，再刷上一层红油漆，端端正正供在家里。逢年过节，唐生得奉上酒肉瓜果，烧一炷香，毕恭毕敬请寄爷上席吃饭，他说："爷啊，吃好喝好。"他娘则在一旁语重心长地补充道："他爷啊，没什么好菜，您莫见怪，吃好喝好，保佑笼生快长快大。"

虽然张五七在麻村抬不起头来，他却有一个让人羡慕的寄爷。

那是一棵百年老金桂，长在张五七家后园里，枝繁叶茂，绿荫如盖。每年中秋前后，整个村子香花飘散，好像来了一群仙女。听说很多麻村人都认那棵老金桂做寄爷，甚至有些外村人也慕名而来，以求能得到大树的庇护。这些人大多已经死了，很多人坟头上长满草了，寄爷倒活得好好的，郁郁葱葱，生机勃勃。在它众多的干儿子中，现在还活在世上的，除了张五七，还有另外3人，分别是麻村村长陈光发，麻村首富杀猪佬王九千，麻村86岁长寿老人王大炮。这些人在老金桂的庇佑下，在麻村活得有模有样，唯独张五七是个例外。

“现在想起来，我真是鬼迷心窍，猪狗不如。”张五七拍着自己的大腿，连连自责，一副恨铁不成钢的样子。现在，他已经吃饱喝足，脸上重新泛起油光。他说他已经半个月没吃上一口饱饭了，自从离开麻村，天天在垃圾箱找东西吃，甚至还跟狗抢过一块骨头。

“笼生啊，我为了一个女人，竟然把我寄爷给卖了，你说这是不是传说中的爱情？如果你是我，你会怎么选择？如果你是我寄爷，你会不会原谅我？如果你是老天爷，你会怎么惩罚我？笼生，你说我会不会遭雷劈？”

张五七显然已经醉了。

三

张五七说的那个女人，叫李红霞。

李红霞是远镇上的名人，男人们爱她，女人们恨她。她在远镇上开一家名叫“夜巴黎”的发廊，发廊里找不到一把剪子，也没有半截梳子。但是，对于远镇上的男人们来说，夜巴黎并不需要这些，只要有李红霞就足够了。远镇的男人才不会那么讲究脸面，谁愿意每个月像交月租似的，花个十块八块钱剃个头刮个胡须？那玩意儿剃了又长，长了又要剃，剃了也是白剃。有那些个闲钱，还不如多抽两包烟来得实在。

只要夜巴黎的霓虹灯一闪，男人们的眼睛也跟着亮了，心也跟着一闪一闪。

自从光顾了几回夜巴黎，张五七就认了真。他一认真起来，就不知道天高地厚，就想癞蛤蟆吃天鹅肉了。他迷上了李红霞，鬼迷心窍，无可救药。张五七说："红霞，你不要开发廊了，跟我回麻村做神仙去吧。"

李红霞好歹是个老板。张五七算个什么呢？也不撒泡尿照照自己。不过，调情当然是李红霞的拿手菜，只要有钱赚，她绝不会扫客人的兴。

后来再去，张五七又说了那样的话，李红霞就拉下脸来了。她说："一个玩笑开两次就不好玩了。麻村那穷山沟，哪里有神仙做，就是在麻村当牛做马也是全世界最苦最累的。"

张五七让这句话呛得半死，他抽抽鼻子，闻到自己一身的穷酸味儿，心就冷了半边，连跟李红霞睡觉的兴致都没有了。

张五七垂头丧气地从夜巴黎出来，在镇上的小饭店喝闷酒，他把自己喝得烂醉。喝到最后，饭店要关门打烊了，他还不愿走，被老板轰了出来。张五七跟条流浪狗一样在街上游荡，走着走着，两眼茫茫，悲从中来，扑通一下摔倒在地。

他也懒得爬起来，索性在大街上呼呼大睡。

不知道过了多久，张五七被吵醒了。一辆汽车横在他面前，冲着他狂按喇叭。张五七坐起来，捶着车门破口大骂：“狗日的，竟敢惊扰你爷爷的美梦。有种你就撞死我，有种你从我身上碾过去，最好把我撞死了，要是撞得半死不活，我要你把我当爹养。”

那车并没有撞他，车窗玻璃慢慢摇下来，探出一颗陌生的头，那不是一颗远镇人的头。

车上那人什么也没说，甩出一包黄鹤楼香烟。张五七毫不客气，捡起香烟，抽出一支叼在嘴上，把余下的烟塞进裤袋里。他摇摇晃晃站起来，趴在车窗上，把嘴递过去，要那人点烟。

那人掏出火柴，嚓一声划燃，给他点上。

“老板，您是不是想找人去打架？有什么事，您只管吩咐，在这块地盘上，没有我张五七摆不平的事。”张五七深吸一口烟，把话说得嘭嘭响。

“我确实有事要你帮忙，先上车吧。”那人说。

张五七一屁股坐进副驾驶座，跷上二郎腿，舒舒服服地抽了一口烟。

“你先得帮我一个忙。”张五七说。

“没问题。”那人挺爽快。

“带我去夜巴黎。”

那人把车开到了夜巴黎门口。透过夜巴黎的落地玻璃，可以看到几个女人坐在一起打牌。立在门口的大音箱飘出一曲《杜十娘》：“孤灯夜下，我独自一人坐船舱，船舱里有我杜十娘，在等着我的郎……”

“按喇叭。”张五七说。

“嘟嘟——”那人按了两声喇叭。

“再按。”

“嘟嘟嘟嘟嘟——”那人把喇叭按得震天响，直到李红霞放下手中的牌，推开门扭着大屁股风情万种地走过来。待李红霞走到汽车面前，张五七摇下车窗，冲着李红霞得意一笑，把烟灰弹出车窗。还没等李红霞反应过来，汽车已经卷尘而去。

那人是花都来的大老板，张五七只知道他姓宋。

离开夜巴黎，宋老板载着张五七直奔县城，找了一家豪华饭店，他要请张五七喝酒。张五七被带进一间金碧辉煌的大包厢，一张大圆桌前就他们两个人，因此显得很空荡。宋老板点了满满一大桌菜，弄得张五七莫名其妙，忐忑不安。

酒过三巡，宋老板终于说明了来意。

宋老板看上了张五七家后园里那棵金桂，愿意出大钱买。张五七心想，自己刚让钱和女人伤了自尊，没想到财神爷就找上门来了，真乃天意。可转念一想，那可不是一棵普通的树啊，那是他的寄爷，不仅是他张五七的寄爷，也是陈光发王大炮王九千的寄爷，他一个人做不了主。

张五七还是忍不住打听了价钱。宋老板拍拍搁在桌上的手提包，伸出5根指头。张五七笑歪了嘴，问是不是5000。宋老板摇摇头，笑着说：“你少说了一个零。”

张五七像是胸口猛然中了一箭，心突然就抖了一下，接着脑子嗡的一声，整个人全错乱了。

“我知道你喜欢那个女人。”

“哪个女人?”

“李红霞。”

“瞎说。”

“连狗都看得出你喜欢李红霞。实话告诉你吧，男人有了钱，女人自然就贴上来了，想甩都甩不掉。等会吃完饭，我给你安排一个更好的。”

离开的时候，宋老板留下一张名片。

宋老板叫宋爱国。

张五七把自己关在家里，茶饭不思，寝食难安。他反反复复跑到后园去看他的寄爷，他躺在那棵老金桂树下，像小时候那样跟寄爷聊天，向寄爷诉苦，终于把事情跟寄爷说了。他说:“寄爷啊，我太想要个老婆了，想生个儿子，可家里穷，没有女人愿意跟我过。现在老天给了我这个机会，城里有个大老板给我指了一条财路，他说要帮我娶老婆，还要接您去花都看花花大世界，过好日子。花都是什么地方啊?那可是大城市，我们麻村人做梦都想去花都看看。可我不忍心让您去啊，我爹娘临走的时候交代过，要我好好对您，他们走了，您就是我唯一的亲人。寄爷，您说我该怎么办?”

那棵老金桂静默不语，只是风吹一下，他就随风摆动一下，发出哗哗的声音，像在点头，也像在摇头。

隔了两天，张五七还没想出个结果，又忍不住跑去镇上，把这事跟李红霞说了。

李红霞听了很高兴，两个人在床上，她也很有兴致，竟然对着张五七“老公老公”地喊。李红霞也不要张五七的钱，她甚至提前把店门关了，专门来跟张五七商量这个事，她把这个事当成了自己的事。这是个大事，他们就像一对恩爱夫妻那样，躺在床上商量这个事。

李红霞说：“算我没看走眼，我就知道你不是一般人，你有富贵命。你这狗日的不费吹灰之力就把财给发了，有了这5万块钱，你可能会超过王九千，一夜之间成为麻村的首富，有这样的好事你还用想？”

一阵枕边风吹来，张五七得意忘了形。他也把自己的顾虑跟李红霞说了。他说：“谁不想发财？那可是我寄爷，卖寄爷是忤逆不孝，会遭报应的。”

李红霞说：“你还真是个傻瓜，你真把一棵树当爹供着？这么多年也没见它保佑你发财，保佑你找个老婆回来，你这是封建迷信。再说了，即便那是亲爹，要是有人能拿出那么多钱来，换成是我，早就拍板成交了。”

“说得倒轻巧，如果有人愿出5万买我的肾，我丝毫不会犹豫，问题那是我寄爷。”

“你真是猪脑子。你也别高兴得太早，金桂树可不是你家才有，说不定那5万块早进别人腰包了。”

“哎，我就担心这个。”

“你再想想，5万块钱有多少，要是王九千靠杀猪挣，要杀多少猪？要是用来跟我睡觉，5万块钱能睡我多少回了？”李红霞说。

“还是你们生意人精明会算账，如果我有了那笔钱，你愿不愿意给我做老婆？”张五七说。

李红霞没说答应，也没拒绝，只是那么模棱两可地一笑，就让张五七吃了秤砣铁了心。

四

麻村巴掌大，在村口放个屁，村尾都听得到响，闻得到臭。

张五七的破房子像座孤坟，孤零零缩在麻村的半坡上，一条瘦若羊肠的机耕路从他家门前经过，通往外面的世界。

张五七跟麻村的人不太来往，或者说麻村的人不愿跟他来往，他家里从来不曾有客人，哪怕是那些喜欢到处串门的狗，也不愿近他的家门。

日子一天天过，谁也没有注意到麻村的变化。人们只看到张五七每天早上穿过村子，往镇上去，到了傍晚又回来。他早出晚归，像一个在镇上上班的干部一样。实际上，这也并没有什么好新奇的，张五七从来都是这样的，只要天气好，他就去镇上找乐子。

不过，人们很快注意到了张五七的变化。他换上了新衣服，还是干部喜欢穿的那种西装，脚上踩着黑亮的皮鞋，手腕上还多了一块表。大冬天的，他也不嫌冷，故意把袖子挽得老高，露出那块金光闪闪的表。

再后来，人们看见张五七带了个女人回家。他们手牵着手，有说有笑往村里走，老远就能听到他们的笑声。走近了一看，那女人就是李红霞，穿得花枝招展，浓妆艳抹，看起来跟麻村这个地方格格不入。

麻村的男人们是认识李红霞的，他们知道李红霞在镇上开夜巴黎，少数几个人恐怕还背着自己的老婆，偷偷去夜巴黎找过李红霞。

可现在李红霞像是从来没见过他们，只顾跟张五七说说笑笑，恩恩爱爱把家还。也不知道张五七说了什么，一路上李红霞笑得花枝乱颤。

“狗日的张五七撞上狗屎运了，竟然把我们的红霞大美女带回家来了。”麻村首富王九千把他们拦下来，嬉皮笑脸地说。王九千正在搬砖，他准备盖一座3层楼的洋房。

“关你屁事，这是我老婆。”说着，张五七伸手揽住了李红霞的腰。

“哎哟，这狗日的张五七倒是骨头硬了。我看是偷鸡摸狗换了点小钱吧，看把你美的，还不知道天高地厚了。”王九千说。

“你别他妈狗眼看人低，老子现在有的是钱。”

“你也别吹牛，去年欠下那五十块猪肉钱，记得赶紧给我还上。”王九千叼着烟，恶狠狠地说。

张五七从裤兜里掏出一把百元大钞，抽出两张，砸在王九千面前。等人们反应过来，张五七和李红霞已经走远了，只听见李红霞的高跟鞋敲打着麻村的石板路，发出清脆的响声，响得人心里痒痒的。

村人们都很惊讶。这个懒汉张五七怎么就把李红霞带回来了呢？要知道，多年前王九千也追求过李红霞，他每天早晨杀完猪，还没开秤，就提着一副猪下水去镇上找李红霞，送完猪下水才跑回来卖肉。卖完肉，他又揣着腰包去找李红霞。一个礼拜杀3头猪赚来的钱，全都花在李红霞身上了，给她买衣服买首饰买化妆品，还特意带她上花都游了一圈，回来照样被李红霞一脚蹬掉了。甚至还有传闻说，花都的一个房地产老板看上了李红霞，答应送她一套别墅，一台小轿车，李红霞也没有跟他走。现在，穷光蛋张五七有这般能耐，这事连麻村的狗都不敢相信。

没几天，事情就露了馅。

那天王九千过生日，他提着两只大猪蹄去供奉寄爷。这些年，王九千的杀猪生意越做越红火，几乎垄断了方圆十村八寨的猪肉市场，现在还准备盖一座小洋楼，再干个三两年，估计要买小汽车了。万事如意，生意红火，王九千把一切都归功为寄爷的庇护。说起来，王九千也是个苦命人，3岁那年就没了亲爹。他亲爹是夜里下河去电鱼没的，鱼没电到，把自己电死了。没过两年，他娘也撇下他，跟一个来麻村打首饰的银匠跑了。王九千就成了没人管的孤儿，他天天跑去那棵金桂树下哭，骂他自己的亲娘，骂那挨千刀的银匠，骂累了就哭，哭累了就在树下睡，醒来继续哭，继续骂。哭着骂着，王九千长大了。他起初也是个穷光蛋，家境比张五七还惨。据说有天夜里他寄爷给他托了一个梦，让他去贩猪，保准能混一口饱饭吃。王九千照做了，先是给镇上的一个杀猪佬当学徒，手艺学到手，他自立门户，果然就发达了，很快娶妻生子，成了麻村的首富。

来到张五七家后园，王九千扑了个空。那棵高大茂盛的老金桂树不见了，只有一个大坑，因为刚下了一场大雨，眼前是一个大水潭。

这么大一棵树，怎么说不见就不见了？王九千怀疑自己的眼睛出了问题，他蹲在地上抽了一根烟，又往水潭里扔了一块石头，只听见咕咚一声响，石头被吞噬了。寄爷确实失踪了，不见了。

王九千顿时慌了神，差点一头栽进水潭。往后没了寄爷的保佑，杀猪生意会不会受影响？日子该怎么过？会不会遭报应？这些问题让王九千喘不上气来。

等王九千冷静下来，就听到了张五七跟李红霞的嬉闹声。

“肯定是狗日的张五七在搞鬼。”王九千在心里骂道。他暴跳如雷，踢开张五七的家门，看见张五七跟李红霞正在喝酒，两个人已经喝得烂醉。

“杀猪佬，你来得正好，来喝一杯我们的喜酒。”

“狗日的张五七，寄爷不见了，你还有心思喝酒？”

“来，喝一杯。”

“张五七，我寄爷呢？你把他弄到哪去了？”

张五七先是一愣，接着哈哈哈大笑起来。他说：“你喝了这杯酒，我就告诉你。”

“鬼才喝你的酒，你快老实交代。”

“我送他老人家进城看世界去了。他老人家一把年纪了，也该出去看看世面了，我们总不能让他一辈子待在这山沟沟里吧。”

王九千这才知道寄爷被卖的事。他砸掉张五七的酒瓶，怒气冲冲回家找杀猪刀，又叫上陈光发和王大炮，三个人气势汹汹杀向张五七的老巢。他们很生气，共同的愤怒让他们把土路踏得咚咚响。

他们说："这个狗日的张五七真不是人，为了一个臭女人，居然把我们的寄爷卖了。"

他们说，今天不杀了张五七，誓不为人。

他们扑了个空，张五七早就跑了。跑得了和尚跑不了庙。找不到张五七，他们就拿张五七家的家当撒气，不过也没什么值钱的东西可砸，无非是几个破碗残碟，所以他们越砸越气，走的时候只差没放一把火。

出了张家，他们又浩浩荡荡往镇上去，他们咬定狗日的张五七躲到夜巴黎去了。他们最终失望而归，李红霞的发廊已经换了主人，连招牌也换了，"夜巴黎"改成了"女人花"，坐在收银台前的是一个40岁左右的女人，完全没有李红霞好看。

五

麻村人一口咬定张五七带着李红霞私奔了。他们拿着出卖寄爷换来的黑心钱，远走高飞，到世界上其他地方去了。

麻村人都很气愤，凡是能说话的人都在诅咒张五七。他们说："真没想到麻村会出这样的败类，狗日的张五七真不是东西，肯定要遭报应的。"

话音未落，麻村接二连三发生了几件怪事。

首先是王大炮家出了事。

王大炮是麻村的长寿老人，今年86岁了，依然能吃能喝能说能睡能干活。他的老伴死了20多年了，估计都变成土了，他还活得好好的，前几年还闹着要找个女人过日子。他的两个女儿自从远嫁到湖南，就再没回来过。他有个儿子在广东东莞打工，也极少回家。早几年抱了个小毛娃娃回来，说是在外面跟一个女工未婚先孕生的，那女工生下孩子就不见了，无奈之下儿子只好把孩子丢回老家，让王大炮养。王大炮倒是疼这个可怜的孙子，好生喂养，喂得白白胖胖的。

那孩子长到6岁了，还没一个正式的名字，王大炮叫他小东莞。小东莞长得虎头虎脑的，乖巧听话，从来不像麻村的野孩子那样到处惹是生非，他有几分大都市娃娃的文明气质。麻村的人见了，总会啧啧称奇，老话说得好啊，龙生龙，凤生凤，老鼠生来打地洞。这孩子不愧是大城市来的啊，从小就比农村娃懂事。如果不是麻村小学被撤并到镇上去了，小东莞也该上小学一年级了。别的小孩都上学去了，只有小东莞一个人在村里无事可干。本来王大炮也是要送小东莞去上学的，可是每天要人接送，他就犯了愁，索性等孩子再大一岁再送去。不知道什么时候小东莞学会了钓鱼，他经常去河边钓鱼，每次都能提两条青鱼回家，给他爷爷王大炮下酒。

那天小东莞又去钓鱼，他爷爷给他做了一杆新钓竿，他还说要多钓一些鱼，不然爷爷买鱼线鱼钩的钱就白费了。在去河边的路上，他还向麻村人展示了他那杆新钓竿。

到了傍晚时分，小东莞还没回家。王大炮这才着了急，跑到河边去寻，就看见小东莞仰面浮在河塘上，跟睡着了一样。

据说尸体捞上来的时候，他的小手还死死抓着鱼竿，而鱼钩上钩着的不是什么大鱼，只是一只小虾。

有人说，必定是村中的老金桂化成了小虾，报复王大炮来了。

王大炮伏在小东莞的小身子上，老泪纵横，悲痛欲绝。很快，他化悲痛为力量，开始痛骂张五七。他说："狗日的张五七，害得我的小东莞死得好惨。抓着张五七，我老汉定要亲手剁了他，拿去钓鱼，为我可怜的小东莞报仇。"

一波未平一波又起。还有一件事就更为蹊跷。

麻村村头有个卖豆腐的漂亮寡妇，人称豆腐西施，好多男人都想吃她的豆腐。男人死了10多年了，膝下也没一儿半女，一直孤零零的。她是个怪人，这么多年也不改嫁，只埋头做生意，她一天要打好几锅豆腐，一大早就蹬着三轮车走街串巷叫卖豆腐。

"卖豆腐，卖豆腐。"她的吆喝声总是那么好听。

那几天人们都没听见寡妇的吆喝声。麻村人还说："那寡妇是不是改嫁了？你看女人终究是守不住寡吧，守了这么多年，到头来也是功亏一篑，晚节不保。"

当一阵阵恶臭飘过麻村的时候，人们才意识到出了事。

他们砸开寡妇家的门，发现她死在豆腐锅里，整个人都快煮成豆腐了，只有头发还是黑黝黝的。

"他们说这一切都是因我而起，因为我把寄爷给卖了。不仅卖了，还把钱花在一个肮脏女人身上，这是报应。开始我还不相信，后来古怪的事情一件接一件，越来越多，我就真的信了。”张五七说。

“你知道吗？现在我不敢睡觉，一闭眼，那些人就找我来了。先是我那死去多年的爹娘，他们像两个恶煞，指着我的鼻子大骂，骂我不是人，骂我忤逆不孝，骂我不得好死，骂我出门被车撞死，下雨天被雷劈死。他们喋喋不休，还说以后我死了，到了那边，他们也不认我这个儿子，让我成为一个孤魂野鬼，永世不得安宁。”张五七说。

“我实在熬不下去了。有一天，我偷偷跑去我家后园，看到那个空荡荡的树洞，心如刀割。我突然看见寄爷血淋淋地站在我面前，他老泪纵横，眼睛直直地盯着我看，一句话也没说。夜里我总是梦见寄爷，城里人对他大动手术，给他截肢，整形，在他身上挂满了药水，插上各种各样的管子，如同一个将死的病人。”张五七说。

“王大炮的孙子小东莞，卖豆腐的寡妇，也会在夜里来找我。他们搭乘一片乌云，从天上飘下来，他们知道我躲在牛栏里。那小孩子真是可怜，才6岁，他吞了太多水，肿胀得像个巨大的馒头。他手里握着一根钓鱼竿。他说：‘我要把你钓起来，给我爷爷做下酒菜。’”张五七说。

“再说那个寡妇，她活着的时候是很温柔的，讲话细声细气的。不瞒你说，我也没少打过她的主意，有次去她家买豆腐，我就摸了她，她反抗了，抓起铁锹要打人，可我还是没撤手，继续摸了她，她往我头上拍了一铁锹，我现在还记得。但是她不凶，她不是那种恶毒的女人，要不是后来遇到李红霞，我可能会在她身上多用些力气，说不定还能打动她呢。可是，她死后就完全变了模样。以前我总以为人活着的时候是好人，到了那边一定是个好鬼，可是我错了，好人也可能会变成坏鬼。她变成了一块巨大的豆腐，真是吓人啊。她在我面前张牙舞爪，鬼哭狼嚎，她说本来她是打算再做几年豆腐，攒够了钱，好好去整个容，因为人家总说她是克夫相，她不服气，她要改变自己的克夫相。整好容，她才打算好好地死，至少是吃安眠药那种死法，去那边跟丈夫相聚相守，再不分离。可是因为我张五七，她的命运全改变了，她的一切努力付诸东流，那么多年的豆腐全都白卖了。因为死得突然，克夫相也没改变，现在到了那边，连她丈夫都不认她，害得她的魂魄到处飘散，比活着的时候守寡还要惨。她说：'狗日的张五七，你不得好死，总有一天我会让你付出代价。'" 张五七说。

"麻村成了我的噩梦，我再也躲不住了。麻村人把我当成了灾星，现在哪怕是一只鸡发瘟病死了，他们也会把账算在我头上。他们说：'就算那狗日的张五七逃到国外，跑到火星，也要把他抓回来，五马分尸，剁碎了再下油锅。只有这样，才能驱散那些飘荡在麻村的邪气。'" 张五七说。

"你这样躲也不是办法，躲得了初一躲不了十五，你不可能躲一辈子吧。" 唐生说。

"是的。我现在什么也不怕，就怕我的罪孽给麻村带来更大的灾难。所以我不再像老鼠一样东躲西藏，我给每个人磕头，我希望他们每个人给我一刀子。我跟他们说：'我不怕你们杀我，我这是罪有应得，罪该万死，但是你们现在杀了我也没多大用，妖魔可能还要继续作怪。我要去花都找我的寄爷，我要把他老人家找回来，让他回来保佑我们的麻村。

到时候，你们再杀我也不迟。没想到，他们真的没杀我，把我放出来了。’”张五七说。

六

第二天天没亮，张五七就起来了。

张五七脸上没一丝血色，连嘴唇都是苍白的，唯有眼睛通红，像塞着两个血球。这也难怪，即便是喝醉了酒，张五七也睡不着，他整夜翻来覆去，唉声叹气。半夜，他索性爬起来，端坐床头，口中念念有词。

看着张五七一头的乱发，唐生决定给他理个发。

张五七就老老实实坐在工棚外的砖头上，让唐生给他剃头。唐生将一张报纸剪个窟窿，套在张五七脖子上，以免头发落在衣服上。电动推子推过张五七的头顶，乱如杂草的头发纷纷落地。

“笼生，你啥时候学会理发了？”

“工地上都这样，大伙儿相互帮着剃头。”

太阳从地平线上升起来，照耀着张五七新理的平头。

“笼生，像不像个劳改犯？”

“像什么劳改犯，你这才像个人样。”

稀里哗啦喝掉一碗稀饭，张五七就出发了。唐生劝他留下来多住几天，把身体养好了再走。他拒绝了。

“我心里不安宁，生不如死。”张五七说。

唐生问张五七要去哪里找。

“到处找，我就不信找遍整个花都还找不到。”

“有没有线索？”

“我知道那个老板叫宋爱国。”

“花都那么大，哪个才是你要找的宋爱国？”

“一天找不到找两天，一年找不到找两年，找不到寄爷，我就不回去。”

唐生把张五七送到工地大门外，又塞了一部旧手机给他。

唐生说：“这里边存有两个电话号码，一个是我的，一个是110，有事找警察，警察不管就给我打电话。要是你找累了就回来，我请你喝酒。你只要看到脚手架上那3个大字，就能找到这了。”

张五七回头，把目光抬高，看见楼顶的“幸福里”3个大字，在阳光下金光闪闪，有点扎眼。

太阳把人影拉扯得老长，矮小的张五七背负着一个沉重的影子，像一个甩也甩不掉的包袱。张五七走了好远，唐生还在想着缠绕在他梦里那些巨型豆腐和馒头，是不是这副模样。

张五七消失在路的尽头。太阳真是好得无可挑剔，花都的工地像一片郁郁葱葱的森林，在阳光下拔地而起，茁壮成长。

唐生回到工地上干活。眼看要过年，包工头下了死命令，一期工程必须在年前封顶。否则，就没法保证按时拿到工钱，大伙很可能空着手回家过年。所以，工友们都异常卖命，加班加点，恨不得把自己也投进搅拌机去，为这座名叫“幸福里”的高楼添砖加瓦。

七

有天，唐生在报纸上看到了张五七。他竟然上了头条。

门卫老杨白天没什么事，喝茶看报，跟个干部似的。那天中午下班，老杨截住唐生，递过来一张报纸说:“特大新闻，你那个二叔上报纸了，快来看看。”

“老农千里走单骑，苦寻精神之父”，报纸上的浓墨大标题异常醒目。正文还配了一幅大照片，只见瘦小的张五七胸前挂着一块大纸板，上边歪歪扭扭写了“找我寄爷，回家过年”8个大字。照片中的张五七衣衫褴褛，憔悴不堪，四周围满了看热闹的人。

报纸上说，七旬农夫（实际上只有50多岁）张五七徒步千里，历经九九八十一难，从遥远的桂北山区辗转来到花都，缺衣少食，流落街头，只为找回自己的精神父亲。记者在结尾处用颇为抒情的笔法，道出了一个惊人的秘密：张五七苦心寻找的父亲，竟是一棵被人运进城里的老树。

扔下报纸，唐生给张五七打电话，语音提示对方已关机。他只好按报纸上的联系方式，试着给报社打了个电话，响了半天，那边才接通。一个懒洋洋的声音说:“对不起你打错了，我们这是广告部，管不了你这事。”

唐生问门卫老杨:“报纸上那幅照片是在哪拍的?”

老杨戴上老花镜，瞅了半天，说："有点像人民广场。你看这人来人往的，后面是人民大厦，广场上有白鸽在飞，边上还有一家肯德基，肯定就是人民广场。"

唐生借了老杨那辆破摩托车，突突突开着往人民广场的方向去。

人民广场在市中心，是花都最繁华的地段，在那里打横幅找人，效果肯定是最好的，没想到这张五七还挺精明的。

然而，人民广场上人来人往，没有张五七的影子。

接下来的日子，唐生养成了看报纸的习惯。每天早上，他会提前10分钟起床，在上工地之前，跑到门卫老杨那，把当天的《花都晚报》《花都早报》从头到尾浏览一遍。报纸上的新闻五花八门：某某官员在办公室擦玻璃，不慎失足从高空坠亡；上海女白领回男友老家过年，被一顿年夜饭吓跑；著名歌星杨大明举办世纪婚礼，动用3辆大卡车运送礼金；中国男足接连惨败，基本无缘世界杯，主教练说责任主要在球场……

报纸上再也没有张五七的消息。

可喜的是，"幸福里"成功封顶了，这意味着大家能按时领到工钱，提前回家过年。只是，从工地上下来的那一刻，唐生高兴不起来，心中反而一片失落。"幸福里"从此就是别人的"幸福里"了，以后再踏进门来，很可能会被小区保安拦住。不过，这也没什么好伤心的，离开了这个"幸福里"，他们很快会找到下一个。在花都，这样的"幸福里"多的是。

领了工钱，工友们忙着去花都的批发市场采购年货。大家归心似箭，家人都眼巴巴在老家等呢，盼星星盼月亮的，一年到头就盼着这个日子，大伙儿恨不得连夜走路回家。没过两天，整个工地上人走茶凉，只剩下唐生跟门卫老杨。

老杨要留下看工地，不能回家过年。晚上，老杨煮了一锅萝卜炖排骨，招呼唐生一起喝酒。

老杨问唐生怎么还不回家。

唐生说："还得等张五七。"

老杨叹了一口气，说："你那二叔也是个可怜人。"

"要不是因为他，我早就回家了，我爹说我娘每天都要去镇上车站看好几回，看我是不是回去了。"

"哪个不想早点回哩。这一年到头啊，最难过的就是过年这几天。"老杨说。

唐生没说话，他知道老杨心里难受，却不知道怎么安慰他。

"眼看着你们都回家了，就我一个人守着工地。我老婆孩子全在家等着呢，我那孩子今年上高三，他娘前些天才告诉我，今年考了全班第三名，来年准能考上大学呢。我那老婆可好了，在家把庄稼种得好好的，年年过年有大肥猪杀，有水糍粑吃，有好酒喝。可是，每年我都没法回去，都是他们娘俩在家冷清清地过年，想着就难过。"说着说着，老杨扭过头去，使劲抹了一把眼泪。

"怎么不接他们来花都过年?"

"哎，大过年的，家里总得有人，那样才有人气，才像一个家。再说，亲戚朋友来拜年，也得热热闹闹招待了，不然怎么像话呢。"

“那就换一个工作，不做门卫了。”

“那可不行，眼下这工作挺好的。你也许不知道，我前些年从脚手架上摔下来，摔坏了腰，再也干不了重活。幸亏老板人好，让我留下来看工地。要是辞了这个工作，以后再找就难了。家里负担重，孩子将来上了大学，还需要更多钱呢。”

两个人不再说话，默默地喝酒，吃菜。锅里的排骨萝卜煮得咕嘟咕嘟响，炉火烧得越来越旺，映着两人的脸。

八

一夜北风之后，花都下起了雪。

跟雪花一样密集的，是爹娘的催促。他们不断从桂北山区打来电话，说：“麻村30来户人家的年猪都杀了，就剩咱家了。”他们还问唐生何时动身回家，家里还等着他回去杀猪呢。实际上，唐生比他们更着急，他四处寻找张五七。这大过年的，总不能把张五七一个人丢在花都吧。

无奈之下，唐生跑了一趟报社，他要去找那位叫王冰的记者。王冰采访过张五七，也许能帮上忙。等唐生找到报社时，发现报社大门紧闭，门上贴了一张放假通知。

雪突然就大了起来，纷纷扬扬，像天女散花。

花都的红花成了白花，黑汽车变成了白汽车，那些坑坑洼洼的道路成了坦途。就连人民广场上那座被无数花都人吐槽的黑色雕塑，也摇身一变，成了一个巨大的雪人，许多人在下面拍照留念。雪的到来，使得整个花都一夜之间换了天地。花都人也好像提前把年给过了，人人脸上满是惊喜，乐呵呵的。

唐生在风雪中奔走两天，没有张五七的影子。他一度怀疑，张五七是不是已经冻死在花都的某个角落，此刻正被大雪层层掩埋。

唐生甚至跑了一趟殡仪馆，打听最近是否收到了无名男尸。他听人说，这花都的死人都要送到殡仪馆去火化，找不到亲属的尸体就存放在冷柜里。

快过年了，殡仪馆里也是冷冷清清的，好像过年了死人的事情也少了。工作人员倒是没有想象中的那么冷漠，甚至还有些热情，他们领着唐生去停尸房一个一个看了，没有看到张五七。

殡仪馆在城东郊外的东山上，没有公交车通达，除了自己驾车，进出只能打出租车或者摩的。到了这些天，出租车和摩的都少了，大伙儿都在赶着回家过年呢。

唐生从殡仪馆出来，沿着弯曲的山间马路往城里走。路上空无一人，地上积满纸钱，唐生突然感觉自己像一个从棺材里爬出来，赶往人间投胎的孤独野鬼。

这样一想，唐生觉着后背突然一紧，直冒冷汗。他加快了脚步，走着走着跑了起来。他越跑越快，脖子像被一双无形的大手掐得紧紧的，喘不过气来。

还好，唐生在半道上拦下了一辆摩托车。摩的大哥一路上不停地说话，他把摩托车开得飞快，耳边呼呼生风。他说这条路上不知道有多少冤魂，只有大声说话，鬼魂才不会附身。因此，一路上他们都在大声说话，像在吵架，又像自言自语，整个山谷都是他们的回声。

摩的司机听了张五七的事，建议唐生打电话向花都电台求助。他说很多人丢了东西，甚至丢了人，都是通过电台广播找到的。前几天就有个大老板，在出租车上丢了一箱现金，也是电台广播帮找回来的。

唐生真的给花都电台打了个求助电话。女主播倒是很热心，她在节目里滚动播报“寻找张五七”的寻人启事，发动全城司机朋友加入寻人活动。之后的几天，唐生接到了无数热心人士的来电，可那些线索的背后，没有张五七。

农历腊月二十四那天，终于等来了张五七的消息。

电话是花都公安局东郊派出所打来的。

一个警察说：“张五七在我们这，你是他儿子吧，赶紧带上有效证件过来领人。”

在东郊派出所，唐生见到了张五七。他头戴一顶破帽子，整个人像从垃圾堆里爬出来的。此外，他手里还多了一根拐杖。

警察对唐生说：“你爸在超市偷东西，让人家逮着了。”

唐生说：“他不是我爸。”

警察说：“年轻人不要忘恩负义，你爸变成这样你做儿子的也有责任。”

“我说了，他不是我爸。”

警察说：“他是不是你爸并不重要，重要的是他这已经不是第一次了。开始他来报案，说自己的寄爷丢了，叫我们帮忙找人。我们问他寄爷叫什么名字，多大年纪，长什么样，他也说不出个所以然。等我们忙乎了老半天，才知道他说的寄爷是一棵树。你看看新闻，这全天下的警察，哪有帮着找一棵树的？我们不找，他就天天来闹事，搞得来办事的群众以为我们这是疯人院。我们拿他毫无办法，只得把他劝走，不然我们就没法正常为人民服务了。没想到他居然故意犯事，要我们把他抓进来。上次他在东郊菜市打人，把一个卖果树苗的打伤了，幸亏只是皮外伤，不然麻烦就大了。我实话告诉你，我们都不想抓他了，我们怕了他了，你今天赶紧把他领走。你是年轻人，肯定懂法律，要是你爸再犯点什么事，那就不是这么好玩的了。”

那个警察可能真是憋了一肚子气，拉着唐生喋喋不休，大倒苦水。唐生只好认了错，承诺下不为例，拉着张五七往门外走。

张五七却不肯走。

唐生说：“别在这丢人现眼了，我们回麻村过年吧。”

“不回。”张五七固执得像一头牛，叫他往东，他偏要往西。

“走吧，求求你了，我给你磕头我叫你爷爷。”

“你放开我，我叫你爷爷。”张五七说。

“你究竟想怎样？”

“除非你帮我找寄爷。”

九

走出派出所大门，唐生发现张五七瘸了一条腿。好端端的一条腿，怎么瘸了呢？张五七说：“让人给打的，你给的那部手机，也让人抢去了。”

唐生骑着门卫老杨那辆破摩托车，拉上张五七到处跑。他们买了一张花都城市地图，每天晚上睡觉前都要研究一番，在地图上画圈打叉，像两个军事战略大师似的安排第二天的行军路线。几天下来，整个花都地图被画得花花绿绿，从城南到城北，从城东到城西，能找的地方都找遍了，依然没有收获。

他们垂头丧气，坐在花都广场的石凳上发愁。

“你不是有宋爱国的电话吗？只要找到他，就能找到你寄爷。”

“让我搞丢了，要不然也不用把这花都翻一遍。”

“你仔细想想。”

“我脑子都想炸了，一个数字也记不起。”

“说不定李红霞认识宋爱国。”

“这个我不敢确定，不过宋爱国倒是知道李红霞，可我现在找不到李红霞。”

他们说话的时候，花都广场上人来人往，热闹非凡。广场中央的大屏幕正在播放猴年贺年广告，一只金猴在屏幕上蹦来蹦去，喜气洋洋。

广告一个接一个，连绵不绝。

屏幕上突然跳出一条楼盘广告。那是一个叫“贵华园”的地方，乍一看还以为是高端别墅区，实际上是一个高档陵园，以种植各种桂树闻名。据说，这个墓园原本是花都政府规划的一个大型公园，号称要打造成全球最大的桂花主题公园。后来，因为花都市长落马，项目就此搁置，差点成了烂尾工程，最终让一个地产商接手，开发成了一个高档墓园。

“寄爷，你看，那是我寄爷。”张五七突然从石凳上蹦了起来。大屏幕上果然闪过一棵大桂树，接着是一片桂树林的航拍镜头，郁郁葱葱，无边无际。

他们骑车直奔贵华园。一路上张五七都很兴奋，浑身都在发抖，差点摔下车，他不得不紧紧抱住唐生。

贵华园果然名不虚传，大门高大雄伟，奢华无比，叫人望而却步。唐生在心里说：“有钱人真奢侈，死了也要住这样高级的小区，真是浪费。”

他们刚要进门，被一个门卫拦住了。门卫扫了他们一眼，像用一把扫帚扫走几片枯叶。

“干什么的?”

“我们来看树。”张五七难以抑制自己的兴奋，声音也在发抖。

“这里不是公园，闲人免进。”那门卫皱起眉头。

“不是，我们来看墓地。”唐生赶紧改口。

“这里的墓地每平方米3万块，你们买得起吗？再说了，这大过年的，你们来买墓地？鬼才信。”那门卫又低下眉头，挤着小眼睛把他们打量一番。

“我们刚看了你们的广告，说是过年大酬宾，我们买一块墓地好过年。”

“售楼部放假了，你们过完年再来吧。”

“不麻烦售楼部，我们自己进去看。”

那门卫有些不耐烦，他抓起一张贵宾参观证，从门卫室的窗口扔了出来。

进了大门，沿着一条宽阔的大道往前走，就到了墓地。

他们在墓地里转了一圈，有点眼花缭乱。园子里栽满了各种名贵的桂树，金桂银桂丹桂月桂四季桂，很多都是百年老树。即便是在这飘雪的冬日，园子里也能闻到阵阵桂花香。这些桂树肯定是从全国各地移植过来的，如今守着一片一片的墓碑。

在园子深处，张五七惊叫一声：“寄爷，我寄爷在那。看见没有，就在那半山腰上。”

顺着张五七手指的方向，唐生果然看见一棵异常高大的桂树。

唐生说：“你腿脚不方便，你在这等我，我上去看看。”

张五七死活不同意，他恨不得马上飞上山去。

“我爬也要爬上去，只有这样寄爷才会原谅我。”张五七说。

张五七拄着铁拐，艰难地往山上走。上山的台阶陡峭，没走出两步，张五七就重重摔倒在地，磕破了额头。

张五七悲哀地“哎呦”一声，扔掉手里的拐杖。他开始往山上爬了，尽管腿瘸了，他还是爬得很快，像一只坏了一条腿的大壁虎。

爬到半路，石板上已经满是血印。

那棵树是新种下去的，被几个新坟包围着。新坟墓碑上的照片还清晰可见，还有残缺的白幡在坟头歪歪插着，风一吹，摇来晃去，要倒不倒。坟头供着新鲜的水果、鲜花和酒菜。如果不注意看，那几炷香好像还在冒着青烟。

堆放在一旁的几个花圈鲜艳如初，好像昨天还摆在白事店门口。

张五七的眼里只有他的寄爷，“赶紧扶我到寄爷身边去。”他说。

唐生扶着张五七往树下走。他推开那些新鲜的花圈，从其中一个坟包上跨过去。

张五七三步并作两步，想赶紧上前认亲。要命的是，他扑通一下摔倒了，一头扎进了那堆新鲜的花圈里，像中了圈套的野猪。

张五七顾不上这一切，他吃力地爬到了那棵金桂树下。

张五七绕着那棵树转了一个圈，左瞧瞧右看看，又用手去抚摸粗糙的树皮，最终他认定了那就是他的寄爷。

“寄爷啊寄爷，我总算找到您了，我张五七不孝啊。”张五七双膝跪地，向那棵老金桂磕了3个响头。

张五七伏在树上痛哭起来，他本来想紧紧抱着他的寄爷，可他抱不住。他哭得地动山摇，好像自己刚死了婆娘。后来他一边哭，一边扇自己耳光。他说：“我张五七不孝啊，对不起您啊，我的寄爷。我千不该万不该，不该把您卖了，您一定要原谅我。如果您不原谅我，就让雷把我劈死。”

张五七哭累了，跪在树下跟他的寄爷说话。他说了自己是怎么财迷心窍，将金桂树卖给宋爱国的；说了爹娘托梦给他，是如何大发雷霆，跟他断绝关系的；说了自从卖掉寄爷后，麻村发生的种种怪事；说了自己如何从麻村来到花都，如何找到这里来的。

“寄爷啊，为了找您，我断了一条腿，差点死在这个城市。这就是报应，我晓得这是老天爷在惩罚我，我活该。这些惩罚还远远不够，就是让雷劈死我，让汽车撞死我，也没法弥补这天大的罪过。”

那棵老金桂虽然被截去了不少枝干，却依然顶天立地。树干上挂满了药水，像一个病重的患者。

“寄爷，您一定吃了不少苦，他们给你挂这么多药瓶，是给您治病吗?”

夜色正一幕一幕从天上降下来，低低地压向地面。晚风越来越急促，吹得那些花圈哗啦哗啦响，仿佛有人在黄昏中低声哭诉。

张五七依然长跪不起，他有说不完的话，认不完的罪。

唐生好几次转头去打量身边那几座新坟，头皮一阵阵发麻。他打断张五七的诉说，催促他赶紧下山。张五七好像没听见，仍旧沉浸在无边无际的忏悔之中。

唐生忍无可忍，推了张五七一把。

“我要在这陪寄爷过夜，我要求得它的原谅。不然，我就在这长跪不起，以死谢罪。”

唐生急得要哭了。他说:“我们身边到处飘荡着鬼魂，你不害怕？我们明天再来。”

“跟寄爷在一起，怕什么？你赶紧回去。”

唐生蹲下来，试图强行把张五七扶起来。张五七用力一推，差点把唐生推倒在地。唐生气呼呼地走了。走的时候，他说：“你这个神经病，我看不冻死你在这。”

十

第二天一早，唐生赶到贵华园时，张五七已经下了山，他正在跟门卫理论。他说：“我要找你们领导谈谈。”

“你有什么事跟我说就是了，领导不会管你的事。”

“你们领导是不是宋爱国？”

“你搞错了，我们这儿没有宋爱国。”

“你叫他出来，我认识他。”

“神经病。”

“我要带我寄爷回家过年。”

“你寄爷是谁？”

“他就在你们这墓地里。”

“神经病。”

门卫终于不耐烦了。他骂骂咧咧回到门卫室，关上门，从暖壶里倒了一杯水，躺在摇椅上翻报纸。任凭张五七在外头使劲敲玻璃，他头都不抬一下。

这时，张五七扬起铁拐，哐当一声砸破了门卫室的玻璃窗。那门卫吓了一跳，他想不到眼前这个老实巴交的人会有这么一招。他打了个电话，很快招来几个穿制服的保安。

张五七被带到了一间黑暗的办公室。在那里，一个领导模样的人在等着他。

“你为什么要砸我们的玻璃？”

“我要见你们领导。”

“我就是这儿的领导。”

“你不是，我要找宋爱国。”

“我说了，我就是这儿的老大。你为什么要砸玻璃？”

“我要接我寄爷回家过年，否则，我就放火跟你们同归于尽。”

“寄爷？”

“我寄爷是被卖到这儿的一棵树。”

“你凭什么说是你的？你有什么证据？”那个领导模样的男子走了过来。

“我有照片为证。”

张五七手里扬着一张报纸，那位领导夺过来，看了一眼，三下两下撕得粉碎。他说：“哪里能证明是你的？树上刻了你的名字？我告诉你，即使是你的，我们也不可能还给你，这是花大钱买来的。”

“我有钱，我要把寄爷赎回去，那些钱我一分不少还给你们。”

“你能出多少钱？”

“5万。”

“我们花了50万买的，你5万赎回?”

“反正我今天要把寄爷带回家。”

“保安队，赶紧把这个神经病给我带走。”

几个保安围上来，要打人。唐生见势不妙，赶紧上前拦住说:“他是神经病，你们别为难他了，我马上带他走。”

“我不走，我要接寄爷回家过年，你们放开我。”张五七挣扎着大叫。

那几个保安像收拾一头将杀的年猪一样，三下两下把张五七拖到门外，塞进一辆面包车。

他们被扔在一个荒无人烟的地方。

“你别闹了，你这样闹是没用的，我们怎么搞得过他们呢？你听我的话，我们再想想办法。”唐生说。

“现在唯一的办法，就是跟他们拼命。”

“我在网上查了，网上说非法买卖古树大树是犯法的，我们去报警。”

“这是树，又不是人，警察不会管。”

张五七还是跟着唐生去了榕湖派出所。

“什么事?”一个年轻的民警接待了他们。

“快过年了，我现在要你们帮我把我的寄爷赎回来。”

“什么名字?”

“是一棵树。”张五七说。

“树？你们要赎一棵树?”派出所的警察忍不住笑了。

“那不是一棵简单的树，那是他的命。”唐生在一旁帮腔。

“对，那棵树是我的命，你们不管，我就去跟他们拼命了。”张五七说。

“这个事我们还真管不了，如果你的寄爷是一个人，那我们可以帮你。对不起，我们很忙，我们还有很多案子要处理。”

他们垂头丧气地走出了派出所。

太阳出来了，地上的积雪开始慢慢融化，那些原本洁白的雪此刻跟泥土融在一起，慢慢变成了黑色的泥污，弄脏了人的眼睛。

眼看就要过年了，花都的主干道上挂起了红灯笼。

唐生说：“我们先回家吧，过完年我们再来。”

“笼生，你别管我，你快回吧。”

中午时分，唐生把张五七骗到了车站。他说：“我带你去找个朋友，兴许他能帮上忙。”

唐生以为只要把张五七骗上回乡的汽车就没事了。汽车开动的时候，张五七发现那是一辆开往县城的车，立刻就发了疯，他用铁拐敲打车窗，命令司机停车。车上的乘客一脸惊愕，仿佛在看一个疯子。

在司机和乘客的抱怨声中，他们被轰下了车。

张五七又吵着要唐生送他去贵华园，他说想去陪陪寄爷。唐生一点办法也没有，只好送他去。到了贵华园，紧闭的铁门上吊着一把大锁。快过年了，墓园的人也放假了。

“我们还是回去吧，这里连一个活人也没有了。”

“不行，正是因为没有人，我才要留下来陪寄爷。”

张五七拄着铁拐在门口转着圈，他被挡在冷冰冰的铁门之外，束手无措。

“笼生，你过来帮一把，把我推进去。”

十一

唐生回了一趟城，买了城里人玩户外运动用的帐篷和睡袋，又买了几箱食物。

“明天我就回家过年了，不能陪你了。”

“不用管我，你爹娘还等着你回家过年呢。”

“这些东西留给你过年，你看这有酒有肉，有面包饼干和榨菜，你好好在城里过个年。对了，我还给你准备了几挂鞭炮，你要是害怕了就放一挂，鞭炮能驱邪还喜庆。鞭炮一响，就跟在麻村过年没什么两样。”唐生说。

“死人也要过年，你看这墓地里什么吃的喝的都有，我饿了随便去人家坟头上捡一些，饿不着。你这孩子太浪费钱了，你挣钱不容易，都是血汗钱，要攒着花。你给我买这些东西，还不如给你爹买一瓶好酒。”

最后，唐生在那棵老金桂下为张五七搭了一个帐篷。一切都安排妥当了，他才慢慢走下墓园的台阶。

走到大门口，唐生听到张五七在坡上喊。唐生回头，看见张五七拄着拐杖站在树下，他高声喊道：“笼生，我的好侄儿，你听得见吗？”

“二叔，我听得见。”

“回家记得替我向你爹娘拜个年。要是村里人问起我，你就说我找到寄爷了，叫他们安心过年，不要担心，我每天都在求寄爷，求他不要怪别人，要怪就怪我一个。我求他保佑我们的麻村，保佑大家平平安安，再也不要发生怪事。等过完年，我就想办法把寄爷接回去。”张五七的声音越过一座座墓碑，像石头一样掷地有声。

唐生远远地朝张五七挥挥手，鼻子一酸，眼泪掉了下来。

北风呼呼吹，一阵紧过一阵，看样子还会有一场大雪。那顶红绿相间的帐篷扎在几个新坟中间，从山下远远望去，如同一个新建的彩色坟包，在这阴暗清冷的冬日里，显得格外鲜艳。

海滩旅馆

半小时后，马德已经躺在海滩旅馆502房间的大床上了。他仰面朝天，让身体陷入软绵绵的床垫之中。这感觉无比熟悉，就好像无数次静静地望着丽丽，他总感觉自己陷入她的双眸中，如果她不眨眼，他就会不断地往下陷，那是一个永无尽头的宇宙。在那里，他获得了前所未有的安全感，仿佛孩子回到母亲的子宫，好像春蚕吐丝作茧自缚。

列车到站的时候已是黄昏。也就是一个小时前，马德还被裹挟在熙攘的人群中，穿过冗长的地下出站通道。这个海滨城市处处散发着慵懒的味道，出站口总是只开一道门，每次从狭窄的铁门下走出去，恍若走出阴冷的监狱。

马德挤出人群，等着丽丽像猫一样扑过来。每次他来，丽丽总会在出站口那棵高高的大榕树下等，仿佛她就是为了等他而长在那的另一棵树。而这次，树下只有几个拉客的妇女在那左顾右盼，寻找潜在的客人。

马德举目四望，满眼尽是陌生的面孔。他在人群中给丽丽打电话，没人接。不久他收到一条短信，她说："对不起，我还有点事，你先去海滩旅馆。"

海滨城市的黄昏显得特别悠长，马德站在夕阳里，望着滚滚人潮，有些失望。这个火车站，他熟悉得不能再熟悉。不过，对眼下这座城市却相当陌生。马德拖着行李箱穿过广场。广场混乱得堪比菜市，不时有出租车和三轮车师傅跑过来，问他去哪里，要不要去美食街吃饭，要不要住酒店，要不要找个姑娘乐一乐……像苍蝇一样纠缠不休。他没搭理他们，埋头疾步，恨不得生出一双翅膀飞离这喧嚣之地。然而，望着逐渐暗下去的天空，他竟然有些慌乱。

一会儿手机又响了，丽丽在短信里叫他先去吃饭，不要等她。

这是一座海滨小城，有着美丽的海岸线，海滩更是天下一绝。它距离马德生活的城市不算远，也说不上近，每天就一趟火车，上午12点出发，慢吞吞的，傍晚时分才到达。在马德心里，这是异地恋最合适的距离。他们总是在出发前夜就不约而同对彼此充满期待了。

见了面，丽丽会带马德去一家叫"潮起潮落"的餐厅吃晚饭，然后打车去海滩旅馆，入住502房。每次都是这样，连前台小姐都认识他了。办入住手续时，前台小姐冲他笑了笑，明知故问道：“先生，又来出差?”他点了点头。他总是话不多，除非在丽丽面前。前台又问：“这回怎么是一个人?那个姑娘呢？”他有些尴尬，不知该如何回答。还好，她也不再多问。

关上房门，马德就忙着布置房间。他从行李箱里翻出床单、被套和枕套，那上面有一股好闻的樟脑味。他把酒店的白色床品全部撤下来，换上粉色四件套。第一次跟丽丽来住酒店时，她嫌床单脏，一夜没睡好。马德就记下了，他去百货大楼买了她喜欢的粉色四件套。之后每次再来，他都带上新买的床单被套。

房间里很快有了温馨的暖色，不再那么苍白，甚至弥漫着家的味道。马德从箱子里拿出一支红酒，一对高脚杯，小心地摆放在茶几上，又变戏法似的找出一束玫瑰，小心抖抖花瓣上的灰尘（其实一尘不染），插在梳妆镜前那只细嘴花瓶里。那是一束粉色玫瑰，塑料的，在精品店买的，开了四年，依然绚烂如初。

收拾完这一切，马德的心安定下来，仿佛一个懒汉突击打扫好乱糟糟的房子，怀着某种复杂的心情，等待出差的妻子归来。

马德在淋浴头下把自己仔细洗了一遍，一路的疲倦一扫而光。当然，这一路上也说不上累，对他而言，反而是一种享受。这倒不全是因为丽丽。他喜欢坐火车，每当车门关闭，车轮滚动那一刻，他就感觉一身轻松了。那些烦人的工作，可怜的收入，高涨的房租，钩心斗角的单位人际关系，各种烦恼统统被关在了门外，不再与他相干。

马德站在镜子前刮胡须。镜子里映着一张30岁男人的脸，粗糙，黯淡，油腻，失落，疲惫，无奈。他有些不敢相信那张脸是自己的，那分明是一张老气横秋的脸。

马德不断按着遥控器，电视节目一个个闪过，没有一个能激起他的兴趣。最终他选了一个相亲节目。男嘉宾正在诉苦：如今女人太现实，有钱就有爱，真爱难寻。各路女嘉宾一听，顿时花容失色，啪啪啪全灭了他的灯。这还不算，24个女嘉宾集中火力，对他形成围攻声讨之势，台上乱成一团。

时间来到了晚上9点，丽丽还没来，也没说什么时候到，马德有些着急了。这一回他们分开有两个多月了，其间他两次说来看她，她都推脱了，说是要出差。这是他们第一次分开这么久。

电视里的争吵依然没完没了，马德有些不耐烦，索性把电视关了。

这时，门铃响了。马德跳下床，奔向门口，又退回来，在镜子前理了理衣领和头发，对着镜子笑了一个，这才去开门。

还没开门，马德先闻到了一股香水味。

门外站着一个陌生的漂亮女人。

“不好意思，让你久等了。”陌生女人说。

“你找谁？你找错地方了吧。”

马德有些莫名其妙，刚想关门，那女人一脚挤到了门缝里。她身上那股香水味就猛地扑进了他的鼻子里，他真是有些不知所措。

“没错，我是丽丽的朋友，我叫沫沫。丽丽还在加班，一时半会来不了，所以叫我来陪陪你。”

马德只好把那个自称沫沫的女人让进了屋。她是个漂亮女人，打扮性感时尚，一袭黑色紧身连衣短裙，凸显了她的曼妙身材。她脚下的高跟鞋嗒嗒嗒击打着地板，让人心慌。马德忍不住多看了她两眼，两人的目光刚好撞在一起，彼此都有些尴尬，他赶紧把目光收紧，投到别处去。

“什么时候到的，等久了吧？”

“没事，刚到一会儿。”

“听丽丽说你脾气很好，要是换成别人，肯定要发火了。”

“哪里，我也会发火的。对了，丽丽每天都要忙到这么晚吗？”

“也不是，你今天刚好不走运，碰到了她最忙的时候。”

两个人就没什么话说了，好像成了屋子里的两把椅子。两个陌生男女同处一室，氛围委实怪异。越是这样，她身上的香味就变得异常浓烈，马德感觉整个人都被这香气淹没了。

马德手脚都不知道该往哪放，于是问沫沫要不要来点酒。

沫沫没有答应，也没有拒绝。马德倒了两杯酒，两人碰了杯，一饮而尽。几杯酒下肚，氛围就变得轻松下来了。他们聊起了各自的生活、工作和业余爱好，有点像初次见面的一对相亲男女。喝了一会儿酒，沫沫说有点热，问他能不能借浴室洗个澡。

马德被这话吓了一跳，没等他答应，沫沫已经脱去高跟鞋，精灵一样钻进了浴室。进门的那一刻，她还回头冲他微微一笑，他分不清那是暧昧还是别的什么意味。

那是一双酒红色的高跟鞋，精致性感，鞋跟尖如钢钉，在灯光下泛着暧昧的光。女人的鞋子能做得如此精致，真是不可思议。

房间与浴室之间，没有帘子，只隔着一层毛玻璃。不一会儿，浴室里传来哗哗哗的流水声，透过那层玻璃，浴中人的身姿若隐若现。没多久，玻璃窗上便凝起了一层水雾，什么也看不见了。以往丽丽洗澡，马德倒是偷偷看过的。但现在他没什么心思去看，他在想着丽丽，盼着她赶紧现身。

“可以帮我倒杯水来吗？哎呀，渴死我了。”沫沫在浴室里喊道。

马德有些惊慌，犹豫了片刻，还是去倒了一杯水。他端着水杯走到门边，发现浴室门竟然留着一条缝。他敲了敲门，说水来了。

门缝被拉开了一条更大的口子，热腾腾的水雾扑面而来，带着香。在那香喷喷的水雾之中，伸出一只手来，湿漉漉的，白得晃眼。马德赶紧把目光移开，将水杯递过去。他想转身，却感觉自己的手被另一只手拉住了，似乎要将他整个人拽进那片朦胧湿热的水雾之中。他也弄不明白那是不是错觉，是不是自己自作多情，总之他慌忙把手抽了回来，退到房间靠窗的位置，大口大口地呼气。

沫沫从浴室出来时，脸上像开出了朵朵桃花。她用毛巾擦拭着湿漉漉的发丝，又让马德用吹风机帮她吹头发。他一低头，不小心瞅见了她胸前那两团白花花的东西。

沫沫的头发真好，柔顺光亮。头发吹干，两人再次陷入沉默，只好闷头喝酒。

“哎呀，不行了，我头晕了，这酒真厉害。”又是几杯喝下去，沫沫的身子开始往马德身上靠，他能听到她急促的呼吸，她的身体像一块点燃的炭火，在慢慢发热。马德硬着头皮把屁股往另一侧挪，她再次靠过来，很快将他逼到了墙角。最后，马德只得找了个借口，狼狈地溜进了浴室。他坐在马桶上迟迟不敢出去，想着如何应付这个从天而降的女人。

这显然是杞人忧天。等马德从浴室出来的时候，沫沫已经走了。他长舒了一口气，他这辈子最怕跟女人打交道，更不善于跟女人相处，就连跟丽丽在一起，他也是被动的一方。

马德重新打开电视，换了一个频道。那是一个老牌选秀节目，一个90后小姑娘在唱一首叫《愿爱无忧》的新歌。她留着短发，脸庞清秀，有些腼腆。这让他想起丽丽第一次跟他约会时的模样。

马德跟丽丽是在火车上认识的。那次他们面对面坐着，中间只隔着一张小茶几，好几次他不小心踩到了她的脚。她一身白衬衫搭配背带牛仔裤，短发，有一张好看的脸。她手里捧着一本书，安安静静的，仿佛不是在火车上，而是在泡书店。他一眼就看上她了，又不敢搭讪，一路上都心潮澎湃，忐忑难安。那本书他看过，是他喜欢的一位作家的短篇小说集。他想跟她聊聊这本书，但始终都没勇气去打扰她。直到她把书合上了，开始整理行李。他知道她快要下车了，他这才笨拙地问她：“这本书是哪里买的？”她说是书店买的。他又问：“多少钱？”她说，忘了。说完又翻到封底，补充说，大概30元吧。他说：“我也喜欢这本书，能不能加个微信？”

那样子真是窘得要命。他又笨手笨脚帮她取行李，小心地护送到站台上，要不是火车马上要走，他恨不得送出站外的大街上去。后来每次说起那天在火车上的情景，丽丽总要笑话他，说那天他的搭讪方式像个白痴。

过了半年，他们就在一起了，至今已有4年。起初，马德每个周末都要千里迢迢赶来找丽丽，这还不够，每天下班他都不由自主地往火车站跑。后来，感情逐渐稳定下来了，见面时间变成每月三两次，现在减少到了每月一次。他也说不上自己为何如此迷恋她，总之他做梦都想跟她在一起。

这次来，马德就不打算走了。他辞掉了那边的工作，准备留在这座美丽的海滨城市，重新找份工作，与丽丽生儿育女，长相厮守。当然，他没把这一切告诉她，他想给她一个惊喜。况且，这天是他们相识4周年的纪念日，他已经准备好了，他要向丽丽求婚。说不定她一感动，就答应嫁给他了。

看了会儿电视，马德感到肚子开始抗议了，这一天在路上都没吃饭。其实，出了酒店大门就是这座城市最有名的美食街，各种酒吧饭馆夜宵摊挨挨挤挤，一眼望不到头。此刻美食街上正灯火通明，热闹得很。

马德懒得出门，他担心自己前脚一走，丽丽就来了，他不希望她找不到他。

这间房子的每个角落马德都熟悉。4年来，他跟丽丽在这里度过了无数个美妙的夜晚。他们在这里聊天、喝酒、做爱、读书、听音乐，偶尔也会吵架。4年了，房子里的装修和摆设几乎都没变，就连养在洗漱台上那盆绿萝似乎都没换过，依然绿莹莹的。他喜欢这样的感觉，每个物件都有自己的位置，都摆在熟悉的地方，像个家。

房间外有个小阳台，面朝大海，如同通天达海的大码头。白天，他们坐在那喝茶、聊天，海滩的优美景致尽收眼底。到了晚上，海面上黑乎乎一片，什么也看不见，晚风从遥远的海上吹来，带着腥咸的气息。他们坐在黑暗中，吹着海风，听潮声起来又远去。有天夜里，丽丽睡不着，就拉着他来到阳台上，两个人喝着啤酒，等着日头从海上冒出来。

“你知道海的那边是哪里吗？”丽丽突然问他。

“那是鱼虾的故乡，那是月光的舞池。”他答。

“傻瓜，海的那头还是海。”

“你爱我吗？”她又问。

“嗯。”

“有多爱？”

“夜有多黑，海有多深，我就有多爱你。”

“你还真是一个诗人。”

丽丽像个孩子一样，总是问个不停。

马德曾经梦想成为一个有影响力的诗人，为天下人写诗，给世间万物写诗。念大学那阵，他还缩衣节食，自费印过一本诗集，在校园里小有名气。直到现在，单位里的一些同事还称他为马诗人。“马老师最近有什么新作？马诗人周末去哪里喝酒？”他们总是这样叫，真是烦得很。可写了好几年，公开发表的作品寥寥，梦想就如同风中的残烛，不知道什么时候就熄灭了。

马德想给丽丽打个电话，问她忙得怎么样了，是不是饿坏了，掏出手机却没拨号码。他打电话去蛋糕店，订了一个蛋糕。

电视里正在播报晚间10时的整点新闻。女主播说，疫情正肆虐多个国家，已有上千人死于病魔，感染人数呈爆发式上升，局面恐怕会失控；上半年全国楼市交易惨淡，多个城市相继取消限购令；马航MH370失事航班依然下落不明……

马德再无心思看新闻，窝在沙发里发呆，时不时拿起手机瞧瞧，又放下。手机安安静静的，他却心神不宁。

门铃终于响了。这回肯定是丽丽来了，他嗅到了她身上的气息。

马德赶紧打开门，果然，丽丽疲惫而生动地站在门口。她还穿着黑色职业套装，看来她是直接从办公室赶过来的。

马德把丽丽抱上床，想去亲她，但她把头扭到了一边。他又去解她的上衣纽扣，解了半天只弄开两颗。她在床上挣扎了一下，好容易摆脱他的纠缠。她说："我加了一天班了，我累死了，我饿死了，先让我填饱肚子吧。"

马德只好停下来，眼睁睁看着丽丽像猫一样从床上蹿到墙角的沙发里去了。茶几上摆着蛋糕和红酒，乳白色的细嘴花瓶里插着塑料玫瑰，粉色花瓣在昏黄的灯光下显出了几分娇媚。

丽丽说："你还挺用心的嘛。快来吃东西，我知道你也没吃饭。"

马德想告诉她，她的朋友沫沫刚来过。这时，丽丽的手机响了，她慌了一下，赶紧抓过手机躲进了浴室。他有些失望，以往接电话，她从不回避他的。

两分钟后，丽丽出来了。马德把蜡烛插在蛋糕上，一一点燃。那是一个心形蛋糕，上面点缀着她爱吃的樱桃、草莓。

“来吧，许个愿。”

“今天又不是我生日，许愿也不灵。”她说。

“管它灵不灵，许一个吧。”

丽丽眯着眼睛许了愿，然后他们一起吃蛋糕。

喝酒的时候，马德想跟丽丽说辞职的事。他想告诉她，这次来，他就不打算走了。他想用这些年攒下来的积蓄付个首付，在这座海滨城市买套房子，跟她一起面朝大海，春暖花开，喂马劈柴，关心粮食和蔬菜。他还想告诉她，他已经厌倦了坐火车。这4年来，他坐过的火车估计比他今后大半辈子要坐的火车还多。他想安定下来，想有一个家。

但马德没找到合适的时机。丽丽似乎心事重重，或许是在单位受了委屈，或许是太累了。这一切，马德都看在眼里，疼在心头。他说，等他赚了钱，就让她在家里数钱，不再去外面吃苦受气。

这天的蛋糕奶油有些多，吃起来有点腻。丽丽端起酒杯跟他碰了一下，说：“来吧，为了你我的美好前程，干杯。”

这个时候，马德就为丽丽念了一首刚写好的诗。她听得入迷，到最后，她竟然落了泪。他又趁机吻了她。这一回，他们都很疯狂，像两头厮打的野兽。快要结束的时候，她声嘶力竭地喊了他的名字。他在心里对她说：“丽丽，今后我再也不离开你了，我们终于在一起了。”

不知道过了多久，马德被丽丽摇醒了，迷糊中听到她在说：“快来看，有人放孔明灯。”

马德揉揉眼睛，透过巨大的落地窗，果然看见夜空中飘着孤零零的一盏灯。那盏灯在夜风中摇摇晃晃，越飞越远，越来越小，最后彻底消失在漫漫黑夜之中，就好像是一个梦，影影绰绰，在梦醒时分消失得无影无踪。

醒来后就再也睡不着了。丽丽提议出去走走，顺便看能不能买到孔明灯。

这天晚上的月光很淡，时不时被那乌云吞没。丽丽牵着马德的手，一步一步走向海滩的深处。

“今天是我们相逢4年的日子。谢谢你来陪我。”丽丽说。

“傻瓜，陪伴是相互的，要说谢谢的是我。”

这时，马德又想跟她讲辞职的事，话到嘴边他突然又改变了主意。他打算在周日下午再给她一个惊喜，因为以往他都在那个时间离开，丽丽会把他送到火车站。两个人在检票口难舍难分，总是要磨蹭很长一段时间。

海滩上空荡荡的。不知道走了多远，风停了，潮退了，夜静得像睡熟的婴儿。他们走在软绵的沙滩上，脚下发出沙沙的响声，就好像冬天走在雪地里。丽丽生活在南方，没见过雪。马德知道她做梦都想去看雪。

“冬天很快就来了，看雪的日子越来越近了。”

丽丽没回话，脚步慢了下来。

“其实雪就跟这沙子一样，只不过雪是白色的。你知道吗？每次跟你走在这片沙滩上，我就会想象跟你走在雪地里的场景。今年冬天，我一定带你去看雪。明天早上起来，我们一起堆个沙滩雪人，好不好？”

马德感觉自己的手被丽丽握得紧紧的。过了一阵，她说：“不要等明天了，我们现在就来堆雪人吧。”

他们就默默地蹲了下来，借着淡淡的月光，在沙滩上默默堆着雪人。他们堆得很认真，好像真的是在雪地里，堆一个真正的雪人。他们捧着沙粒，一点点把一个雪人垒起来，寂静的海滩上就有了三个人影。

临走的时候，马德说明天早上还来看雪人，在边上再堆一个，这样它们就不会孤独了。

在回酒店的路上，马德又说到看雪的事。他说："以后的每年，我都带你去我的家乡看雪。我做梦都想跟你打雪仗，堆雪人，你系着红围巾的样子一定很美。"

就在这时，马德感到有风从背后袭来。

"不许动！"一个恶狠狠的声音传来，瞬间撕破夜的宁静。紧接着，一个坚硬冰凉的物件猛地顶住了马德的后背。马德能感觉出那是一把枪。他的身子抖了一下，脑海里闪过子弹呼啸而出穿透胸腔的画面，他又抖了一下。

"听见没有，不许动！"

丽丽吓哭了，躲在马德怀里发抖。

"不许哭，再哭老子一枪打死他。"

听见丽丽一哭，马德突然有了勇气。他在心里想：只要劫匪不伤害丽丽，就是让他死也无所谓。可是该如何让丽丽脱身？马德感觉自己的脑子里一片空白。他毫无办法，唯有在黑暗中紧紧抱住她，做她的肉盾。

"把钱交出来，老子就放你们一条狗命。否则……"

那把枪紧逼过来，似乎要捅穿他的后背。

"哥们，你想要什么，随便拿，全给你。"马德努力让自己镇定下来。这是他们第一次遇到劫匪。丽丽显然吓坏了，药膏一样紧贴在他身上。这个时候，马德感觉自己第一次真正拥有了她。马德伏在她耳边轻轻告诉她："宝贝别怕！有我在呢。等会我一松手，你就赶紧往前跑，不要管我，听到没有?"

一只大手杵了过来，在马德的四个衣兜裤兜里摸索了半天。马德感到那只大手也在颤抖，显然他是一个新手。当那人把手机掏出来，再次伸进兜里准备掏钱包时，马德用尽全身力气将丽丽推开，猛然一个转身死死抱住了劫匪。

马德大声喊道："丽丽，快跑！丽丽，快跑！"紧接着，马德听见枪声响起，啪啪啪连鸣三声，枪声穿透他的胸膛，响彻整个海滩，空气里弥漫着新鲜的火药的味道。他的声音也随之粉碎，掉落在无边的海滩上，一切都平静下来了。

马德醒来时，天已经大亮。他发现自己仍然睡在海滩旅馆的大床上。他有些不敢相信，愣了半天，又伸手去摸了摸胸口，没有中枪，没有伤口，没有流血，好端端的，安然无恙。

马德又躺了一会儿，费了好大的劲儿才爬起来。身边的枕头已是空荡荡的，房间里就他一个人。头天夜里乱糟糟的茶几，已经收拾妥当，干净得就像没人使用过。

他冲进浴室，没有看到丽丽。洗漱台上那盆绿萝似乎刚浇过水，生机勃勃，绿得刺眼。

这时候，马德的手机响了，铃声是那首《潮起潮落》。马德没有接，他想好好听听这首歌。

鸟失踪

上

头天夜里，秦光荣就意识到这些天要出什么事。

果然，一大早醒来，没听到鸟叫声。要是往时，那只鸟早就“咕噜咕噜”叫开了。他在床上挣扎了一下，想快速起身去院里看个究竟，可到底是老了，腿脚不听话了。

那只鸟其实也不是什么名贵的鸟，随便从花鸟市场买回来的，三四年了。

那是一只虎皮鹦鹉。卖鸟人说，这鸟不吵不闹不娇贵，随便喂点谷物什么的就能活，比小猫小狗还好养。要是运气好，还能说人话。卖鸟人满嘴跑火车，一群小鹦鹉争先恐后凑上前来，隔着笼子叽叽喳喳闹个不停，好像在冲着秦光荣喊“带我走吧，带我走吧”。

唯有一只小鹦鹉可怜兮兮地缩在笼子后头，看起来它不太合群。秦光荣还注意到，笼子里的鹦鹉全是绿色的，唯独它长着一身蓝色的绒毛，看上去像个异类。他本来想问卖鸟人这蓝色是不是染上去的，因为以前他的一个朋友养过一条斑点狗，花了不少钱，可抱回家洗个澡，才发现斑点是人家画上去的，其实不过是一条普通的小土狗。

秦光荣最终也没多问，看着蓝毛小鹦鹉还顺眼，随手把它提回了家。

秦光荣也懒得给鸟起名，直接就喊“素素”，这是他那刚死的老太婆的小名。老太婆的大名好听，叫赵素珍。人不在了，名字也就作废了，还不如给鸟用。

这样喊着，总感觉赵素珍还活着。

赵素珍在世的时候，秦光荣倒不常喊人家素素，老是用“你你你”“喂喂喂”来称呼。所以当他最初喊起那只鸟时，邻居们总怀疑自己的耳朵出了毛病。怎么老太婆都走了，这老头儿还一天到晚喊得那么勤那么亲？真是个怪老头儿。后来，隔壁邻舍才晓得他是在喊一只鸟。

那时候，那条街道还是挺热闹的。说是街道，其实就是一条巷子，地图上叫通泉巷，他们却喊作通钱巷。巷子不大，三两分钟能走到头。巷子两边挤着低矮瓦房，一家紧挨一家，紧巴巴住着35户人。平时闲来无事，男人们在家门口摆上一张桌，一堆人围拢来打牌下棋，或者温上一壶茶水，胡侃海聊，扯些从新闻联播和报上看来的国家大事。女人们坐在一边做些针线活，嗑着瓜子，拉扯一些永远也扯不完的鸡零狗碎。孩子们在巷子里追追打打，时不时会弄哭一两个。

虎皮鹦鹉素素倒也如那卖鸟人所言，听话，好养，除了早晨爱叫，没什么大毛病。而且，它那一身的蓝毛是真的，不是染的。

每天天色微明，秦光荣提上鸟笼带着鸟出门散步，沿着滨江公园慢悠悠转一圈，等太阳爬上电线杆子，又慢悠悠往回走。回到家，他把自己关在院里，翻翻报纸，听听戏曲，跟素素说说话，一天都不出门，吃完晚饭，又出去散步。

那只鸟笼就像嫁接在他身上似的，甩都甩不掉。通钱巷的人说，秦光荣跟那只鸟的感情还真像当年他跟赵素珍一样亲。

赵素珍走后，秦光荣变得不爱说话了。他总是独来独往，从来不去跟别的老头老太太下棋打牌，更别说去串门拉家常。前两年，还有热心人张罗着给他介绍老伴，谁料到被他一顿数落，就再也没人敢管他的闲事了。最近两年，他走在街上总缩着头，遇到熟人，也懒得打招呼了。他的世界里只有素素。偶尔有精神了，他会跟素素说话，问它中午想吃什么啊，晚上想去哪玩啊，素素偏不理他。有时是素素"咕噜咕噜"地嘀咕个没完，他又懒得开口。人跟鸟毫不搭调的样子。

走过通钱巷的人偶尔会听到秦光荣跟素素说话。

"素素啊，我是老秦，今后你就管我叫老秦吧。养了你两年了，你怎么不说一句话呢？能听懂我的话吗？听懂了，你就点个头。"

素素没有点头，低头去啄食槽里的谷粒。

"真是只傻鸟，只晓得吃，吃，多吃点吧，再长大点也许就会说人话了。”秦光荣一边说，一边往槽里添食物。

有时，秦光荣也会抱怨那个卖鸟人，他说：“还真是个骗子，明明讲会说话的，可两年了，除了会叫，根本就是个哑巴。”这时，素素好像生气了，在笼子里上蹿下跳，“咕咕咕咕”叫。秦光荣呵呵一笑，说：“哎呀，你也晓得生气？我说的不是你，我是说那个卖鸟人，他是个骗子，他不说人话。”

秦光荣打着手电，来到院里那棵酸枣树下。天还没亮。鸟笼空荡荡地吊在树上，素素不见了。

秦光荣彻底慌了神，只觉得整个人一瞬间被掏空了。

院门是上了锁的，还加了一道闩，小偷进不来。再说了，素素只是一只普通的鸟，不值钱，没人傻到来偷这样一只鸟。

这些天秦光荣的风湿病犯得厉害，全身关节像打满了钉子，动弹不得，他在床上躺了两天，粒米未进，差点死去。要怪只能怪自己冷落了素素，它生气跑掉了。他这样想的时候，心里突然一阵愧疚。

其实，他懒得理会素素，还另有原因。

通钱巷在半年前就要拆了，说是要建一个高档住宅小区。起初，大部分住户不愿搬，天天去政府闹，后来开发商提高了补偿标准，住户们高高兴兴搬走了。很快，整个通钱巷只剩下秦光荣的老屋孤零零缩在巷尾，几乎要淹没在废墟中。房子早成了危房，墙上有了裂缝。冬天，北风钻进来，冷得跟地狱一样。

在拆迁队眼里，素素跟秦光荣一样古怪。每次拆迁队来敲秦光荣的门，素素总“嘎嘎嘎嘎”地冲着拆迁队咆哮，如同一条恶狗。素素一叫，秦光荣也跟上来大骂。人和鸟像同一个战壕里的战友，每次都隔着门板把拆迁队骂走。

拆迁队拿秦光荣毫无办法，补偿标准也一再水涨船高，秦光荣就是不为所动，连商量的余地都没有。秦光荣说：“我哪也不去，我是准备死在这里的，有本事你们开推土机过来，活埋了我。”

正因为这间老屋，秦光荣跟他唯一的儿子秦小宝成了冤家。

说起来，秦小宝在牛城也算个成功人士。自从做了地产大亨刘老板的上门女婿，秦小宝顺理成章坐上了牛城地产集团副总的位置。新官上任三把火，他的第一把火便烧向自己的父亲秦光荣。他接下了通钱巷拆迁这个烂摊子，踌躇满志，决心要干一番大事业，谁也别想挡他的光明大道。按理说，作为秦小宝的父亲，秦光荣应当是带头搬走的，可他却成了巷子里唯一的钉子户。

秦小宝也没少做父亲的思想工作。每次他都提着大包小袋，领着老婆刘艳艳回来，并亲自下厨做几道好菜，跟父亲喝上几盅。秦光荣喜欢喝酒，只是赵素珍在的时候，他不太敢喝。

秦小宝以为抓到了父亲的软肋，只要他陪老人家喝几回酒，喝得高兴了，父亲自然会服软。况且，父亲年轻的时候也是个先进分子，做什么好事总是他带头的。可这回他想错了，每次喝酒归喝酒，搬迁的事秦光荣从未松口。

三番五次下来，秦小宝终于沉不住气了。他说：“爸，我在附近给你买了一套房，三居室，宽敞又明亮，明天领你去看看。”

“我哪都不去，你就别打什么主意了。”

“爸，你就知足吧，现在这个补偿标准不低了。”

“不是钱的事，这房子钱再多也不许拆。”秦光荣说。

秦小宝一听这话，脸拉下来了，再加上酒壮人胆，他第一次跟父亲翻了脸。他气呼呼地说：“这破房子究竟有什么宝？你这样固执是为了什么？”

秦光荣看了看儿子，脸色也难看起来。他喝下一大口酒，说：“你现在还不明白，也许永远也不会明白。”

“你看这破房子，说不定哪天下一场大雨就会塌掉，难道你真要在这等死？”

秦光荣不再说话，面如死灰。

最后秦小宝甚至给秦光荣跪下了，他哭着说：“爸，你也知道我不容易，这块地拿不下来，我在刘艳艳他们家就抬不起头来。你别看我在外面风风光光，回到家有受不完的气，你就看在我是你儿子的份上，搬了吧。”

“你先别急着跪，我还没死呢。再说，我没你这样的儿子，你还是认你那当大老板的爸去吧。”秦光荣突然暴跳如雷，狠狠砸了手上的酒杯。

话说到这，就没了继续对话的余地。一怒之下，秦光荣把饭桌前的儿子儿媳轰出了家门。

软的不行，秦小宝只好来硬的。有几次，他想着各种法子把秦光荣支开，让拆迁队强拆房子，结果都被识破了。

秦光荣彻底恼了火，他抓起菜刀把儿子追到巷口，破口大骂：“你这个吃里爬外的败家子，从今往后，老子没你这儿子，你休想再进这个家门，你滚。”

说着，秦光荣一菜刀劈下去，没劈到儿子，地上的一块砖成了两截。他这一刀，也彻底断送了跟秦小宝的父子关系。

赶走儿子，秦光荣枯坐在黑夜里，一个人喝闷酒。素素在一旁“咕噜咕噜”叫着，像在安慰他。他有点烦，端着酒杯进了屋。屋里更黑，他点燃一根蜡烛，影子歪歪斜斜映在墙上，他就跟自己的影子默默地喝酒。

还好，屋里有赵素珍陪着他。他抬头望了望墙上的赵素珍，叹息一声，老泪纵横。

“你下来陪我喝喝酒吧，我一个人闷得很。小宝大了，再不是小时候那个小宝了，不听话了。他为了讨好别人，竟然跟我翻脸了。哎，我活着没一点意思了，以前是为你活，后来是为小宝活，现在你们都不需要我了，一个个离开我了。哎，你说，我活着还有什么意思？”

这是半年前的事了。

从此，秦光荣不敢迈出家门半步。他担心自己前脚一走，拆迁队后脚就跟上来，三下两下把房子推平。拆迁队拆房子的本事，他是见识过的。

小院便成了他的世界。平日里吃的喝的，全靠附近菜市的小贩送上门来。那几个熟识的小贩都是好心肠，看着秦光荣的遭遇，总免不了唏嘘落泪。后来，家里被断了水电。幸好院里有一口老井，生活用水不用愁。断了电呢就麻烦些，天一黑，人就成了瞎子，只能躺着叹气。

这样熬过了半年，拆迁队发动了几次强拆，都没有得逞。

可是，现在鸟不见了。秦光荣心急如焚，在院里来回踱步。他的额头上很快爬满了豆大的汗珠，呼吸急促起来，面红耳赤。

秦光荣真想把自己劈成两半，一半留下来看家护院，一半跑出去找素素。

最后，秦光荣抬头看了看天，又是一声长叹。他走进堂屋，摸出三炷香，抖着双手擦亮一根火柴，火柴燃了一下，灭了，他又擦亮一根，燃了一下，又灭了。他骂了一声娘，再擦亮一根，这回好容易引燃了香。

他擎着那三炷香，毕恭毕敬插在堂屋案前的香炉里。他说:“老婆子，素素丢了，我要出去找它，你要看好我们的家，哪都不要去。”完了，他又从床头翻出那台老式收音机，把音量扭到最大，搁在院里的石桌上，出了门。

香火缭绕开来，香气四处弥漫。在那香炉之上，赵素珍的照片被端端正正挂在墙上，她嘴角挂着笑，目光温柔，永远都是18岁的样子。收音机里正在播报一条国际新闻，乌克兰暴力冲突持续升级，造成25人受伤。

这是半年来，秦光荣第一次出门。推开院门，一条沟横在他面前。这条沟足足有两米宽，护城河一样绕着他的院子。由于连续下了几天雨，沟里积满了浑浊的泥水。

秦光荣手提那只空荡荡的鸟笼，望着眼前这条沟，咬着牙骂了一声娘。他向沟里扔下一块石头，咕咚一声闷响从水底浮上来，按照他的经验，这水至少淹过头顶。要是他年轻个10岁，这条沟算不上什么，轻轻一跃就过去了。现在到底是老了，这条沟就好比一个太平洋横在他面前。

秦光荣手忙脚乱地返回院里，几乎翻遍整个院子，找来一块木板，在水沟上架起了一座简易的桥。他小心翼翼迈出两步，双腿抖得厉害，差点一头栽进沟里。他又尝试了几次，只好作罢。

天色一点一点明亮起来，秦光荣觉得他那只鸟已越飞越远，再不去找，恐怕凶多吉少。他急得想一头扎进水里，游到对岸去。但他知道，这无异于寻死。

这个时候，他看到了靠在院墙上的那只木盆。木盆早已陈旧不堪，他记得是那年赵素珍嫁过来时的嫁妆。据说是用野梨木打制的，有着清晰的纹路。后来小宝出生，就是在那木盆里洗的身。直到小宝8岁，都在这盆里洗澡。后来盆子旧了，他一直没舍得扔。

秦光荣抱着那只陈旧的木盆走出了院门，又返身回去锁上大门。

秦光荣将木盆搁在水沟边，又把鸟笼放进去，他要登船了。他一手按住小船，一手死死抓住沟边的草根，身子慢慢压下去，然后一只脚轻轻跨过去，踩在了小船上，再轻轻跨过另一只脚，整个人顺利上了小船。现在他成了一个船长，他一手紧抓船舷，一手做桨，木盆在水中晃荡了一下，像一艘真正的小船一样向对岸驶去。

然而好景不长，小船出事了。木盆不堪重负，突然散了架。秦光荣还没反应过来，整个人已落入水中。他在泥水中扑通扑通挣扎了几下，吞下几口泥水。还好，他有点水性，加上水沟并不宽，他挣扎几下，艰难爬上了岸。

虚弱的太阳升起来了。秦光荣倒在地上，他吐出几口脏泥水，又吐出头天夜里吃下的半只苹果，最后是胃液和胆汁。

他感到眼前闪着一片片麻亮的星点，天空像信号不佳的黑白电视。

躺了好一阵，他才缓过来。他摇晃着站起来，继续往前走。通钱巷已经面目全非，他有些分不清东南西北。现在巷子没了，通钱巷这个名字也就报废了。以后这个地方会有一个崭新的名字，比如美好家园、幸福里，或者财富港湾。

这是早春时节，废墟上当然看不到春天。晨风裹着一丝寒意，贴着地面低低地吹来，秦光荣的身子在湿漉漉的衣服里不停打抖。

秦光荣深一脚浅一脚走在废墟之上，他想起了往昔那些邻居。他每走一步，都在想着这里曾经是邻居张老三的烟酒店，他跟赵素珍结婚的喜糖就是在那买的，买了就在巷子里分发，从巷口一直发到巷尾，那天整条巷子跟过年一样热闹。婚后第三年生小宝那天，他又在巷子里发了一回喜糖。后来每次小宝在学校拿了奖状，他都会在张老三那买上一大袋大白兔奶糖作为奖励。那里曾经是廖四毛的院子，那时院里有一棵石榴树，夏天一到石榴树就像着了火，火团从墙头蹿出来，爱美的姑娘总喜欢踮起脚尖摘一朵，别在发髻上或手包上。单身汉廖四毛会突然从院里冲出来，嘻嘻哈哈追着摘花的姑娘满街跑，一边追一边喊："姑娘姑娘你莫跑，喜欢石榴你就留下来，老子的石榴花年年为你一个人开，年年给你一个人采。"那时廖四毛的年纪跟现在的秦小宝差不多吧……

这些人，现在都去哪里了？

巷口的地方挖起了地基，几个塔吊高高立在那，仿佛缩短了天地之间的距离。秦光荣抬头望了一眼，心想：人死了是不是也要沿着这样的天梯飞入天堂或者降入地狱？

出了通钱巷，就是大街。秦光荣提着鸟笼，嘴里喊着“素素，素素”。走过几条街道，一无所获。他的嗓子都哑了，心想：这鸟也是没有良心的，好心养了它几年，竟然偷偷溜了，连个招呼也不打，真是白眼狼，早知道这样，当初还不如养一条狗。他越想越生气，他一甩手，嘴里嘀咕道，老子不找了。但他的脚步没有停下来。又转过几条街道，街上渐渐有了人。见了人，他就上去问：“见没见过一只鸟？蓝色绒毛花翅膀。”

人们一个个摇摇头，匆匆走开了。

走着走着，秦光荣几近绝望了。绕过滨江公园，他再也走不动了。这几天一直下雨，他觉得骨头都要散架了，能听到全身各个部位发出咯吱咯吱的声音。他在石头上坐了下来，大口大口喘着粗气。那一阵子，他真觉得自己好像要死了。

公园里，一群老人正在打太极，秦光荣又想起赵素珍。赵素珍活着的时候，每天早上都喜欢来公园打太极，他也跟着来，不过他不参与，只在一旁看。偶尔看到别的老头儿给她手把手做示范，他还会吃醋。

突然，一个白衣女子匆匆朝他走来，他老远认出那是赵素珍。他冲着她大喊：“哎呀，叫你好好在家看家的，你怎么也出来了？要出大事啊。”赵素珍呜呜呜哭道：“老头啊，我只打了个盹，我们的房子就不见了。”

秦光荣心里一惊，猛地站起来，他想抓住迎面而来的赵素珍。可由于起身过猛，头脑猛然一阵发热，等他再缓过神来，那个白影早不见了。

下

中午时分，两台挖机吐着黑烟，张牙舞爪闯进通钱巷，轰隆一声闷响之后，接着便是鞭炮的响声。

望着夷为平地的老屋，秦小宝松了一口气，他甚至下意识地松了松腰间的皮带。然而，他又突然有点悲伤，他蹲在那棵曾经栽着一棵酸枣树的地方，狠狠地抽了一支烟。

在烟雾缭绕中，秦小宝仿佛看到父亲秦光荣跪在废墟之上，号啕大哭。后来，母亲赵素珍也来了，两个白发老人哭作一团。他们一边哭一边喊道："我们的家没了，我们的树也没了。"

那棵酸枣树是秦小宝7岁生日那天和父亲一同栽下的。那天一早他们在院里刨了个大坑，小宝扶着小树苗，父亲秦光荣盖土，树很快栽好了。两人又从井里摇上一桶水，给小树苗浇了个透。他记得当时父亲摸着他的小脑袋，望着酸枣树苗说了这样一句话："希望你们一同茁壮成长，早日长成参天大树，成为国家的栋梁之材，成为我们秦家的顶梁柱。"

这场景，在秦小宝的小学作文里出现过，他之所以对此记忆深刻，是因为那篇作文得到了老师的表扬，被当作范文在课堂上朗读。在后来的作文写作中，他都会久不久写到那年春天栽树的情节，以及后来他跟那棵树的成长经历。

如今二十多年过去了，弱小的树苗早已枝繁叶茂，树荫盖住了整个小院，正如父亲秦光荣当年所愿，它已经长成了一棵参天大树。现在，看着那棵被拦腰斩断的酸枣树，秦小宝感到自己亲手杀死了一个亲兄弟。

庆功的鞭炮声打断了秦小宝的沉思。通钱巷的最后一栋房子被拆掉了，现在整个通钱巷热闹得跟过年一样。过不了多久，这片废墟之上会有一栋栋摩天大楼拔地而起。

从中午推掉老屋开始，秦小宝一直坐在废墟上，他在等秦光荣回来。就像小时候在学校没考好，忐忑不安地坐在家门口等父亲回来。他知道父亲很快就会出现在巷口，父亲就这么一个家。

一直等到第二天早上，他没等到秦光荣，倒是等到了秦光荣登在《牛城晚报》的一则寻鸟启事，全文如下：

十万火急寻爱鸟

本人丢失虎皮鹦鹉一只，名叫素素，3岁左右，蓝色绒毛，花翅膀，左爪上有一道伤疤，温和乖巧，是本人唯一的亲人。于3月10日早晨在通钱巷一带丢失。十万火急，请爱心人士见到此鸟，速与本人联系。重金酬谢。寻鸟人：秦光荣。联系地址：通钱巷33号。

心急如焚的秦小宝像找到了救星，赶紧去了报社。

听完秦小宝的讲述，牛城晚报的工作人员说："我想起来了，昨天上午，真有这么一个老人来过。个子不高，特别瘦，70来岁的样子。他摇摇晃晃走进报社，看上去很疲惫。我们给他倒了杯水，他也顾不上喝，他说，他的鸟失踪了，没心思喝水了，要赶紧登个寻鸟启事。说完，老人开始拟寻鸟启事，他写得很认真，写了撕，撕了又写，越写越着急，重复写了10多张稿纸才算满意。你看，那个垃圾篚里的纸团全是他写的。”

秦小宝看见桌下垃圾篚里有10来个纸团，他随手捡起一个，展开一看，果然是秦光荣的笔迹。

“这确实是我父亲，现在他失踪了。他有没有留下联系方式？”

“他说他没有电话，只留了这么个地址。”

秦小宝曾经给父亲配了一部手机，不知道为什么他一直没有用，估计是不会用，或者说根本就用不上，因为没有人给他打电话。

“什么地址？”

“就是报纸上这地址，通钱巷33号。”

秦小宝叹了口气，说：“赶紧给我登个寻人启事吧。”

“这世道真是奇怪，人找鸟，人却失踪了，现在人来找人。”工作人员自言自语，突然又觉得这样说不太妥，于是又说：“你最好提供一张照片，方便读者帮忙找人。”

“我没有照片。”秦小宝说。

“老照片也行，只要是他本人的，年轻点也无所谓。”

“以前的就更没有。”

72岁的秦光荣第一次上了《牛城晚报》。全文如下：

寻人启事

我的父亲秦光荣，72岁，白头发，驼背，不爱说话，眼神不好，耳朵不好，腿脚不好，脾气不好，心情不好。于3月10日早晨在通钱巷一带

走失，当时在寻找一只鸟。我们全家都很担心，
请爱心人士见到此人，速与本人联系。重金酬谢。
联系人：秦小宝，联系电话：159＊＊＊＊9999。

三天过去了，秦小宝终于接到一个电话。电话说：“我看到寻人启事了。对了，我是通钱巷那一带的保洁员。那天早上，看见一个老人拎着个空鸟笼从巷子里出来，浑身是泥，身上还在滴着水，他看见我就问：‘有没有看见我家素素？’我问：‘素素是什么？’他说：‘是一只蓝色绒毛花翅膀的鸟，你有没有看见？’我说没有，他就转身走了。不知道那人是不是你的父亲。”

“他往哪儿去了？”

“好像往滨江公园方向走了。”电话那头又说，“中午，我在路边吃午饭，那个老人又出现了，他手里还提着鸟笼，一副疲惫不堪的样子。他又走上来问我说：‘有没有看见我家素素？’我说：‘没有，你早上问过我了。’他说：‘哦，我糊涂了，我都不知道问了多少人了，没有一个人知道。’话还没说完，他就轻飘飘走了，我当时还担心他会出什么事。”

“后来呢？”

“后来，我在路边睡着了，什么也不知道了。”

秦小宝感觉那根救命稻草也断了。

夜里，刘艳艳被丈夫秦小宝的叫声惊醒了，他嘴里大喊着“爸，你别跑，你别跑”，他的手举得高高的，手掌一张一合，像在捕捉一只蝴蝶。她被他这架势吓坏了，赶紧把他摇醒。

秦小宝全身冒着冷汗，脸色苍白，双目无光，好一阵才

清醒过来。他说："我梦到我爸了。他真的去找他的鸟去了。他从通钱巷出发，找啊找，找到了柳州，又从柳州找啊找，找到贵州、云南。现在，他走到了一片原始森林里，我也不知道那是什么地方，也许是非洲，也许是越南，总之那森林里暗无天日，除了树就是鸟，我爸像个野人一样，要不是他嘴里不停喊着'素素'，我还认不出他来。可是，我爸一看见我就跑了，他跑得好快啊，一点不像70多岁的人。我只好追着他跑，追着追着，眼看就要追上他了，他居然飞了起来……"

窗外下起了雨，风把窗户吹得呼呼响。秦小宝还在滔滔不绝，刘艳艳有点不耐烦了，她抓起枕头敲了他两下，他这才停下来。

"我真的看见我爸了，如果不是你摇醒我，我差点就抓到他了。"

"你是不是疯了?"刘艳艳说。

"哎，他究竟去哪了？不可能真跑到云南去了吧。"

"不管你爸现在在哪，他肯定还在找鸟。以前老屋比你重要，比他的命重要。现在那只鸟比他的命还重要，他不找到鸟，肯定是不会回来的。你明天带上那只鸟，去报社登个失物招领广告，就说鸟找到了，喊鸟主人秦光荣赶紧回来。你爸只要看到这个消息，肯定会屁颠屁颠跑回来。"